暂别

邓安庆

—

著

译林出版社

眠譜

邓霁秋

献给我的母亲吕冬花和父亲邓见清

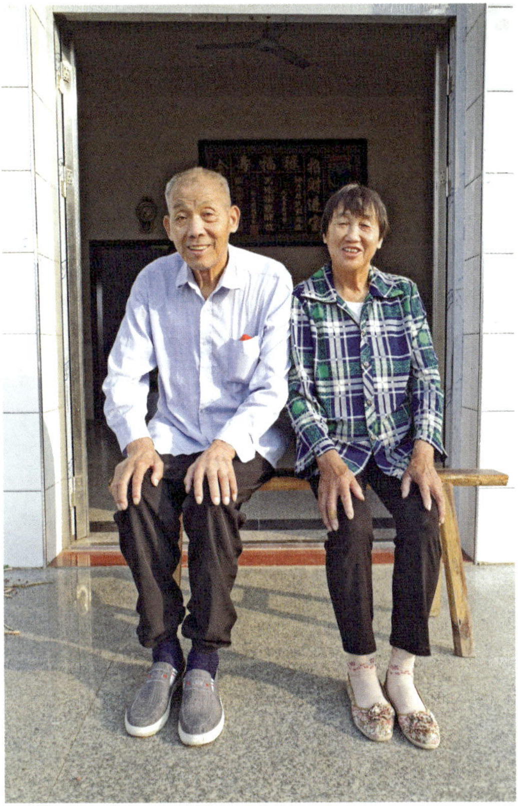

目 录

序　生活如是　　*001*

漂泊记

　　毕业记　*003*

　　长安记　*020*

　　工厂记　*040*

　　安家记　*060*

亲人记

　　母亲四则　*083*

　　水果滋味　*098*

　　奔丧之夜　*102*

兄弟一场　*109*

传家之地　*116*

回乡记

2020年

与父母相处的四十天　*133*

忽然说到死　*146*

你保佑我　*151*

我们在一起做的事情　*155*

蔬菜的滋味　*160*

村落的声音　*163*

当他们一个个离去　*167*

极轻柔的一下　*171*

算一笔经济账　*175*

明天你想吃什么　*180*

翻转的时光　*185*

你莫担心　*189*

送你去北京　*196*

你不能骗我　*203*

挥手从兹去　*210*

住院记　*217*

棉花记　*224*

2021年

台下的父亲　*231*

父亲成为读者时　*237*

母亲的心　*241*

就跟种地一样　*245*

2022年

回家的路　*251*

等得及　*256*

惆怅的心情　*261*

做小工　*265*

不要告别　*269*

奔赴的心情　*274*

写不完的你们　*280*

参与其中的生活　*285*

她不在那里　*289*
秋别　*293*

2023年

兄弟群　*301*
不能想　*309*
来苏州记　*320*
到来的意义　*326*
夜归人　*332*
温柔的侵犯　*337*
大人的游乐场　*342*
慢慢告别　*348*

2024年

苍老的见证　*357*
死亡的血痂　*363*
送别的余哀　*367*
离别的牵扯　*372*

序
生活如是

对我来说，这是一场漫长的写作。2007年大学毕业后，在接下来的十几年里东奔西跑，辗转过很多城市，从事过很多不同领域的工作，经历过各种事情，所幸的是我用文字记录了下来，成为此刻你所读的这本书。

全书分成三个部分，第一部分是"漂泊记"，写这十几年来漂泊各地的人生经历；第二部分"亲人记"，写亲人们这些年来在我生命中留下的印记；第三部分"回乡记"，收录了从2020年到2024年每一年回家（包含父母来苏州）的记录。之所以如此安排，是因为只有写明白过去这十几年来我漂泊在外的人生经历，才能让每一次"回乡"有背景交代和情感依托。

写此书，对自己的要求只有一个：尽可能真实。书写对于我的意义是非常重要的，一旦开始写作，内在的道德感要求我必须坦诚以待，这个不可去亵玩。文学是我的"神"，在它面前，我是赤裸的。因此，当我书写自己的生活时，就不能逃避，不能伪饰，生活如是，书写亦然。

这在他人看来是"示弱"，因为生活中其实是有很多不堪的、破落的、脆弱的、辛苦的、龌龊的部分，它们一点都不光鲜、漂亮、完美。去写这些，让他人窥见的是自身生活的种种不如意。但如果从我自身的角度来看，这里不存在"弱"，也不存在"强"，生活是什么样，我就写什么样。美，对我来说不重要。真，才是重要的。但如果你是真实的，从中产生出的美感反而会更动人。

承认自己是一个有诸多限制的人，会让人轻松很多，总是要端着活成不符合实际生活的人，在我看来太累了。贴着生活去写，那些坑坑洼洼的、沟沟坎坎的、边边角角的、零零碎碎的部分，是可以触动他人的情感的。毕竟我们大多是平凡人，生活在日常中，很多心绪积蓄在心中，忽然看到有一个人记录自己的生活，没有什么情节，没有什么狗血，有的就是流水账似的细节，就仿佛看到自身：

"是啊，我也是这样想的！没想到有人帮我表达了出来。"这种共鸣感，就是因为真实的生活是有共通性的。

写作多年，我深深地意识到我的局限性。我不是一个多么有才华的人，出了一些书，也不能说有多好，但有一点我是对得起我自己的：我真实地写我的生活。我不管别人说我写的是好是坏，我按照自己的生长节奏去写。那是我的人生，也是我的文学。

接下来的时间交给你们。

漂泊记

毕业记

（一）

2006年大四上学期，已经没有人将心思放在学习上了。大学毕业后，该怎么办？这是每一个人都要思考的问题。家里有关系的同学，毕业后能进入公立学校当老师，这拨人是最不急的；决定考公务员的同学，也已经蓄势待发开始备考了；考研的同学，租好了房子，找好了教室，报了考研班，全身心投入了进去；剩下的人，着手找工作了，我就是其中一员。也不是没想过考研，但我还有两年学费没有交，所以还拿不到毕业证和学位证，又加上父亲中风，在这种情况下只能先找个工作。

没有找工作之前，我对这个社会的认知几乎是隔膜的，甚至是天真的。大学四年，同学们忙着考各种证书（英语四六级、计算机二级等），有的大一就开始为未来的考研做准备，而我一直泡在图书馆里看书。我读的专业是汉语言文学，填报大学志愿时，所有的学校填的都是这个专业。但在班上，多数人是被调剂过来的，他们并不怎么喜欢文学，再加上我们的学校不是很好，他们很早就开始为能够有个好的未来做打算。而那时对这些我是不屑的，我感觉自己像是一个饿狠了的人，进到图书馆，眼见一排排藏书，如同闯入香气四溢的面包房，赖在里面不想出来了。每天，我都抱着一堆书看，各个作家的都扫荡一遍。一晃到了大四，书的确是读了不少，那些需要考的证书却一样也没有。这时，我心里开始有点慌乱。

即便是考了这些证书的人，跟我的境遇也差不多。最直接的打击来自招聘会。听说武汉某高校有校园招聘会，我跟几个同学连忙买了火车票赶过去。招聘会设在大学的体育馆，一进去真是被吓到了，每一个隔间都挤满了人。每个人手中都拿着厚厚一摞简历，有的正在面试官面前侃侃而谈，有的西装革履拎着一袋子证书来回晃悠，有的坐在角落抹着眼泪打电话。而我和同学老杨、举子一时茫然无措，不知道从哪里开始投简历。看到一家企业招文案，要求文笔好、有创意，我觉得我有点儿机会。排了半个小时的队，终于轮到了我。刚把简历递过去，面试官低头看了一眼封面上的学校名，没有伸手接。"不好意思，我们只招重点大学的……"我像是在众人面前被扒光了衣服，一时无地自容。面试官继续说："麻烦你让一让，让后面的同学过来。"我把简历收起，灰溜溜地走开了。

武汉大学、华中师范大学、华中科技大学……放眼望去，都是名校学生。我这个来自偏远地区偏远大学，又没有任何证书的学生，拿什么跟人家竞争呢？一下午没有一家接我的简历，从一开始的意外吃惊到后面的麻木接受，我的情况也是老杨和举子碰到的情况。我们疲惫又沮丧地回到了小旅馆，大家都没有说话。为了省钱，我们订的是一个单人间，三个人挤在一张床上。窗外小巷子里人头攒动，热闹非凡，我忽然心生羡慕："他们每一个人都知道自己在做什么，而且都能养活自己。而我，却一无所能，不知道我的未来出路在哪里。"我开始为学校自卑，也为这几年浸泡在读书之中却毫无危机感而惭愧。毕竟，家里为了支持我上大学，已经拼尽全力，可以说是家徒四壁了。现在，拿什么回报他们呢？

我想起拿到大学录取通知书后，叔叔跑到我家里说："庆儿这个学校，不算大学。你还是别让他去读了。"我当时听了特别气愤。我成绩向来不好，从来都不是尖子生，好不容易考上本科，虽然只是个三本，但也算是能上大学了。因为是二级学院，所以学费特别昂贵，每年要一万元，这对我们这个年收入只有一万左右的农民家庭来说，几乎是难以承受的。父亲为难了很久，问我："你要不再复读一年？"我立马回绝了，担心再考一年，连本科都考不上。父亲沉默了半晌，说："那行，我去凑钱。"我靠在门边，看着母亲把家里所有的钱都拿了出来，只有六千，父亲又去向亲戚们借了四千。他们一张张地数钱，生怕错了。而我那时候激动不已："我终于要去上大学了！"

现在想想，我看到了那个场景中自己的自私和残忍。我只想到了自己，却毫不在意父母亲的犹豫与压力。大学的前两年，学费都缴清了。到了大三大四，家里再也拿不出钱来。我每个月的生活费是三百元，到了月底经常就快没钱了，虽然我花钱很省。我经常陷入被退学的恐慌之中，因为学校经常派辅导员来催我把学费给缴清，而我毫无办法。有一回我花了五块钱在学校外面的浴室洗了一个澡，打电话时跟母亲说了，母亲在电话那头激动地说："五块钱？这么贵！你不要这么浪费钱。"我没有想到母亲会这样，深感委屈：五块，其实也不多的，可是母亲为何要这样责怪我？但后来想想母亲那时压力肯定很大，每一块钱都不好挣。大四时，父亲中风，半边手脚不能动，家里的境况可谓惨淡。他每天都坐在门口发呆，母亲经过时说："你不能死，你儿子还要念书。"这些都是我事后才知道的。

现在我总算要大学毕业了，找个工作却近乎大海捞针，我如何面对父母？从武汉回学校后，给家里打电话，父亲问起，我如实回答，电话那头只是叹气，倒是母亲强打起精神说："没得事，慢慢来。你莫压力太大。"挂完电话，心中沮丧不已。过了不久，父亲打电话来说："你姨爷的哥哥在一家日报当主编，听说那里要招记者和编辑。我已经让你姨爷给他哥打了招呼。"既然家里打理了关系，那工作应该能十拿九稳了。说来好笑，在此之前我鄙视那种托家里关系得到工作机会的人，经过招聘会的打击之后，却为自己能够得到这样的机会而沾沾自喜。我把消息告诉正在备战考研的小宇,她兴奋地说:"不错啊。祝你有一个光明的未来。"当时我们站在教学楼的三楼,放眼望去,教室里灯火通明,大家都在埋头自习。这是一个无法让人拿得出手的学校,大家都铆着劲想考进那些有着响当当名字的大学。小宇趴在栏杆上,揉着疲倦的眼睛。"我做了一天的模拟试题,心理崩溃好几次。"她想考武汉大学的研究生,听说竞争非常激烈,没有充足的准备是不行的。

因为给父亲治病,当时家里已经没有钱给我了,我揣着小宇借给我的钱买了火车票,去了那座城市。时值隆冬,刚出火车站,冷风如一双大手往我脸上扇耳光。火车站离报社有五六公里远,为了省钱,我拖着行李箱走过去。路旁还有几天前的残雪,街道上空空荡荡,偶有汽车开过。我想象着未来自己会生活在这个陌生的城市,街道边光秃秃的行道树,我会看到它们春天来时绿叶繁茂的样子;建到一半的楼盘,我也会看到一个个房间里入住家庭;我会成为一名记者,行走在这个城市的每一个角落,发掘新闻,关注民生疾苦……虽然冷得直哆嗦,心里却洋溢着饱满的幸福感。走到离报社还有两公里远的地方,我不小心踩进雪水里,鞋子连带袜子都湿了,连这都没妨碍我雀跃的心情。

姨爷的大哥，我叫他大伯，过去在姨爷家拜年，偶尔还能碰到他，但从未说过话——说到底，我们还是陌生人。姨爷已经提前给他打过招呼，他也客客气气地请我吃了一顿便饭，然后安排我住进了一家小旅馆。等他走后，我躺在床上。这个房间没有窗户，所以也最便宜。灯一关上，黑暗顷刻间来临，唯门缝透出一线光来。也许我有幽闭恐惧症，躺了一个小时，怎么也睡不着，总感觉在暗处有人藏身，目光灼灼地盯着我。我爬起来，去前台问有没有带窗子的房间。前台把我引到了二楼，让我补交了五十块钱。我真是太过奢侈——这五十块可以让我吃一周的饭。但没有关系的，不是吗？我马上就要有工作了！一想到此，睡意全无。

先笔试，后面试。笔试除了做试卷，还需要我们走出考场，花半天时间去外面做采访，然后回来写一篇新闻稿。真是个刺激的考题。出了日报社大楼，站在大街上，一片茫然。跟我一起考试的学生，多来自华中科技大学新闻系，他们三五成群，笃定地走到我不知道的地方，拿着纸和笔，脸上没有一丝犹豫。我走到了一条小街上，沿路的小摊贩们迅疾警觉地盯着我,兴许是我手上拿着一个黑皮本,看起来像是政府机关的人。我走到哪里,他们的目光跟到哪里。喧嚣的声音无形中压低了,卖菜的、卖手工鞋的、卖廉价衣服的……都闭上了嘴巴,默默地等待着我的离开。

我蹲下来问一个五十岁上下的菜贩,他正坐在小马扎上,看我的时候也是眯眯笑。"最近的生意怎么样啊?"我鼓足勇气问了一句。菜贩嘴角咬着一支烟,点头说:"还成。"说话时,他从口袋里摸出一包烟来,抽出一根递给我。"你是什么官儿?"我摇手拒绝:"我是日报的记者,想了解你们的生活情况。"菜贩又上下打量了我一番:"你真不是官儿?"我拿出日报社给我的黑皮本子递给他看:"我真是记者,你看这本子上都写了日报的名字。"他显然松了一口气,把烟放回口袋,点头说:"你们记者要为老百姓说话啊!"周围的人一听说我是记者,纷纷围了上来。有人说:"物价上涨得太快了!"有人说:"某某巷子的路灯坏了大半年了,也没人来修!"还有人说:"我们那边的垃圾一直没人处理!"一时,声流从四面八方冲向我,我尽我所能地记录,可是都零碎不成篇,我不得不说:"你们能不能一个个说?"他们说话的声音小了下来,有人凑向我的本子问:"我说的你记下来了吗?"另外有人说:"哎呀,我忘了补充一个细节。我说,你快写!"

好不容易从那里脱身,一看时间已经过去了两个小时,手上还多了一个塑料袋,里面放着菜贩给的一颗大包菜和三根黄瓜、水果贩给的香蕉和苹果,我推脱再三,他们一定要我拿着,不拿就是瞧不起人。"记者,你一定要写出来啊,要为老百姓说话啊。"我觉得分外羞愧——我骗了他们,我根本就不是记者。可转念一想,我马上就可以成为记者。成了记者后,我就可以为他们说话了。如此想着,我往报社走去。本子上密密麻麻写了十几页,我该怎么从这么多的信息中组织出一篇报道来呢?心里完全没谱。回到考场后,我把塑料袋搁到脚边,还好没有什么人注意我,大家都在奋笔疾书。笔试完后又面试,有一名考官领我去办公室时,问了我一声:"某某主编是你亲戚?"我点头说是。说完后,脸发烧似的红起来——如果我能留下来的话,谁能说得清楚我是凭借自己的能力进来的,还是靠关系进来的?与此同时,我感觉自己给大伯也带来了难题:他未必愿意如此的,可他还是如此了,他的同事们会如何看他呢？心完全是乱的，坐在我面前的一排面试官抛出的问题，我回答得也没有底气。

(二)

回校后，小宇、举子和老杨聚在学校东门外的川菜馆，用他们的话说，是为我"接风洗尘"。他们对我应聘的细节极为感兴趣，毕竟我是唯一一个真正进入了招聘流程的人。我说得越多，他们问得越多。说到后面，举子叹气道："羡慕你啊，我投了十几份简历，都没有任何回应。"我说："我也是八字还没有一撇呢，毕竟那么多名校的，我哪里竞争得过他们！"举子拍了我一下，说："你别装了，主编都是你亲戚，你还在这里跟我装！"大家哄然一笑。一向稳重的老杨忽然发问："进事业单位，肯定要求学历证明的，这个你咋搞？"这句话一下子提醒我两年学费没有缴清，学校也不知道会不会"开恩"提前把毕业证和学位证给我。说实话，我心里一点底都没有。要家里拿出两万块钱来，简直不敢想。但没有这些证件，怎么进报社呢？越想越觉得事情复杂。小宇看出了我的焦虑，忙道："离毕业还有好几个月，肯定能想出办法来的。"大家都说是："四处借一借，估计很快就能凑齐钱。"

本以为一周过去，就能收到面试结果，结果没有。又等了一周，还是没有人给我打电话。想打电话给大伯，又怕太过心急，给人家的印象不好。等到第三周，还是没有任何回音，举子说："你们寝室的电话是不是坏了？"我得救了一般，赶紧跑到寝室检查了一下座机，让举子在他们宿舍打电话过来，结果一切正常。举子又说："他们会不会寄书面的通知呢？"我又跑到寝室楼一楼宿管阿姨那里问，阿姨手一挥："根本没有你们320的信件。有的话，我肯定写在门外的黑板上。"我又一次沮丧地返回。到了晚上，想着大伯肯定没在工作了，犹豫再三打了过去。大伯一听我的声音，便说："小邓啊，他们还没通知你吗？报社已经定下了五个人，他们各个方面更优秀……你再好好找找工作，肯定没问题的。"

怎么结束通话的，我不知道。脑子嗡嗡作响，完全听不进去任何声音了。寝室里当时无人，天已黑，我也不想去开灯。夜色无声无息地侵袭过来，唯有座机按键下面浮出一小块一小块绿色的光斑。电话那头只有"嘟嘟嘟"的声响，我放下话筒，转身把自己关在宿舍的卫生间里。对面宿舍楼纷纷亮起了灯，那些大一大二的男生在各自的宿舍里忙活，有的洗衣服，有的看书，有的弹吉他，他们暂时还不用尝这种滋味，可以无忧无虑地打发时间。而在我这里，时间如沉重的铅块，怎么也推不走。我不知道是哪个环节出了问题，是笔试，还是面试，还是因为大伯？没有人能给我确切答案。只有一件事我是知道的：我本来以为平坦光明的人生路，此刻又一次晦暗了。

不知过了多久，宿舍里有了人，灯也打开了，光的白爪子一下子把夜色撕碎。我从卫生间出来，跟回来的室友文竹打了个招呼。室友没有发现我的异样，跟我说起他今天去网吧遇到的事情，我装作颇有兴趣地问他这个那个，心情也渐渐平复了下来。文竹又说起我们同宿舍的强子，他昨天已经回到了老家，他老爸已经打通了关系，让他在县里的高中教书；而另外一位室友李松，去了深圳姐姐家，听说那里工作机会还是很多；班上的吴玲，去了上海，听说已经过了面试，月薪有三千……"三千哪！"文竹突然站起来大声感叹，"现在哪怕是三百块的工作要我，我都去！"他说起今天找工作的路上碰到一家宾馆在招保洁，他跑去问了一下,宾馆的人说:"我们不要大学生,只要下岗工人!"文竹转述这句时,我忍不住笑起来,文竹讪讪地坐下。"你当然可以笑啦,反正马上要去报社当记者了。我啊,哎,简直是前途茫茫啊!"

过了几天,文竹兴冲冲跑回来告诉我一个消息:省里有一些县市的教育局派人来学校招支教老师。"这也是一次好的机会,去那里支教几年,表现好的还能留下来,还能有编制,这就跟找到工作差不多了。"我们准备了一堆材料,到了当天,去了学校的体育馆,简直跟我在武汉看到的招聘会一样,人头攒动。那些离大城市近的县市最受青睐,而处于偏远山区的学校的摊位则无人问津。我先选了一个没有人去的摊位,一看那地方是在大山里的,负责面试的老师百无聊赖地坐在那里转笔玩。见我走过去,他身子坐直,打量了我一番,说:"你是……"我把简历递过去,他一看,接都没接。"我们不招二级学院的。"我尴尬地愣在那里,心里想,怎么在自己学校都遇到这种事情?!火一下上来了,我把简历收回,赌气一般地喊道:"你会后悔的!"说完扭头走开。我又去了其他摊位,碰到的都是相同的情况——他们不要二级学院的。远远地看到文竹,他垂着头靠在墙上。我走过去时,见他眼眶红红。我问他:"你还好吧。"文竹吸了一下鼻子:"没事儿。我再试试其他几家。"

紧接着来的是本校招聘会,从市里来的各家企业在校园广场上迎接成千上万本校的、外校的应届生,每一家的桌子上都是高高的一摞简历。有些简历被风吹起,洒落在地上,被无数人踩踏。不过这次值得庆幸的是,终于有企业愿意接我的简历了。只要是跟文字工作沾边的,我都投了一份。我希望能做编辑和记者,如果能进出版社、杂志社和报社,该多好啊。但我知道进不了——学历太差,更何况很可能拿不到毕业证和学位证。曾打电话问过辅导员能不能先把证书给我,回头我把学费补齐。辅导员说这个没有办法。"除非你找哪位老师为你写个担保书,承诺你什么时候能缴清学费,在此之前,证书是可以给你的。不过你要想清楚,你到时候要是没有缴清,做担保的老师是要负责任的。"我想了想认识的老师,没有一个我敢开口的,毕竟,我为什么要把别人拖进我的麻烦里呢?

这条路走不通,辅导员让我去找二级学院的领导。领导听完我的话后说:"两万块钱也不多啊,你让你爸妈去借借看嘛，你工作一两年就能挣回来的。"我又说了一下家里的情况，领导有些不耐烦地回复："这个你跟我说没有用的。你只要学费缴清了，证书就会给你的。其他话就不用多讲了。"我还要说什么，他已经挂了电话。当时我站在宿舍三楼的走廊尽头，拿着从同学那里借来的诺基亚手机，不争气地哭了起来。他们都是对的。他们都是按规章办事。我能怨恨他们什么呢？我恨我执意要上学费这么高的学校。我恨我把家里拖入这样入不敷出的境地。我恨我成绩差，考不了好的学校。我恨我现在跟个脓包一样，站在这里哭个不停。

就在我感觉走投无路时，一个电话打了过来：市里有一家广告公司，让我过去面试。我赶紧把消息告诉小宇他们，举子把西装借给了我，老杨正好有一根领带，借给我后又帮我系好。笔试后又面试，见完人事经理后又见部门经理，最后见了总经理。等了两天，公司那边通知我通过面试了，月薪六百块，提供午餐，下周一来上班。我兴奋得想要跳起来，走在大街上，看阳光泼溅在高楼大厦的玻璃窗上，白云一朵一朵，走起路来像是踩在弹簧上，下一步可以飞到天上去。晚上我把消息告诉了家人，说起了六百元月薪,父亲在电话那头苦笑了一声:"我打一个月工,也能挣个一千块钱……"母亲这时抢过电话说:"要得要得,万事总有第一步,以后会越来越好的。好好干,多听领导的话。"我连说好,连父亲的苦笑也没放在心上:毕竟有了工作!我已经很知足了。

考研成绩出来了,小宇没有考上,她准备回老家当老师;举子被某县的教育局选中,等毕业后就去那里支教;老杨应聘上市里某中学的教师职位,一个月也是六百块……那半年时间,大家像是飞在狂风中的小鸟,历经种种或大或小的挫折,总算找到了自己的路。很快,毕业典礼来了,每一个毕业生上台去接受学校领导颁发的毕业证书和学位证书,我也上了台。下台后,我打开红色的硬壳,里面空空如也。紧接着是最后一次散伙饭,我们这一班同学,聚在学校西门的学子餐厅,一开始大家有说有笑,说着各自的求职经历,又调侃起考上公务员的同学未来当了大官一定要多帮衬,吃到尾声,大家都喝醉了,女生们抱在一起痛哭,男生们默然坐在那里吸烟。班长说:"大家以后一定要常联系!同学一场,以后大家要各自珍重。"还没说完,他也哽咽了起来。

吃完散伙饭的第二天，同学们陆续离校了。我因为留在本市，所以还可以多待几天。送走举子，又送走小宇；送完老杨，又送走我的室友。行李箱在水泥地上拖着，滚轮发出轰轰声。看着他们上了公交车，与他们挥手，直到车子消失在远处。我不知道何时能再见到他们，回到校园，看着我们曾经一起坐过玩闹过的草地、一起跑步的操场、一起上自习的教室，心里空落落的。再过几天，我也要搬到公司附近的出租房里去了。那时候，我只能一个人走。下课铃响了，从教学楼涌出一拨又一拨学生，他们像海浪一般把我淹没在其中。我对他们心生羡慕之情：青春真好啊，一切都轻盈如燕。而我不知道未来的路会怎样，我送走的那些人也都不知道。我们新的人生，在这一刻已然开始了。

长安记

(一)

火车开动时,自问一句:"你后悔吗?"自然是没有答案的,甚至也不愿去细想。那一刻,兴奋压倒了惶恐。火车已经开到秦岭,开始了漫长的钻隧道过程,忽地一下被黑暗吞没,等你觉得这隧道永远也穿不过时,前方亮起一束光,你猛地一下撞进光明里,还来不及瞥一眼窗外的风景,又一次被黑暗吞没。周而复始,无穷无尽,等终于到了平原地带,眼睛对持续的明亮都有些不适应了。行李箱依旧放在我头顶的行李架上,坐在我旁边的人酣然入睡,推着车吆喝卖东西的人又开始来回走动,我看向窗外,村庄多了起来,低矮的房屋在渭河平原上蔓延开去。渐渐地,楼群出现，越来越密集，车厢里的人纷纷站起来拿行李，列车员也走了过来，大声喊："西安站到了！各位乘客请注意！西安站到了！"

哪怕是在一个月前，我都很难料想会来到西安这座城市。它是千年古都没错，有非常厚重的历史底蕴，以后有机会也许会过来旅游，但我现在拖着行李箱站在了西安的土地上，看着马路上熙熙攘攘的车流人流，不知该往哪个方向走。我又忍不住自问："我来这里做什么？"一瞬间，我真想扭头再次走进火车站返回襄樊（那时候还未更名为襄阳）。但我没有退路了，襄樊的工作已经辞掉了，租房也退掉了，跟前同事们的告别酒也喝过了，没有理由再回去继续之前的生活了。更何况，之前的生活也不值得留恋，新的冒险人生刚刚开始。

的确是冒险。这让我再次想起了大学毕业那一阵子找工作的遭遇，东奔西走，四处碰壁，招聘单位看了一眼我的学校连简历都不收。折腾许久，才在一家广告公司寻得一份文案策划的工作，转正前六百块钱一个月，好不容易转正了，工资也只涨到了八百。扣除房租、交通费和其他日常开销，手上根本攒不下钱。即便如此，我还是特别珍惜这份来之不易的工作，甚至怀有感恩之心。毕竟我还有很多同学辗转多个城市，都没能安定下来。如此工作了一年多，忽然有一天接到西安朋友豆豆的电话，他说某家报社要招聘编辑和记者，让我赶紧准备简历投一下。我一下子就心动了。这可是我一直就想做的事情！之前去日报社应聘，笔试过了，面试没过，深以为憾。这次的机会可不能再错过。我又上网查了一下豆豆提到的这家报社，在陕西乃至全国都有一定的影响力，如果能应聘上，我就有机会进入新闻行业。更何况，豆豆就是该报社的记者，有他的推荐，我肯定可以的。

想法既定，我在广告公司简直一天都待不下去了，接到电话的第二天就提交了辞职报告。公司领导颇感意外，问："你想好了？"我愣了一下，点点头。他"唉"了一声，说："我还想着培养一下你呢。你文笔不错，也有想法，要是能在广告行业好好做几年，未来也会有很好的前景。"他越说，我越犹豫。原来他是看重我的，平日他看起来严肃寡言，对我的工作也是高要求，我一直以为自己很糟糕……但我不能动摇了，编辑和记者才是我真正想做的，为此丢掉现有的工作也愿意。领导见我心意已决，只好签字同意。离开公司那天，整理这一年多来为客户做的企业快报，厚厚一摞，都是我去厂里采访编写的成果，除了公司的人和客户会翻翻，外面的读者不会有人去看的。而现在，我有可能会成为真正的报纸编辑或记者，会做出让成千上万读者翻看的新闻，这样的愿景让我兴奋不已。

去小商品市场买行李箱，到打印店打印多份个人简历，好好地理个发，人看起来会精神很多。对了，还得拿出我那一套舍不得穿上的西装，熨烫平整，到时候穿上身，给招聘老师一个好的印象。一切都准备好了，走在回租房的路上，阳光从梧桐树间洒落下来，黄亮亮，暖洋洋，我几乎想唱起歌来。到了出租房后，该扔的扔，该送的送，该还的还。前来帮我收拾的大学同学老杨开玩笑地问："以后不打算回来了？"我想也没想，回："不回啦！"老杨拿着我想扔的被褥说："我给你留着吧。万一，我是说万一，你要是回来了，这东西还用得上。"我瞪了他一眼："你这乌鸦嘴！"老杨嘻嘻笑了几声，没有说话。他这一年多来一直准备考研，第一年没有考上，第二年继续备考。收拾完后，跟老杨一起吃饭。老杨感慨道："大家都要离开这里，我也希望尽快考出这个地方。"窗外的广场上，阿姨们正随着音乐跳广场舞，大爷们拿着鞭子正一下又一下抽打着高速飞转的陀螺，小朋友们追逐着玩笑。在这个城市里，生活闲适，但养活自己也不容易。

辞职的事情，直到临出发的前一天才敢跟父母亲说。他们一听，果然着急起来。"你说的那个西安工作是确定下来的？"一听说还没有，母亲说："你啊，太莽撞了。万一西安的工作没搞定，这边工作又辞掉了，岂不是两头空？"又是"万一"！总是要考虑那么多"万一"，这让我有些不耐烦。"肯定会应聘上的。"我回了一句。母亲也没多说什么，父亲在旁边插话道："你自家考虑好。万一不行，再回来跟现在公司领导说说好话。现在找个工作几难哩。你莫瞎跑，晓得啵？"我连说："晓得。晓得。"挂了电话后，再次看向窗外的夜色，再看向空空荡荡的租房，心里只有一个想法："我不会再回来了。"

（二）

不知何时睡着的，醒来时窗外浮起一层朦胧的晨光。偶尔有下晚班的人路过，细碎的脚步声夹杂着说话声。早上第一班公交车经过，有人会赶这么早的车去上班吗？我不知道。但"上班"这个词又一次激活了我的焦虑情绪。整整一晚上，翻来覆去睡不着。来西安一周，西装还放在行李箱里，没有机会穿上身。豆豆帮我把简历投给了报社的人事部，而通知面试的电话始终没有打过来。手机我一直没敢离身，生怕错过。等待的那些天，西安的著名旅游景点我一个也没去，一方面是没有心情，另一方面是不敢随便花钱。身上总共带了四千块钱，一千块是我攒下的，三千块是我向朋友借的。这一周等下来，住宿加上吃喝，已经用掉了近一千块。如此等下去，只会坐吃山空。恰恰这时，豆豆被报社外派到其他省，短时间内不会回来，这让我更加心慌。

那正是报纸兴盛的时期，早报、晚报、都市报遍地开花，对编辑、记者的需求也随之增多，大批中文系、新闻系的毕业生由此进入这个行业。刚大学毕业时，我还是没有任何工作经验的"小白"，但现在我已经工作一年多了，采编的经验也有，如此多的工作机会就不能有一个是我的吗？白天，我坐上旅馆外的那一路公交车，没有目的地乱跑，与其枯坐在旅馆烦闷，不如挤在公交车上与陌生人待一起。直到路过报社门口,我才反应过来自己真正想要来的是这里。不少人挎着包从门口进进出出,有些人甚至一路小跑,感觉前方正有一条紧急新闻等着他们去报道。再往楼上看,那一格格窗子里想必是热火朝天的景象,敲打键盘的声音,接电话的声音,迎接新闻当事人的声音……这一团繁忙的气氛,如此饱满,如此自足,以至于不会再容纳一个外人,比如我的存在。这种失败的预感如此强烈,却在刹那间让我松弛下来。

豆豆在我等待的第十天打电话来。"报社的招聘已经截止了。"虽然已经有了心理准备,但我还是忍不住回了一句:"我没有接到他们的电话。"豆豆停顿了片刻,说:"不要急。报纸每个周末都有招聘版,你买一份,留心上面的信息。招聘会也多跑跑。"挂了电话后,捏着手机,靠在床头,盯着虚空的一点,心里响起一个声音:"你现在后悔了吧?"我没有理会。那声音不放过我:"你一直都很差劲的,没有人要你。"不能再陷入这种自我嫌恶的心绪中了,必须爬起来,出门去,买一份这个不要我的报纸,搜刮新的工作机会。对,搜刮!不要执迷于编辑记者的岗位了,只要是能要我的工作,我都要去试试。保洁可以的。餐馆接待员可以的。跑腿可以的。都可以。只要能给我工资，我都没问题。

周末报纸上的招聘信息果然是一大整版，细细看了一遍，挑出自认为能应聘上的，把简历投到他们给的邮箱，每天晚上再去网吧上网，翻看邮箱，看有无回信。最终是一家造纸厂通知我去面试。我在网吧兴奋地喊了一声，旁边打游戏的人惊讶地看我，我也不管了，立马下机跑回去准备。倒了三趟公交车，出了市区，往郊区走了很久，下车后到了一个荒凉的村庄，再走十分钟，才到了那家造纸厂。接待我的工作人员，拿来一套卷子和笔给我。我应聘的是文案工作，让我做的题目也与文字有关。我一边做着，一边抬眼看门外的厂区，红砖厂库房里传来机器的轰鸣声，空气里弥漫着一股难闻的纸浆气味，车子开过去卷起沙尘……如果应聘上了，我就要待在这样的地方工作吗？我忽然怀念起广告公司宽敞干净的办公室，阳光从明亮的玻璃窗照射进来，落在繁茂的绿植上。但我已经回不去了。题目做到一半，我趁着没人注意，悄悄地离开了造纸厂。走在村庄的土路上，回头看厂区，一根烟囱直伸到阴沉的天上去，惨白的太阳缀在旁边。我心中骇然，立马加快了步伐，逃离了那里。

（三）

列车长走进车厢高喊："各位乘客请注意，襄樊站到了！"火车停稳，看向窗外，悬挂在月台上的"襄樊"两个大字跃入眼帘，我像是怕烫一般收回目光。一批乘客拖着行李箱急匆匆地下去，又一批新的乘客闹嚷嚷地进来，他们的襄樊口音亲切得让我想要落泪，但我忍住了。他们都有座位，而我买的是无座，只能站在过道上。火车开动，驶离了车站，很快地穿过一桥，夜色中看不清汉江，唯有桥上的灯光荧荧地飞掠而去。不远处是长虹大桥，再远处是鱼梁洲，江水澄碧，芦苇深处，水鸟噗噗地飞到天上去，细软的沙滩上曾有我和同学们春游的足迹。大学四年，广告公司一年多，我在这里生活了近六年。闭上眼睛，我都能知道火车经过的每一处是哪里，旁边有什么街道，坐哪趟公交车能到。甚至每一处的气味我都熟悉，尤其是我爱吃的牛杂面的香气，在早晨的街边摊上，召唤着我。但我现在只是一个过客，不敢逗留，因为我的目的地是广州。

离开西安去广州的决定，正如离开襄樊到西安一样，都是突然做出的。在西安两周，找工作的事情毫无进展，再折腾下去也了无希望。同学群里有人提到广州的招聘会开始了，那边工作机会多，可以去试试。我立马就买了去广州的火车票，全程二十六个小时，无座，到了深夜困得眼睛都睁不开，腿也酸痛不已，只能靠在椅背上假寐。等到了广州站，腿已经站浮肿了，走路都在颤抖。来之前，我已经跟住在广州的大学同学朱朱联系过了，他也答应我可以在他那里暂住几天。不过等我再次联系他时，他支支吾吾地回："你要不自己想想办法吧。我姐不同意陌生人住进来。"我着急地说："可是我现在到哪里找住处啊？"朱朱说："你再想想办法吧。"说完，他就挂了。站在站前广场上，既茫然，又气恼，加上又困又饿，真想躺在地上，什么都不管了。

直到此时，我才不得已打电话给父母亲。之前在西安，我不敢打电话给他们。他们有时打过来，我也总是以"等面试结果"来搪塞。但现在，我需要他们帮我问到堂叔胖爷的联系方式。我依稀记得胖爷一直在广州打工。告知父母亲真实境遇后，我本来以为他们会说我一顿，结果他们只是叹气，安慰了我几句。这反而让我更加难过。广州的阳光比西安毒辣，站了没一会儿就一头一身汗，顾不上脱衣服了，眼睛一刻也不敢离开涌过来的人潮。母亲把胖爷的电话号码告诉了我，而胖爷在我联系他后也痛快地答应过来接我。等胖爷急匆匆赶过来时，我已经饿得没有力气说话了。他上下打量我一番，感叹了一句："庆儿哎，你现在这么瘦啊！"说着接过我的行李箱，让我坐上他的摩托车，往广州的闹市区驶去。

胖爷的家在海珠区的城中村里，前后两排房子，中间一条狭小的通道，仅容摩托车开过去，加盖的楼房上，晾晒的衣服随风舞动，污水港里的腐臭气息也随之而来。停在一栋小房子前面，胖爷下来开门，把摩托车推了进去，让我跟上。我没有想到还有这样的房间：一进门左手边是木板隔成的卫生间，再过去一点，贴着木板墙放了一眼煤气灶台，脏腻的锅碗瓢盆堆在一旁，剩下的空间被纸盒、杂物堆满，我问床在哪里，胖爷指指上面，原来用钢板隔出了一个二层空间。我实在太困了，想睡一觉，胖爷从墙边拿出梯子让我爬上去。我战战兢兢地上去后，人不能直起腰来，稍微一抬头就撞到了天花板。所谓的床，就是在钢板上铺了一层棉被，再加一条毛毯，胖爷的衣服都乱七八糟地堆在床尾，袜子散发出臭烘烘的味道。我顾不得这些了，扒开脏衣服，腾出一块空地方，躺下就昏沉沉地睡过去了。

起来时已是黄昏，摸着梯子小心翼翼地下来，胖爷已经做好了饭菜。折叠桌拿到门外的过道上摊开，唯一的凳子让给我坐，胖爷自己找来一个纸箱子当坐垫。菜也够丰盛，煎带鱼、小炒肉、青菜豆腐汤，还有买来的两瓶冰镇啤酒和一碟花生米。睡了一觉后，身心都恢复了过来，胃口也大开。好久好久没有吃家常菜了，在西安，每日为了省钱，只敢买两个馒头就着水充饥，偶尔奢侈一把要一碗油泼面都会肉疼半天。胖爷让我吃慢一点，我说好，筷子却没有停过。吃到七八分饱时，才意识到胖爷都没有动筷子。我不好意思地放下碗，胖爷说："多吃点！你看你都瘦脱了相！你爸妈要是看到你现在的样子，得多难受！"我小口小口喝着汤，没敢抬头，眼睛瞬间酸涩。胖爷又叹了一声："我天天在外面跑，看到你们这些大学生满地走啊，都在找工作。我都替你们愁！"

吃饱后，我要起身收拾碗筷，胖爷拦住，递给我冰啤酒。我们一边喝一边闲聊。胖爷问起我这段时间的经历，我说起辞职的事情，他咂一下嘴，说："我一个月送菜接客，也能挣个几千块，你那几百块没得挣头！早就该辞掉了！"又说起在西安找工作的不顺，他忽然问："你爸妈就没有想谋一些路子吗？"我一时没反应过来，说："啊，路子？"胖爷把酒瓶往地上一放，大声说："你爸妈就不想想老家有什么门路，走动走动关系，就靠你一个人在外面苦兮兮地跑来跑去，是不行的。"我不知如何回，低头吃花生米。胖爷越想越生气，让我把手机给他，问我家里电话号码是哪一个，我指给他，他拨打过去。"细哥哎，你也是心大！你细儿在外面饿得跟鬼似的，你还在屋里优雅咯……你和细姐也要想想法子，你记得中学有俺的一个老表啵？就是那个老八！你问问他，看学校有没有空缺……还有那个河边的文主任，不是一直搞个厂，厂里总需要文员吧？你也想着去问问哎！……我跟你说，你儿这样的，又不是名牌大学的，又没得脚力的，做父母的不想想法子，指望他自家闯是妄想……"全程我都脸皮发烧地听着，我不知道电话那头父亲和母亲是如何回的，也不敢知道。几次我恨不得把手机夺过来，但胖爷越说越激动，我只能垂首等在一边。

凌晨四点,胖爷就起身了,他摸索着下了楼,把菜筐套在摩托车后面,然后骑出去。我听他说过,每天他都要起早去给菜市场送菜,忙完后天也亮了,他再去火车站、客车站拉客人,也就是我们常说的"摩的"。这样的生活他已经过了十几年了。他出去后,我想接着睡,可心里千头万绪,怎么也睡不着。或许,我的父母亲此刻也没有睡着。胖爷在电话里如此说了他们一通,他们会不会很难过?我的确羡慕有些同学通过家里的关系找到一份安稳的工作,也羡慕家境好的同学能拿着父母给的钱跑到北京上海去闯荡,而我只能靠自己。我知道家里是靠不上的。父亲在我大学毕业前中风,后又检查出糖尿病,这些都是需要花钱治疗的。如果我能尽快地找到好一点的工作,支援家里,那父母亲的担子也会轻很多。但现实是父亲不能做重活,家里全靠母亲撑着,而我无能,只能躺在这里发愁。

早上八点钟,家里打电话过来。我犹豫了半天,还是接了。父亲说话的声音含混不清,他还没有从中风的阴影中走出来。母亲接过电话,问:"你要不回来?我们这边找找关系……"我想起当初为了我上高中的事情,父亲带着我去一个领导家里送礼物说情的尴尬场面,便回:"我不想回老家。"电话那头沉默了片刻,母亲又说:"昨天我们跟你的表叔联系了,他们学校有招老师的指标……"父亲在一旁插话:"人家要重点大学的。"母亲说:"那你想想办法噻!"父亲没有回应他。没有办法。我知道的。如果我也是重点大学毕业的,就不会像现在这样没有选择。这个怪不了父母亲,只能怪我学习不好考不上。说到最后,母亲问:"你是不是没得钱了?"我小声地回:"还有……"母亲说:"等家里麦子卖了……"我哑着嗓子说:"不要。我够的。"

(四)

没有想到,我会重返西安。在广州的第四天,接到西安某家房地产公司打来的电话,他们在邮箱中看到了我的简历,问能不能过去面试,我想也没想就答应了。广州这边的招聘会相较于西安的,规模更大,应聘者更多,竞争更加激烈,简历投出去如同石沉大海,毫无回应。而西安这家公司,既然能主动联系我,那说明我有机会应聘上。我立马买了回西安的火车票。离别前,胖爷又做了几个大菜，让我多吃点儿。微风吹拂，是一个安谧的夜晚。胖爷坐在纸箱子上抽着烟，眯着眼睛看我半晌，郑重地说："庆儿，心下莫怪你父母。他们也是没得办法。"我说："我没怪过他们。"他点点头，接着说："社会复杂得很，你自家也要当心，莫被骗咯。也莫钻牛角尖，我看到你啊，心思重，容易想七想八的。遇到事了，莫闷在心里，要晓得跟人说。熬过这几年，以后买大屋，接你父母过去住，几好哩。"我忍不住笑回："买大屋？我连安身的本领都没有，哪里敢想安家的事情？"胖爷手指向天上，说："要敢于想！这样你才有动力嘞！你想啊，未来你在大城市买的大屋，客厅地板砖放光，阳台几大，卧室几大，你接你爸妈过去住，他们心下几高兴，连说我儿好厉害好有本事！"我说："我还要给胖爷留一间房，你随时过来住。"胖爷拍拍巴掌道："要得嘛！就这么说定咯。"

又一次是站票，胖爷给我准备了一个小马扎。深夜大家都睡了，我拿出小马扎在过道上坐下，头枕在胳膊上打盹。有人通过时，拍拍我，我站起来让人家过去。想挪到车厢连接处，那里也挤满了人，甚至连盥洗池上都坐了人。再次到了西安站，还是一个人一个行李箱，尽管只隔了十几天，心态上却颓靡了很多。但我不能消沉，得打起精神，西装穿起来，皮鞋擦得亮亮的，头发也理得清清爽爽，早早就去房地产公司等人事经理召唤我过去面试。做了一套笔试题，公司的几个领导又轮番问了一些问题，让我回去等通知，我又莫名升起了信心——也许这次是可以的？他们跟我说话时那么和蔼，还让我喝茶，还对我微笑，还说我的回答有创意。不过，我不敢让这个信心过分膨胀，就像是面对好不容易烧起来的小火苗，很担心一次喘息就让它熄灭了。

这次的面试结果没让我等很久，第三天他们就通知我没有通过面试。偏巧这时，广州那边有电话打来，是一家文化公司，他们想让我过去面试。我真想大喊："为什么要等离开了才来找我？"我已经折腾不动了，钱所剩无多，只能暂时留在西安找工作。不过第一步，我先要租一个房子。旅馆不能再住了，承受不了。那些小区里的房子，我肯定租不起，而郊区的房子虽然便宜，但来回不方便。唯有城中村才是合适的。考察了几处，我选定了沙井村，一来它在市中心，出行方便，二来租金便宜，生活便利。我租的房子三百元一个月，位于一栋民宅的五楼，也是顶楼，全部租户有十几家，共用四个卫生间。房间里只有一张铁架床、一张桌子和一个破沙发，没有取暖设备，没有窗帘，只能在玻璃上贴报纸，算是保留一点儿隐私。

去买被褥时，蓦然想起离开襄樊时老杨说的那句："我给你留着吧。万一，我是说万一，你回来了，这东西还用得上。"不禁苦笑了几声。老杨现在怎么样了？我没问他，也不希望他来问我。把床铺好躺下，窗上的报纸不隔光，走廊的声控灯随着人来人往时亮时灭，隔壁租户说话的声音隐隐可闻，城中村里的喇叭声、争吵声、叫卖声此起彼伏。起身出去透气，探头往下看，楼下是条窄街，川菜馆、拉面馆、肉食店，一家挨着一家，五金店、杂货店、灯具店，也是花花的乱人眼。多少人住在这里啊，从街头到街尾，挨挨挤挤，都是涌动的人流。晚风吹来，我毛躁的心忽地安妥下来，不想再跑动了，就老老实实地住下来，不在西安立下足就绝不离开。

心意已定，也就不乱了，慢慢地也找到了节奏。有一天傍晚我在城中村外面的广场上散步，忽然感觉身边走动着一个人，他无形无声跟着我。回到家中，我坐在桌前，他就坐在我的床上，默默地看着我。像是有默契似的，我拿起笔和本子开始写他。这个无形无声的人，是我为自己创造出的伙伴。我感觉我能捕捉到这个伙伴的灵魂，开始着手写起小说来。在文字中，我把自己一分为二，我既是我，也是这个伙伴，在文字中不断发声，不断纠结。每天我都沉浸在二人时空中，让我对外界不断的拒绝变得没有那么痛苦。上午去人才市场和网吧投简历，下午就开始动笔在本子上写，写到傍晚，买个馒头打发一下，晚上继续写。窗外不断响起人潮声和喇叭声，房东养的那只狼狗也在不断吠叫。逐渐地，这些声音都退却了，我完全进入另一个世界里了。一摞一摞的稿纸堆了起来，从来没有写过这么长的小说，也从来没有体会到这样愉悦的创作。写到半夜十二点，我强迫自己不再写，去睡觉。保持匀速的写作，才能持续下去。

如此持续了一个月，小说终于写完了，既兴奋又惆怅。兴奋的是，我终于能写出如此长的小说；惆怅的是，当我完成的那一刻，那个隐形的伙伴也消失了，我又要独自一人面对这个世界了。不过，好消息紧接着也来了。一家视力矫正公司的人事经理打电话来，通知我通过了他们的面试，决定录用我做产品文案策划，试用期工资六百块，转正后八百。跟我在襄樊广告公司的工作岗位和薪资待遇一模一样。这真像是生活跟我开的一个玩笑。人事经理在电话那头追问了一句："这个条件你接受吗？"我这才回过神来，连连回："接受！接受！"他"嗯"了一声，说："那好，下周一来公司报道。"我又连说好。

挂了电话后，百味杂陈，我又一次想起在火车上自问的那个问题："你后悔吗？"折腾了这么久，吃了这么多苦，结果却回到了原点，前公司的领导如果知道了，会不会大声笑我？我不知道，也无暇顾及。走出租房，到楼下的面馆，要了一份油泼面，大碗，加辣，再喝一大碗面汤，吃完已是满头大汗，真是畅快！再去隔壁街理个发，去澡堂泡个澡，不用再抠抠搜搜地一分钱掰成两半用了，马上就有工资了！我的西安生活，此刻才算是正式开始了。

工厂记

(一)

2008年我从襄樊的广告公司辞职，跑去西安找事做，经过一番周折，终于在视力矫正公司找到一份文案工作。工作了一周，发现公司老板极不靠谱，喜好吹牛，便跳槽到马路对面的策划公司，还是做文案，一个月后公司缩减员工规模，我被辞退了。又找了一个多月，才得到第三份工作，是在一家企业培训公司做总裁秘书，帮着总裁写他心心念念的成功励志学书籍，做了不到三个月又一次被辞退……转眼间，我已经到西安八个月了，之前借的钱都花光了，而很低的工资收入，到我被辞退时也所剩无几。在一次跟家里的通话中，我又一次选择了报喜不报忧，但母亲沉默了片刻，问："你是不是心情不好？"这一问让我猝不及防，声音抖了一下："没有……"母亲说："回来吧。"

回去的火车票钱还是家里打过来的，我没说钱的事情，他们却猜得到。还没到过年，大家都没有回来，整个垸里仿佛只有我一个年轻人。父亲从中风的阴影里走了出来，也能做一点小工贴补家用。母亲既要忙十几亩地的耕种，又要照顾父亲。我待在家里，很不是滋味，提出再换个城市找找工作。母亲担忧地看着我，试探性地问："要不在家里这边找个事情做？"其实不是我不愿意，家中没有什么"上面"的亲戚，什么路子都没有，三本的学历也拿不出手，所以无事可做。待了一段时间，我忍受不了，坚持要出去，却一分钱路费都没有。母亲叹了一口气，给我的姨娘（我们那边对母亲姐妹的称呼）打了电话，然后跟我说："你过去拿一下吧。"

在姨娘家的堂屋里如坐针毡，等姨娘从房里拿出一沓钱递给我时，我的脸一直是发烫的。姨娘说："这是一千块，你拿好。"我嗫嚅道："我会还的……"姨娘回："不急。你先用着。"之前父亲生病，家里已经向姨娘家借了不少钱。我这一次借，对姨娘来说只是增加了一次而已。想到此，更不敢抬眼看姨娘。沿着长江大堤往家里走，越走脚步越沉重。钱放在贴心口的口袋里，再加上之前离开襄樊时向朋友借的三千块钱，这两年不仅没有挣到钱，反而欠了这么多，也只有我这样无用的人才会如此吧。沿着大堤下去，在江边坐下，看看浩浩荡荡的江水发呆。我是个无用的累赘。这个念头又一次从心底浮起。

之所以说又一次，是因为在整个读书生涯里，它一直伴随着我。吃饭，买书，玩乐，都摆脱不了一种深深的负罪感。我觉得是因为我的存在，家里才变得捉襟见肘，所以高中的很长一段时间里我只吃饭不吃菜，衣服破了自己补补也不让家人知道，生病了自己忍着，不会吭一声。每当母亲踩着三轮车，走三十多公里的路来给我送换洗衣服和鸡蛋，我内心都充满了强烈的自责。我不想让他们这么辛苦，同时也在暗暗发誓一定要考上好的大学，毕业后找到好的工作，然后让他们安心地享福。但我大学考得太差，还坚持要上，父母亲因此要承担高昂的学费；毕业后，东奔西走找不到好的工作，父母亲好不容易供我读完大学了，还要继续为我借钱……这些年来，我的存在对于父母亲来说，不是无用的累赘是什么？

（二）

年后，拿着这一千块，我坐火车到了苏州。听朋友说这里的工作机会很多，薪资也不错。江南是富庶之地，苏州更是如此，至少会比西安的机会多一些吧。依旧是去人才交流市场投简历，上招聘网站搜寻招聘信息，再把电子简历发到这些招聘公司的邮箱。偶尔有公司通知我去面试，基本上第一轮就把我刷了下来。等我的钱只剩下最后一百块时，又一次接到面试失败的通知，我坐在出租房里，狠狠地哭了一顿。我实在想不出什么办法，能从这样的困境里爬出去。挂在门上的背包里还有十几份打印好的简历，都没有机会投出去。我还这样活着干什么？真是一点价值都没有！没有人需要我，一个都没有。我不如从这个世界上消失好了。

下定决心后，内心一阵轻松，甚至有些雀跃。我穿好外套，锁好门，下楼时房东正好上来。她问："出门了？"我点头说是，继续下楼。房东又说："外面下雨了，你记得带伞。"我说好，出门走进了雨中。我没有伞，就是有也不会带。雨下得有点大，头发、衣服、鞋子没过多久都湿了。沿路的洗衣房、网吧、小卖部里，无所事事的人们目送我一直走出城中村。马路上的大货车开过时，激起一排水花，我也不躲，径直往前走去。要去哪里，我不知道。只是一个劲儿地往前，往前，雨水罩着我，几乎看不清前方的路，浑身湿漉漉、沉甸甸的，直至走到运河的桥上才停下。来到桥中间，我趴在栏杆上，雨水坠落在浑黄的河面上，运货船一艘艘地驶过去。自问了一句："想好了吗？"然后，双脚踩在栏杆底部，深呼吸一口气。"那就跳下去吧。"

我没有跳下去，心里想着跳下去，身子却死死地贴在栏杆上。雨依旧不依不饶地下个不停，我冻得瑟瑟发抖。桥上车辆来来往往，桥面震动，我身子一软，靠在栏杆上不敢动弹。我恨自己的懦弱和犹疑，恨自己到最后一步还是如此不堪。桥对面有一个骑电动车的人停了下来，他穿着雨披，扭头一直盯着我。我忽然间泄气了，站起身往镇上走去。鞋子里全是水，走一步吱一声，那个骑电动车的人慢慢地跟在我后面，直到我走下了桥，到了马路上，他才走开。回到租房后，洗个澡，换了衣服，我躺在床上缩成一团。雨声渐小，浑身发烫，甚至发抖，我知道肯定是发烧了。没有药吃，也没有水喝，想开门去卫生间也没有力气。我强迫自己睡过去。

醒来时，天已经黑了。窗外对面的楼房亮起了灯，楼下房东一家也在吃饭。我没有饿的感觉，也不想动。摸出手机，十几个未接电话，一看是家里打来的。我心跳加快，以为家里出了什么事情，赶紧拨打过去。刚响了两声，母亲就接了电话，开口就问："你出么子事了？"我讶异地反问："你为么子这么问？"母亲说："今天一天我一直觉得心跳得几快哩，总感觉你那边有事要发生。"我清清嗓子回："我没得事。"母亲警觉地问："你感冒了？"我又一次惊讶于母亲的敏锐。"小感冒。真没得事。"母亲还是不放心地说："真要有事，要跟屋里说，莫一个人闷着，晓不晓得？"我说晓得。母亲接着嘱咐："去吃点药。钱够不够？我让你爸再给你汇一点过去。"我说："不需要，我够用。"顿了片刻，母亲忽然说："实在找不到事情做，就回来。"我"嗯"了一声。

挂了电话后，我强迫自己起床，跑到卫生间里喝了点自来水，又奔回来躺下。浑身骨头疼，眼睛发胀，太阳穴突突地跳。我一手拿着手机，一手捂着心口，心脏正有力地跳动，但它本该在下午的那个时候停歇。说来可笑，在准备跳下去时，我想的不是和家里人通个电话，也不是跟朋友交代一声，反而操心手机是该放在口袋里，还是扔到桥上，毕竟坏了挺可惜的……说到底，我还是不想死。此时我忽然想到母亲提到"今天一天我一直觉得心跳得几快哩"，莫非真的存在母子连心这回事？这让我骇然不已。如果我真的跳下去了，母亲怎么办？父亲怎么办？我不敢深想下去，同时一阵阵后怕。那个骑电动车的人，某种意义上也算是我的救命恩人。而我永远也不会知道他是谁了。

（三）

几经周折，在苏州的一家木材加工厂里找到了一份文案的工作，工资能拿到两千块，厂里还提供食宿，我心里头十分高兴。离开出租房那天，收拾行李时，棉被、枕头都没有扔，这些都是从家里带来的。家人们知道我找到工作的消息，也松了一口气。母亲再三嘱咐："好好做啊，莫想七想八的。"说着说着又补充了一句："人也要灵活一点儿。莫又像在西安时那样莽莽撞撞，要晓得看领导脸色行事。领导不喜欢你，么能做得下去？"我连说晓得。坐上公交车，所走的路线就是那天往桥上去的那条，上桥后瞥了一眼当时趴的那一处栏杆，空空如也。心口一疼，扭头看向前方。春天来了，马路两侧的油菜花也开了，柳枝远望去如青烟一片，空气中弥漫着暖暖的花香气。工厂越来越近，心情也越来越舒畅，甚至有些兴奋。以前在襄樊的广告公司工作时，曾经被派到工厂里采访，也见过流水线，但那只是待短短一两天，而这次我却要在工厂里工作和生活了，希望可以做得长久一点。毕竟，我已经被辞退怕了。

这个木材加工厂临近京杭大运河，为港商投资，占地颇广，是一个庞大的工业城。工业城的周遭十分荒芜，远处群山隐隐，马路上来来往往都是运货的大卡车。白天在工厂的办公室里上班，晚上在工厂的宿舍里睡觉。每天上班，都要穿过大厂房，机器轰鸣，工人在浮满灰尘的生产车间里机械地重复流水线的规定动作。硕大的机器黑沉沉地窝在巨大的厂房内，人小小的，游移在机油和白乳胶的气味中。到了厂房的最里侧，沿着铁梯上到二楼办公区，便是我上班的地方了。我要负责的事情很多：公司产品的宣传，撰写领导发言稿，与律师事务所对接诉讼文件，在公司研发部和专利事务所之间来回沟通……完全不敢开小差，因为老总的办公室在办公区的最里面，其余的办公室一律排在它之前，房间与房间之间装着透明玻璃，所有电脑屏幕都对着他，老总一抬头，每个人在做什么一目了然，没有人敢轻举妄动。

没有想到会在工厂里待着，更没想到做着与喜欢的事情毫无关系的工作。我总是找各种借口往外跑，去给律师事务所送文件啦，去科技局送材料啦，去专利事务所送样片啦……找一切能找的理由，逃离办公室。办完事情后，不急着回去，慢慢地在市区溜达。其实在街上散步是不从容的，一方面，生怕老总打电话让我回去，或是遇到同事，另一方面，身着土黄色厂服，衣服左上角还绣着工厂的集团标识，太惹人注目。经常在路上遇到大批过去的游客，他们会前往寒山寺、拙政园、网师园，而我来了这么久，一个景点都没去过，门票太贵了。对他们来说，苏州是美丽的旅游城市，而对我来说，至少我生活的地方，只有大片的工厂和成批与我一样身着厂服的工人，我们在此谋生，无暇也无力游玩。

闲逛太久，不得已回到工厂。刚一落座，秘书就让我去老总办公室一趟。站在一角，老总并没有跟我说话，翻看了半晌文件，接了三个电话，安排秘书打印了六份文件。他越不说话，我越紧张。我忽然想起在西安那家策划公司的事情。曾经见过和我一起进入公司的同事，老板对他很不满，但对他不说也不骂，也不派工作任务给他，直接视他为空气。公司所有的人都围在圆桌边开会，老板吩咐了这个嘱咐了那个，唯独对这位同事不理不睬。每个人的任务满当当，只有同事没有。我们清楚他被踢定了。果然第二天，他就从我们公司消失了。而等到我被辞退时，秘书站在我的办公桌前，全程盯牢我，生怕我拿走公司任何东西。收拾东西时，老板从我面前急匆匆地走来走去，刻意地低着头，貌似看文件，其实是在躲避。那时候怀着一腔恨意，想冲上去揪住他，问他个究竟，或者举起身边的石佛像砸碎电脑，可是我好乖乖地低着头整理要上交的文件，因为一个月的工资还在他们手上压着，不能冲动……

金鱼缸里的水泡，一串串浮漾在深碧的水波上；窗外的停车场停了很多货车，小广场上五彩的旗帜飘扬；墙壁的左侧，有一条水痕，蜿蜒至墙顶……我的眼睛搜完所有可看的了，又回到办公桌上，老总的眼睛没有在我的身上停留,他还在看文件。半个小时过去了,身体已经透明成空气,而我又寄存希望,这无非是老总忘了我在这里而已,于是我吞咽胆怯,放出勇气,说:"那个……总经理,我……"老总这才抬眼瞟了我一眼,道:"你一下午去哪里了?怎么不向我汇报?"汇报,一个时辰接着一个时辰,老总要知道我每一刻的行踪,每一刻是否在为工资付出相应的劳动。你的白乳胶文案,你的强力胶照片,你的实用新型专利申请,你的细木工板胶合板科技木雕刻机重组装饰薄木切片,哦,还有你的本年度的宣传策划方案,在哪里?在哪里?在哪里?我支吾不能语。

回到办公室后,我身子在发抖。这一次,我不会又要被辞退了吧?经常做这样的噩梦:老总把我的稿子丢到一边,气得敲桌子,指着我的脸说:"哎呀,不行,你做的怎么这么糟糕?!明天不要来了!"恍惚之间,我悬置在空洞之中,没有着落,没有工作的虚无感让人悔恨工作时何不再认真些,何不再拼命些,总比这样空空的强。这种落空感,是频频从我梦中逃出的恶魔。我的确不努力,不是吗?的确与这个工业城格格不入,不是吗?我就像是漂在水上的气球,想要强迫自己沉入水中,稍一松懈就会漂上来，再使力就会爆掉。但我不能任性，也没有资格任性，必须强压着自己去熬过每一天。否则，再一次回到无业的那一段日子，更是不能忍受。

（四）

我一直担心的被辞退，并没有发生。事情的改观，源于一次职工表彰大会。有一位在厂里待了十五年的老员工，念演讲稿时潸然泪下，给当时在场的老总留下了深刻的印象。老总知道这位老员工文化程度不高，不会写稿子，便问人事经理，这才得知现场所有优秀员工的稿子都是我一人所写。大会结束后，我顺利转正。老总把公司所有涉及宣传的文案工作都交给了我，还让我负责主编企业报纸。我也不知道是不是突然开窍了，还是工作经验累积所致，交给我的文字工作我都完成得不错。从此之后，老总再也没有怎么为难我，也放心地让我出去处理事务。随着工作安定下来，心态上日渐松快，与办公室的同事也日益熟稔。因为住宿吃饭都不花钱，钱也攒下了一些，还清了姨娘和襄樊朋友的借款，一桩心事总算了结。

埋头写文案时，也常听见隔壁的声响，那里是人事部。隔着一层玻璃，常看见手臂被旋切机或冷压机弄伤的工人，拿着伤残报告，向人事经理要赔偿。工人那没有手掌的手臂徒劳地伸到人事经理的面前，人事经理不耐烦地挥手让他们回去等消息，不要在这里妨碍办公。我记得有一个工人拎起他的裤脚，那被有毒的溶液浸泡的坏腿呈现出红黑交杂的模样，我当时吓得叫了一声，老总抬头往这边看过来，我赶紧装着继续写文案。可是我的眼角余光看见那个工人跪在办公室，最后人事经理叫人把他拖走了。因为要把文件送到马路对面的总裁办，我走出了厂房，在马路上走时，炙热的阳光在马路的水泥颗粒上绽裂铺开。叉车迎面开过来，那车子伸出的长长铁臂上放着块木板，木板上搁着中暑的女工。我知道又一个人晕倒在流水线上了，这是要送到厂里卫生所去。有些女工因为晕倒没有及时发现，手臂被割伤了，头发被绞断了。这些时常发生。

我跟这些工人虽然同处一个工业城，可是待遇完全不同。我不用一天十二小时站在机器旁边，而是待在宽敞的办公室，一天八小时，不用加班，领导不在，可以偷偷打个呵欠（领导不允许睡午觉，不准趴在桌子上睡，不准靠在椅子上睡，吃完饭要立马回到办公室，不准聊天）。每当下班，我们办公室的一群人鱼贯过厂房上空的空中走廊，底下的工人们抬起头看我们。嘿，他们要去吃八块钱的套餐啦，竟然还有水果！工人们只有一荤一素，再加上一碗米饭和一份白菜豆腐汤。经过浸染车间时，远远看到各种颜色的水雾从浸染池子里蒸腾而上，进去时那种刺鼻的气味直冲脑门。里面的工人都是男性，哪怕是大冬天都光着膀子干活。他们的眼白都是黄的。我想，人在这种环境中，还谈什么喜欢不喜欢。我自己的那点郁闷在这里变得轻薄起来。

他们从全国各地奔波到此，一个月上二十九天班，每天工作十二小时，接单多时，有些员工需要连续工作二十个小时。我主编的企业报纸需要把版面留给员工，我便借此机会下到车间里去，采访线长、组长、机长、厂长，也采访那些流水线工人。他们一听说是要采访，咧着嘴笑说有啥可采的，不就是天天这么过呗。我的本子上总是这样的只言片语，回到办公室只好编写，说一些冠冕堂皇的话，来假装成工人表达对工业城的忠诚和热爱。老总嫌写得还不够热烈，又亲手改动，最后的稿子上，工业城简直如天堂，工人们幸福快乐地在这里工作生活。我们还有自办的大专，专门让那些上不了大学的人拥有专门的技能和大专学历，这是别的工厂不可能有的，怎能不感激呢！

傍晚沿着工业城的马路一路走一路看，下班的车铃声叮叮当当响个不停。我驻足看着他们拥过来，然后消失于宿舍区，心中浮起一种渴望。"我想写一个工业城系列。我要把他们写下来。"不是像企业报纸上那样粉饰，而是呈现。我想在纸上把工业城搭建起来，让这些人物携带自己的经历，活动在这座城里。他们是活生生的人，除开工作，也有家庭，也有纷争，也有抱负。何况，素材遍地都是。办公室里的各色人等，隔壁人事部常有的打斗纷争，工资晚发引起的工人起哄罢工，某厂厂长的媳妇趁着厂长当班的时候下了老鼠药在饭里……都勾起我了解和观察的欲望。白天上班，晚上书写。写得烦闷时，常常趴在阳台上，看看运河的船只，嗡一声船笛长鸣，再渐渐开向远方。一开始在本子上写，后来去附近的网吧写。我在这边敲字，隔壁下了班的工人一边抽烟一边打游戏。他们不知道我在写他们。写完后，我发在网上。没有什么人看，更没有什么读者留言。但对我来说，能够去写，就已经很开心了。我不指望能发表,更不会想出版自己的书。这些对我来说,太过遥远。

(五)

2011年2月25日,我收到一封邮件,发件人介绍自己是北京某家出版公司的策划编辑。"一直在看你的文字,现在已很少有像你这样认真严肃写作的人。你有意向出版自己的作品吗?我们可以聊一聊。春怡!"我当时的第一反应是:"这不会是个骗子吧?"一来,我从未在文学刊物上发表过文章,也不认识任何编辑;二来,我是一个默默无闻的作者,出版社怎么会想要出版我的作品呢?但我转念一想:"我本来就一无所有,有什么好骗的呢?"于是,我加了编辑的联系方式。在跟编辑的交流中,她说自己一直在关注我的创作,希望我能把这些年来写的文章整理好发给她。我完全是受宠若惊的状态,问:"我写的东西真的可以出版吗?"她给出肯定的回答。我大受鼓舞,连连说好:"这就去准备,明天发你!"

晚上,当我告诉家人这件事时,父亲迟疑地问:"出版是么子?"我解释道:"就是跟课本一样,把你写的文字印成书。"母亲在旁边担心地问:"要你出钱吗?"我说:"我不用出钱,他们还要给我钱。"父亲连连说好,母亲还是放心不下:"有这么好的事情?"我兴奋地喊道:"就是有这么好的事情!我真的要出书了!"母亲说:"你自家要考虑好,莫上当受骗!"我嘴上说好,心里也不免有点担心:"编辑此刻会不会已经反悔了?"可以想见,出版我的书,不能指望有什么销量。再说写的这些文字,当我坐在网吧整理时,自己深感稚嫩散乱,出版价值不高……但我硬着头皮勉强分出几个主题,凑成了一本书的量,连夜发给了编辑。编辑讶异地回:"这么快?"我说:"就怕写得不好。"编辑回:"要相信自己。"

说实话,这么多年来,我从来都不相信自己。以前接触过四五十岁还在写作的作者,他们过得很苦闷,感觉是在一条黑乎乎的隧道里走了很久很久,开始前头还有一点点光在吸引着他,到后面这光渐渐地淡下来。一部作品,总是需要读者的,否则你不知道自己写得怎么样。但很多情况下,作品写了也就写了,没有人看,像是野山坡上的一朵花,开了也就开了,谢了也就谢了,没有人知道。无人问津，还继续写下去，精神当然非常难得，可实际上很难有几个人能坚持下去。当我拿到编辑寄过来的出版合同，签上我的名字，终于可以确认的的确确能出版自己的作品时，我明白与那些同行者相比，自己何其有幸，能在二十七岁这年实现一个从未奢望过的写作梦。太不真实了，可又如此真实。

三个月后，编辑告诉我书已经印好了。样书寄来时，正逢周末，快递员说等上班期间再送。我已经等不及了，问清快递员所在位置，连倒了几趟公交车，来到一个偏远的小镇上，从一堆快件中找出我的那一份。我不敢立马就拆，直到坐上了公交车，才小心翼翼地拆开，取出那本书。封面设计成素雅的折纸效果，上面印着"纸上王国"四个字，作者也是"纸上王国"（编辑不同意用我的本名，坚持用我在网上的名字），再翻看里面的内容，每一篇曾经都还只是在本子上写的，在网吧的电脑上敲的，而今真的变成了铅字，马上要被许多陌生的读者看到。这种感觉太奇妙了。我把书放在心口，过一会儿又翻看一遍，怕翻得太多弄脏封面，再次放下，又再次拿起。反反复复，笑了又笑。真想跟坐我旁边的人喊："这是我写的书！"但我忍住了，扭头看窗外。雨水敲打在车窗上，行人撑着伞，小心地走在路边。这对他们来说，只是寻常的一天。对我来说，却是意义重大的一天：我的人生从那一刻开始，彻底地改变了。

出书的事情，我没有告诉厂里的人，继续上班。到此时，我已经在工业城里工作了两年半，这不算什么，很多人在这里干了十几年，还在附近买了房安了家，我也要像他们那样吗？有一天，编辑告诉我版税已经打到我的卡上了，我查看了一下，生平第一次看到自己的积蓄从几千块涨到了上万块。赶紧把这个好消息告诉了家人，父母亲这时终于意识到我靠写作也能挣钱了。有了这笔钱，我想要离开这里的想法也萌生了。我还是想要做编辑，而不是在这里每天写着无聊的文案和发言稿。但这个想法，我不敢跟家人说，怕他们又担心我。直到有一天，几个同事来我宿舍玩，发现了我床上的《纸上王国》。我出书的事情传开了。这让我害怕，因为里面写了一些工厂的事情，而且不全是正面的。要辞职离开的心，更加坚定了。

正好北京的朋友阿心和子戈告诉我北京某家出版公司正在招聘编辑，我赶紧投了简历过去，还请假去北京面试。

不知是不是出了书的缘故，面试很成功，薪资也比工厂翻了一倍还多。再次返回工业城，跟老总提出辞职，他叹息了半天，说："你稿子写得好啊！以后找谁来帮我写发言稿呢？"我没说话，只是等着他在辞职报告上签字。以后再也不用看到他了，这让我心生愉悦。从办公区下来，车间里的工人们依旧在流水线上重复着和上一秒同样的动作，马路上依旧跑着运送货物的大货车，宿舍隔壁房里还睡着前一晚上了夜班的舍友。一切都照旧，而我却要走了。收拾好行李，离出发的时间还早，坐在阳台上看着不远处的京杭大运河，来往船只不断。沿着这条运河一直往北走，就是北京了。我不知道去北京以后会遭遇些什么，也不知道以后会不会重返苏州，唯一可以确定的是，我一定会越过越好的。这种自信，说它莫名也好，盲目也罢，都以一种不可抵挡的方式在我心中扎下了根。

　　工业城，再见！北京，我终于来了！

安家记

（一）

2011年10月的某一天，我坐上了从苏州去北京的火车，心想："我以后恐怕再也不会回苏州了吧?!"这个"回"，不是指以后不会再来苏州，而是说可能不会再生活在这个城市了。那时候我已经在苏州的工业城工作了两年半，做着不喜欢的事，拿着低廉的薪水，现在终于可以去北京做我喜欢的编辑工作了。这一去就是十年，我在北京租着房子，换了一份又一份工作，经历过的事情在后来的书中都陆续写到过。只是没有想到，到了2021年，我突然决定离开北京，重回苏州，这一次不是去工作，而是要安家在那里。之所以说"突然"，不仅是对北京的朋友们来说，而且对我自己也一样。我没有想到我会回去。

2021年10月27日是我离开北京前的最后一天。那天晚上，我正在房间里收拾东西。书已经处理得差不多了，衣服、棉被、杂物都已经寄往苏州。明早十点的火车，我只需背上书包，拉着行李箱即可。再看了一眼房间，书架上还有部分书籍，留给室友小易看，从宜家购置的桌椅、风扇也麻烦小易在网上卖掉。这个我住了一年的房间，以后恐怕再难回来了，毕竟房子已被房东卖掉。正在发愣时，另外一位室友阿多在客厅里说："我要把这瓶超贵的红酒开了。"小易问："为什么？"阿多说："为他饯行啊。"我随即走到客厅。阿多已经在茶几上放好了三个酒杯，我们三人在地毯上坐了下来。倒酒、举杯、品尝，期间我们静默无语，唯一的声响来自他们养的两只猫在旁边打闹跑动。

靠墙的那一排矮书柜，一年前我们三人一个个组装好，然后把书搁进去，现在也差不多空了，毕竟大部分是我的书。有些是小易想要看的，我也都留给了他。我跟小易合租了十年，搬了三次家，期间经历过很多事情，现在就像亲人一样。而今我决定离开北京，对他来说并不太好接受。阿多与我们也相处了几年，不过跟我们合租是这一年的事情。在北京，能找到志同道合的朋友合租，是非常难的。而我何其有幸，能找到这样的挚友。我们一起去很多国家旅行，一起参加电影节，晚上一起坐在客厅里看节目……小易认为这样的日子还可以持续很久，我却要离开了。

离开的原因很简单：我想要有一个自己的家。这个念头在年近四十时分外强烈。我不想人到四十还在租房住。我想要一个独属于自己的空间，可以完全按照自己的意愿去设计和布置。租房时，我的东西几乎都是可以随时丢弃的，毕竟那不是自己的家，一旦要搬走，收拾起来方便。这种图方便的人生，我过了这么多年。一切都是将就着的，一切都是暂时的，漂泊感始终挥之不去。现在，我已经不想这样继续下去了。

去哪里安家，是一个问题。在北京生活十年，如果能在这里安家当然不错。但以我的能力，完全买不起这里的房子。我在各种购房软件上搜北京的房子，价格勉强能负担得起的房子都在极遥远的市郊。有一次我坐地铁到南五环外某个地方看房，从地铁出来骑共享单车二十分钟到了一个荒凉的小区，中介带我看了几套五十平方米大小的小户型房。站在小小的卧室往外看，北京的环线上车流涌动。

如果要承受几百万的房价，住在如此狭小的房间里，每个月要还如此多的房贷，而且上班来回时间如此漫长，那我是图什么呢？这样的生活一点质量都没有。我为什么不退一步，到一个二线城市去生活呢？

有了这个想法后，两个城市跳入脑海：一个是天津，一个是苏州。两个城市一个离北京近，一个离上海近，方便我去这两个城市上班。另外，它们本身也是不错的城市，房价却比北京和上海低了很多，我可以承受。天津，我生活过一个多月，住在和平区，并在这里写完了小说集《永隔一江水》，对它的印象颇好；而苏州，是我工作过的城市，我对它不算陌生。选择哪一个城市，还得斟酌一下。

这一年的6月，《永隔一江水》巡回宣传活动来到了南京先锋书店。苏州的读者朋友老胡跟我说："你既然已经到南京了，做完活动就来苏州看看吧。毕竟你离开这里这么多年了，故地重游一番嘛。"我反正无事，一做完活动就过去了。苏州朋友好一番热情的招待，我跟他们说起买房的事情，他们都说："当然来苏州啊！苏州现在发展得多好！"第二天，朋友开车带我去昔日工作过的工业城转了转，当年的厂房大部分都拆了，变成了新的学校和小区。朋友又带我去几个新的楼盘转了转，我发现房价不算贵得离谱，还能承受得起，忍不住动心了。更何况，比起十年前我离开时，苏州有了非常大的改变，且越变越好。说到底，我还是喜欢江南的，哪怕是冬天，也是满眼绿意，不似北地一片荒凉。毕竟我也是南方人啊。

一旦决定要在苏州安家，我立马开始行动。第一步是解决落户的问题。苏州的人才引进政策规定，本科学历，四十五周岁以下，即可落户。一旦落户，就能在除园区外的地方购置房产。我联系了我原户籍所在地的机构，申请迁出，经历了一系列操作，一个月左右成功落户苏州。第二步就是去苏州看房。中介问我对房子有什么要求，我说："一是要离火车站近，方便我未来去上海上班；二是小区现代，物业要好，生活便捷，产权清晰；三是房价不要太高，我手上的钱不是很多；最后一点，我不想装修，最好能直接住进去，所以原有户主的装修风格不要太老土。"

按照这个要求，中介挑选了一些房子带我去看，第一天连看了几套，最后一套我一下子相中了，但我当时没有说。第二天，又随着中介看了十来套房子，心中还是放不下看中的那一套，便要求中介再带我去看。这一次，为了确认自己是冷静状态，我让中介带我去小区周边转了一番，确认超市、菜铺、快递点等的位置，又旁观保安是否负责，再看地铁到小区的时间，进楼道时看清洁是否到位，电梯是否干净，等进了房后，仔细查看了一下屋内原有装修的各种细节，确认没有什么问题……这一切综合考虑后，我觉得这就是我要找的房子，便跟中介提出购买的需求。

第二步随即启动。在中介的安排下，我跟卖房的户主见了面，确定了购买意向，交了一笔定金，签了合同，心里总算落下了一块石头。然后，去银行提出贷款申请，经过几周的等待，申请通过，我又一次去苏州办理后续的一系列事情。期间我从苏州回北京，再从北京去苏州，来回跑了几次，过程中有很多的担心，怕生出什么变故来。毕竟我头一次独自下这么大的决定，一切都要靠自己，心里没有底。再说，我可是要花出我所有的积蓄，不慎重不行。很担心，一着不慎，满盘皆输。不过事情的结果还是好的，从我7月起心动念想要去苏州买房，到11月初拿到房本，只花了不到五个月的时间。

第三步，也就是最后一步，离开北京，去苏州定居。这一步，对我来说是百感交集。十年前，我离开苏州的工业城来到了北京；十年后，我离开北京重返苏州，而这一次我有了自己的家。在北京的十年，我做了多份工作，认识了很多好友，经历种种曲折，而现在我要舍弃这一切，心中极不舍。即将离开的那段时间，每一天从中午到晚上，都在跟各类朋友聚餐告别。说了很多话，吃了很多饭，最后他们都祝贺我移居到苏州这样的好地方。说到最后，大家都有些伤感。此番离去，日后也可相聚，却是聚少离多，不可避免地会渐行渐远。有个朋友后来发信息给我："虽然同在北京，我们也不常见面，但是同在一个城市，心里也是安定的。你这次离开了，感觉这个城市空了一块，想到此不免难过起来。"

告别到最后一天最后一顿，我把时间留给了我的两位室友。那天晚上，我们喝了不少红酒，脸上都红扑扑的。阿多用手机播放了一首《祝你一路顺风》，小易说："换一首吧，这首太伤感了。"阿多换了一首，大家默默听着。从此以后，我们都要走上不一样的人生道路了。我们坐在人生的岔口，说任何话都是多余的。北京的房子租约即将到期，他们也正在找新的出租房。我们都只是陪伴对方走一段路的人。走着走着，就散了。那歌中唱道："那就好好告个别吧,时光的河入海流。终于我们分头走。没有哪个港口,是永远的停留。"

离开北京那一天,小易早早起来送我走。我说不用,他坚持要送。他背着我的包,我推着行李箱。我们坐上了地铁15号线,又换5号线,再换14号线,一路上没有说什么话。北京的地铁总是这么多人,他们在这里上学、上班、恋爱、结婚、离婚……我们都是陌生人,我也曾是他们中的一员,现在却要脱离他们的行列了。到了北京南站,走到入口处,我让路过的人给我和小易拍了合影。进站时,我伸开双臂紧紧抱了他一下。等我上电梯时,回头看,他站在透明隔离墙外,看着我离去。我回转头去,不敢再看一眼。

再见,北京的朋友们!再见,过去的十年!而我的新生活,从此就要开始了。

(二)

到了苏州后,来不及伤感,就迅速投入了布置新家的各种事项中。买房的时候我就明确了不需要装修,最好能拎包入住。我看中的这套房子完美地契合了我的要求。从搬进来住，到初步布置好，花费了一周时间。每天都在量尺寸，在网上下单买东西，一拨拨货物送到后，又开始吭哧吭哧组装。书架、落地灯、书桌、沙发床、台灯……每一个螺丝钉拧进去，离实现我布置的目标就近了一步。期间经历组装失败、劳累过度导致腰部剧痛、送来的货物质量不好等问题，但最后还是一个个解决了。这个过程中，朋友们也助力不少：从有鹿那里定制的画寄来了，我立即在客厅的矮书柜上和卧室挂上；小易寄来了两只花瓶，我火速跑到市场上买来了向日葵和百合花，灌好水插上。做这些事情，我是兴致勃勃的。早上六七点爬起来，忙到第二天凌晨一两点，依旧不觉得累。我喜欢自己的家一点点成形的过程。每天早上睁开眼，阳光从斜对角射进来，催我起床，我心中总会涌起一个激动的想法："我是在自己的家哎！"一种笃定的安心感，油然而生。接着我又兴冲冲地下床，开始组装下一件家具。

新家布置得差不多了，得赶紧找工作。买完房后，全部积蓄花光，每个月的房贷决定了我必须要去上班。而在苏州，想要找到薪资待遇还算可以的与文化相关的工作，其实机会不多，只能去上海，这也是我当时选房要离火车站近的缘由。在上海确定好工作后，我专门跑了一趟，看从家里到公司需要多久：七点钟起床，洗漱完毕，先骑电动车走一公里到地铁站，然后乘坐几站到苏州火车站，再转高铁，半个小时左右到上海站，再转上海地铁，乘坐七八站后出来走一公里，九点半左右到公司，这中间包含了高铁等车、地铁换乘的时间。全程走下来两个半小时，

第一天下班后，等我上了高铁，坐稳后，才回拨了父亲的电话。十分钟前父亲打电话过来时，我挂掉了，因为当时还在排队等着进站。电话接通后，父亲第一句问："你上班了吗？"我莫名地觉得烦躁，但还是调整了语气回道："上了。"此时母亲接过电话："你回家了吗？"我说："还在高铁上。"当时是晚上八点多。母亲"哎哟"了一声："这么晚了，你还没回？！"我说："九点多能到家。"母亲又"哎哟"了一声："这样么行嘞？！太辛苦咯。"我又一次觉得烦躁，回："没得事，我觉得还好。"

跟母亲通电话时，陆陆续续有人进来，不一会儿，车厢里的座位大半都坐满了，我转头看去，大部分都是跟我一样两城跑的上班族。他们的脸色看起来疲惫沉重，估计

他们看我也一样。母亲说:"你买房买得太远了,这样么行嘞?天天这样跑,身体会吃不消的。"我说:"公司允许我在家里办公两天,另外三天来就行。"母亲接着说:"那也太折腾了。你换个近一点儿的工作哎。"我说:"目前的工作已经算可以的了。"我又跟她解释了一下选择在上海工作的原因。母亲听完后,问路费多少,我回:"来回九十三块。"母亲大吃一惊:"你这路费顶我一天做小工的钱咯!"我说:"我赚得回来。"

有点儿后悔跟母亲说起这些细节,这些来回的折腾我过去也有过。昔日在北京后厂村那边上班,换乘极其麻烦,我就靠骑自行车通勤,来回三十公里路,也撑了下来。这些我没有跟她说过,只是讲:"蛮好的,你莫担心。"现在我却说漏了嘴,母亲的担心看来是消除不掉了。她在电话里连连说:"好烦!真的好烦!"我知道她一想到我在过这样的生活就会心疼。我说:"莫烦哎,我都不烦!"母亲还是说:"好烦!"我叹了一口气,感觉无论如何说自己挺好的也无济于事。"这就是生活啊。都会适应的。"

我不会轻易说出"辛苦"二字。因为这样的生活是我自己选择的。我选择来苏州买房定居,选择去上海上班,选择了这种来回跑的折腾，一切我从一开始就很明白：我选择了这样的生活，我就决定承担相应的代价，所以我不会觉得辛苦。但是在我父母眼中，我就是他们的小儿子，一个人在外面打拼，这么晚了还回不了家，每天都要在路上花五个小时……他们一想到此，就会担心不已。这也是我的烦躁之处：我可以承受我的生活，却不想父母因此担心。

火车开动了，窗外夜色正浓。沿路的楼群亮着灯，那些下班回家的人现在应该都吃完饭了吧。挂了电话后，我想母亲恐怕又一次要睡不着觉了，她总是这样心重。而我必须足够坚韧才行，因为父母亲已经风烛残年了，只能靠我。我好好的，他们才会好好的。如果未来我受不了这样的两城跑，也可能在上海租房住，或者住民宿，总之，会有各种解决办法。现在路途虽然遥远，回到的却是我自己的家。这一点很重要。为此，我可以接受现在所有的一切。

（三）

苏州上海两地跑了一段时间后，我决定还是在上海上班期间住民宿。这样我自己轻松一点，父母亲也不用过于担心我。我给自己定的条件是，房价要尽量便宜，最好能与两地跑的路费差不多，这样就能两相抵消了。在网上订了一家离公司最近最便宜的民宿，下班后，为了省路费，我一路走了过去。来接我的是一位阿姨，随着她往小区里走。我租的是一个小单间，一晚一百一十元，算是能找到的最便宜的一家了。上二楼，到了过道上，随后被领到尽头处，铁门打开，仅容一人睡的床铺映入眼帘，旁边墙壁上钉了一个小桌板，目测面积只有几平方米。我问洗澡与上厕所该怎么办，阿姨随即带我往过道另一头走，说："晚上十点之前你可以到我们家里来洗澡和方便，晚上十点之后我们会在你房间外面放一个临时马桶。"我迟疑地问："就……放在走廊上吗？"阿姨点头道："放心，十点之后我们不会出来的。"

等阿姨走后，我把背包放在小桌板上，人坐在床上，还好有窗，车流声、人语声隐约飘来，冬日的寒气一点点浸入，一阵凄凉感蓦地涌起。我立马跟自己解释道："这是很正常的情绪波动，人突然来到陌生的地方，都是要低落一阵子的。没有什么事情的，过段时间就好了。"我忽然想起十年前在北京去找小易的事情。小易是我的大学校友，那时他刚从襄樊辞职来北京找工作。当时我接到电话，小易在那头沮丧地说："我这边住的地方实在太小了。"一下班，我立马去小易租住的地方，那是一个小单间，推开门就是床，没有桌椅，也搁不下任何其他的东西，有一扇窗对着走廊，一点隐私性都没有。我立马跟他说："你别在这里住了，去我那里吧。"他那时包还没来得及打开。我们到了立水桥的住处，一张大床，他睡一头，我睡另一头，这样将就了几个月，后来历尽辗转合租，如此一起生活了近十年。

太冷了，我只好窝在床上，给小易打电话。我们住的房子租约到期后，他跟阿多重新租了一个两居室。这些天，我们时不时在微信上说说话。他发来搬完家后原来租的房子里空空落落的客厅，也发来新买的书柜上放着我留给他的书，新租的房子的客厅里铺着我们三个人合买的墨绿色地毯……他们的生活在继续，我的生活也在继续。离开的日子刚刚开始，我们都在适应着新的生活。电话拨通后，小易"喂"了一声，我的心忽然安定了下来。我有时候觉得家人不能给我带来安定感，因为他们不知道我的生活是怎样的，我也不知道如何解释我的生活，这样很累。但我跟小易之间就没有这样的隔阂。

也没有什么特别的事情，就拉拉杂杂聊聊天。我跟他算了一笔账，我每个月要还贷多少，路费是多少，每个月能攒多少钱，小易说："那很好啊，你都想清楚了。而且每一步，都是按照你设想的去做的呀。"又说起工作上的事情，还有他那边翻译的情况。不过，有一件事没跟小易说，就是我来民宿的路上，没有接母亲打来的电话。我知道母亲担心我，前一天我赶高铁回苏州时她在电话里表达的焦虑不安让我倍感压力，现在这个电话估计还是会问我怎么样。在我还没有完全安定之前，我不太想跟母亲说，也无力去安抚她。我需要有调整的时间。我感觉，很多年里，我都跟母亲传达着"妈妈，我过得很好啊"的信息，母亲却透过言语的间隙看到了我不想给她看的那一面。"妈妈，我在努力活好。"努力的过程，我不想让她知道。

停顿了一会儿，小易忽然说："你要学会多肯定自己，不要给自己那么大的压力。你要学会跟自己说'我已经很好了'。"忽然间，我的眼睛湿润了一下，但我忍住了。我说："我就是想趁着现在年富力强的时候多努力，你也知道，我们是不会有任何依靠的。要为将来的生活做准备。"

小易说:"是啊,你已经很好了。"我深吸一口气,说:"以前也跟你说过,每天生活就跟打仗似的,要打起十二分精神来面对,不敢有松懈的时候。因为没有退路,只能鼓起劲儿往前闯。"小易"嗯"了一声,没有说话。其实也不用多说什么,我说的他都知道,他也一样在往前闯。

(四)

等新家和工作的事情都搞定后,之前鼓动我来苏州看看的朋友老胡,趁我周末在家时专门过来看我。我兴奋地跟他讲新家的各种细节,他感慨道:"同样是生于1984年,你的心态仿佛才刚行弱冠之礼,而我已满心中年厌倦,对拥有的一切生产生活资料都提不起兴趣。"我回他:"我想也有部分原因是,你们很早就实现了的生活,我要多花很多时间才能实现。你们已经过惯了的生活,我才刚刚开始。我起点太低了,一路上都踩不准点儿,一路上都是要费很多劲才能获得别人轻易就能得到的东西,所以到了这个年龄节点,才有别人很久之前就有的心态。"

这种心态具体说来,就是"兴致勃勃地生活"。因为一切得来得太不容易，所以分外珍惜。身边的每一个物件都是自己挣来的，每一件事情都是自己搞定的，所以很有信心，面对接下来的问题。毕竟这样的生活要想保持下去，还得使出很大的力气。稍微懈怠，生活可能就退回去了，所以要全身心投入地应对。这是一种确信的、有活力的却又紧绷着的生活心态。

其实2021年国庆回家时，我就跟家人说了买房的计划。当时我已经成功落户苏州，房子也看好了，就等着银行贷款审批通过。说完后，我小心翼翼地跟父亲讲："这段时间我可能给不了你钱了，因为要交首付，钱都投进去了。"父亲微微一愣，忙回："没得事，没得事，我不要紧的。"我接着说："等明年我去上海那边工作后，再继续给你钱。"父亲点头道："哎哟，你把房子的事情搞好就行。"提前跟父亲说钱的事情，是让他知道我并非故意不给。首付对我来说是一笔巨款，要耗光我所有的积蓄，肯定会有一段时间经济上是缓不过来的。

那段时间，母亲一直忙着打小工，有一次忙完后，她坐在我旁边休息，忽然说："庆儿，我们做父母的，没有能力帮你一把。你莫怪我们。"我心里猛地一震，抬眼看过去，她鞋子上和裤腿上全是泥点子，便回："我这么大的人咯，自家的事情自家做。你们放心就是了，这些事情我都搞得定。"母亲点点头，叹了一口气，说："外面不容易，你自家要当心。"我忙说："晓得晓得。"

从决定买房的那一刻起，我就非常清楚家里帮衬不了我，父母亲已年近七十，还得依靠我，哥哥做生意很艰难，他也有自己一家人要养。一切得靠自己，我很早就意识到了。在人生最艰难的时候，我会向朋友求助，但是我不会向家人说："不行了，来帮帮我！"我知道，他们帮不了我。并非他们不想，而是他们无能为力。

另外就是被剥夺感。每当我出书或者生活改善一点，家里总是会发生这样的或那样的变故，积攒下来的钱很快就没有了。等到下一次，又攒起一点钱，家里又一次出事。这样的循环，让我始终不敢奢望买房。这一年，家里总算平静了一些，父亲病情算是稳定，哥哥那边有了自己的事业，我想要趁着这个关口赶紧买房。老实讲，我不知道这样的循环会不会又一次启动。我这回得自私一点，得好好过一回我自己的生活。不能到头来手上一无所有。

回望北京十年，有多年住在几平方米的杂物间里，夏天没有空调，酷热难当，所以经常去便利店写作，这样的生活苦不苦？当然苦。我介意不介意？老实讲，我不太介意。移居苏州后，为了还房贷，苏州上海两地跑，苦不苦？当然也苦。我介意不介意？我也觉得还好。我不介意，是因为这样的生活不是跟别人比，而是要跟自己比。我是从一个很低的起点开始的人。从这样的起点出发，十几年来，我终于能够出书，能够买上房子，能够做自己喜欢的工作。我高不高兴？我很高兴，因为这些都是我自己闯出来的。

我不认为有谁亏欠我，父母亲也尽他们的力了；也不觉得社会亏欠我，每个时代都有共有的困境，但是每一个个体都在挣得自己的一份生活。我在努力过好我自己的日子，并从中得到了笃定感与幸福感。这不是有些人认为的"在紧巴的生活中找一点点甜"，这"甜"不是找出来的，而是自然涌动出来的。我不知道别的写作者怎么生活，对我来说，能有现在的生活，都是我一个字一个字写出来的。我也没有坚持什么，因为我喜欢写作，且写作极大地改善了我的生活。如此，对我来说已经足够了。

我想起一个词，即"余裕"。无论是住在杂物间，还是两地跑，都是真实的。可是在这些真实的生活细节中，有很多余裕。譬如，去菜市场买菜，回家做饭，在我看来是非常开心的，我喜欢这样的细水长流；譬如，住在上海的廉价民宿，也无不好，我得以穿行于不同的空间中，看到各种各样的生活。这不是苦中找甜，而是"余裕"：生活不是全然的奔波劳累，在事情与事情中间，还有很多松软美好的部分，这些让我觉得人生有丰富的层次。

小时候我跟人下棋，别人吃了我一个子，我不会唉声叹气，而是想着"在已经失去一个子的情况下，如何反败为胜"。这是我对人生的态度。我接受生活对我的限制，并在此基础上建构我自己的生活，每一块砖都是我自己垒起来的，家也由此而成。我喜欢这样的生活。以前看过是枝裕和导演的记录池江璃花子的故事的短片《中间泳道》，片子非常好看，而池江璃花子的经历也鼓舞人心。我记得她在片中说："纠结过去，不会改变任何事情。所以应该思考的是，需要怎么做才能改变未来。所以应该积极地思考在每个当下如何活着，如何珍惜。"这也是我的生活态度。

十年北京生活已经渐行渐远，安家之后的人生才刚开始，未来会发生什么，我也不知道。我记得社会学学者安超在自述里说:"像我这种从底层走出来,始终又带着理想主义的人,生活就像走钢丝……我们这群人跟一个有优渥的家庭支持的人不一样,我们所冒的险要更大,我们自由探索的代价会更大,可能一不小心掉下去,就再也起不来了。"正是惧怕这种万劫不复的处境,所以才在拥有的时候充分把握,并从中萃取出生活的滋味。毕竟,人生是我自己的,幸福与否也取决于自己。

亲人记

母亲四则

电　话

原先家里有一部座机，我打过去时，通常是靠床边看电视的父亲接的，母亲有时候在，有时候不在。老实讲，我能跟我父亲说什么呢？你吃饭了吧？你那里下雨了吧？工资发了吗？单单这几句话可以重复好几次，余下的时间，我们双方都尴尬，不知道说些什么好。然后，我会小心翼翼地问一句："我妈在不在？"电话那头的父亲也松了一口气，让我母亲接电话。母亲的声音一旦在那头响起，我心中那份亲切感油然而生，也不用刻意找话题，自然而然话就多了起来：从今天吃了什么到被子有没有晒，从棉花有没有人收到我工作中碰到的事情，都是可以聊的。

有了我两个侄子后，为了接送方便，给父亲配了一部老人机。单为教会父亲如何拨打和接听电话，我就费了不少工夫。母亲在旁边看了一会儿，摇摇头说："好复杂，搞不懂。"便忙着去做饭了。家里有一部能联系的手机就可以了，座机坏了后，每回都是打父亲的手机，父亲有时候打牌，有时候打瞌睡，打给他，时常没人接听。哪怕接听了，还是翻来覆去的那几句问候。因为父亲通常不在家里待着，所以与母亲通话的机会也少了。不过父亲有了手机后，时常会给我打电话，尴尬地说几句后，会把手机递给母亲。"你妈想你了，你跟她说。"我会听到那边母亲的反驳声："明明你想说话，赖我！"父亲说："你接嘞！你接嘞！"母亲接电话后，我们又会说十来分钟。

后来，两个侄子在城里读书，哥哥在学校附近租了一间小房，父亲负责接送侄子们上下学，母亲负责做饭洗衣服等日常杂事。父亲很快适应了城里的生活，送侄子们去学校后，慢慢溜达到公园去打牌玩耍；而母亲始终舍不得乡下几亩地，把城里的事情做完，便会骑着电动三轮车往家里赶。我时常鼓励母亲尝试一下城里的生活，可以去跳跳广场舞，结交一些朋友，但母亲笑道："哎哟，我哪里搞得来!"她始终还是习惯乡下的生活：田地，庄稼，日升日落，风吹雨打，六十多年来一以贯之的生命节奏带给她的安定感。

父母亲两个人开始了完全不同的生活，哥哥便为母亲也配了手机。有一天早上，母亲给我打了个电话，很不好意思的口吻："别人教我按电话号，我看打给你是不是通的？"母亲不会用手机，这我知道。没什么事，我说我继续睡，她说好。几天后的下午六点多，我正在跟朋友聚餐，母亲又一次打来电话问："你晓得你哥的电话啵？屋里没得电咯。原来一直是你嫂子交电费，我又搞不清楚的……"听了半天，我才弄明白她从城里回到家，发现家里没有电了。之前都是嫂子在手机上直接支付电费的。可是她手机里又找不到哥哥的电话。虽然很可能她手机里存有我们家里人所有的电话号码，但是她不识字。打电话在我们看来是这么容易的事情，在母亲这边却很不容易。我能想象得到，天已经黑了，而她坐在黑乎乎的家里，一时不知所措。这个世界对她来说太过迅速太过复杂，她根本不知道如何去应对，只能给我打电话。

有些事情不能深想。比如，我不能细想母亲一个人坐在黑暗房间中的场景。很小的时候,父亲带我去别人家做客,很晚才回来。母亲说她一个人坐在门口等我们,那时候也没有电,她就一直等着,等到后来眼泪落了下来。而现在,她在那里,我在北京,哥哥和嫂子在东莞,父亲和侄子们在城里。那个片刻,母亲孤单一人,她内心是害怕的,我懂。我跟哥哥通了电话,因为我不知道家里缴纳电费的号是多少,哥哥说会让嫂子来交。等待的间隙,母亲又打来几个电话,口吻焦急。我安抚她,让她等着,电很快就会来。她反复地说:"我真是搞不懂哩!"

她也搞不懂我。我的生活对她来说,是一个谜。我做了些什么,她不懂。我在想什么,她也不懂。她对我没有任何额外的期待,只希望我好好生活就够了。过完年快走时,母亲说:"你回北京后,被子要记得晒起来。"我说没有地方可以晒被子,我租的房子不靠窗,没有阳台,晒到外面容易被人家偷走。母亲吃惊地问:"那你的被子从来没有晒过?"我说是的。母亲那一霎露出极为难过的神情,她低着头,手中叠着衣服,问:"那么样睡的呢?你一个人在外面,叫我么样放得下心?总得有个人照顾你……"我说:"我会照顾我自己的。"可是说的同时,我心里也分外难过起来。

我懂母亲的难过，我也为自己难过。这些年来，我也不希望是孤单的，可兜兜转转，我还是孤单的。这些我没有跟母亲说过，但母亲最放心不下的是我，她看我的眼神，都是疼惜的。我不敢想这个，越想越觉得，在这个世界上，我还有什么呢？没有人比母亲更在乎我，我快乐她才快乐。可是我的快乐，她不懂。我的不快乐，她也无能为力。原来她会逼我结婚，逼我赶紧有个家庭。现在她不逼了，她把她的担心收在心里，因为怕给我压力。虽然不说，但从她看我的眼神中，我知道她的担忧。

她担忧我在外面过得很苦。有一回看母亲闷闷不乐，我问她，她说："你现在衣裳都买不起了？"说着，她拿起我的秋裤给我看，那秋裤多处都破了，我说："不是买不起，是这条穿得最舒服，反正别人也看不见。"我母亲不信，就认定我太省钱，难过了很久，我给她钱，她板着脸说："你不花钱，我不能花你的钱。"而我在北京的家里收拾衣柜时，在最角落里发现一个袋子，打开一看是新床罩，想起这是母亲在我离开家之前给我买的，我竟然都忘了。把平日盖的破床罩丢掉，换上新的，忽然想起那天和母亲买床罩的点滴,心里一揪。

我与母亲就这样相互牵绊着,直到终有一天一个人起身离去。挂了母亲第一次打的电话后,一直没睡着,心里盘绕一个念头:如果以后母亲不在了,当我想起这个早晨她打来的电话,会不会难过?——我感觉我对她的所有记忆都会让我难过。这是我最害怕的事情,可这也是没有办法的事情。

补 丁

早上穿衬衣时,稍一使劲,袖子就裂了个大口子。我愣了一下,第一反应是想找针线盒,然后再找块颜色相近的布,打个补丁就好了。这件衬衣是一个朋友十二年前送给我的,不经意间穿到了现在。我不介意穿带补丁的衣服,在里面谁也看不出来,而且除开破的那一块,其他的地方不都还是好的吗?扔掉了多可惜。另外,这件衬衣跟着我十来年了,几乎跟我的身体融为一体,软软贴贴,舒舒服服,如今它破了就惨遭抛弃,那是寡情薄意,要不得的!

打补丁这件事情，母亲也曾说过我。过年回家，我问母亲要针线，母亲问我做什么，我说："书包破了，想补一下。"母亲看看我那个破得不成样子的书包，惊讶地说："都破成这样了，再买一个咯。"我说："补补还能用。"母亲摇摇头："何必费这么大劲儿，又不是买不起。"我说："我倒不是舍不得买，主要是觉得太浪费了。"母亲笑了起来，感慨道："你应该生活在旧社会。这么省吃俭用！"

虽然母亲如此说，但她自己其实也没好多少。有一回去她的卧室拿东西，她的床铺上叠的那一床薄被子，上面缀着一块大大的补丁。这床被子过去是我在大学里盖的，后来拿回家，母亲接着盖。我大学毕业都十来年了，这床被子居然还在用，着实让我吃惊。吃饭时，我跟母亲说："不是有那么多好的被子吗，你为么子不用？"母亲说："哎哟，你们盖就好咯，我盖那个舒服！"我笑道："你还说我，你自家不也一样吗！"母亲也笑："你是年轻人，不一样。我一个老太婆，盖么子不是盖？不在乎这些的。"

我在乎吗？我也不在乎。衣能蔽体，看起来不邋遢就行了。跟朋友去专卖店，基本上五分钟就买好了衣服。不断地比对，不断地试穿，虽然也曾经这样做过，但终究是不耐烦。这方面，我特别粗糙，更别说有什么穿衣品位。母亲常说："你是在外面闯荡的人，要穿好一点哎。莫抠手抠脚的。"我总说晓得晓得，但一直没有什么行动。有时候母亲看我做活动的视频，说："你看你每次参加这些活动，穿的都是同一件衬衣"。我说："每一次来的人不一样，他们发现不了！"母亲笑："兴许有读者来好几次嘞？"我忙说："没有这样的读者！你想多了。"

但当我要离开家时，我的行李箱里总有母亲偷偷塞进来的新衣服。我发现后，跟母亲说："你莫乱买衣服咯。"母亲有点委屈地回："你是不是不喜欢？我生怕我老年人眼光不好，特意让老板照着你们年轻人喜欢的来。"我叹口气说："不是哩。我给你的钱，是让你给自己买衣服的。我的衣服我自己会买。"母亲反问："你哪里买咯？"我咕哝道："那你莫管。"母亲大声说："我不管，有谁管？你要是穿个破破烂烂的衣裳出门，我看了心里过不去！"我没奈何，只好让母亲折腾去。

在房间里翻了一圈，并没有找到针线盒，倒是看到了母亲给我买的衣服还闲置在衣柜里。这一次我把破衬衣放在一边，换上了新衬衣。衣服乍一贴着身子，生愣硬挣，略带刺激，一下子把我从一夜的混沌腌臜气中拎了出来，人变得清醒振奋，感觉一天会充满希望。走出门后，上地铁，挤公交，那份刺激感渐渐钝了，衣服变得妥帖熟稔，成为身体的一部分，人又一次堕入世间的尘埃中。它终究还是会穿破的，但在此之前，我与它还会好好相处很长时间。我会珍惜它，爱护它，毕竟那是来自母亲的心意。

处　事

我是一个表演欲很强的人，我母亲则相反。读小学时，有一回跟同学起了争执，他猛地推了我一下，导致我后脑勺磕到课桌角上，流了一些血。当时我看到我的衣领上沾了血，既害怕又兴奋。害怕的是，流血过多会死掉；兴奋的是，我成了所有同学的焦点，他们吓坏了，包括那个推我的同学，都手足无措地呆立在那里，直到班主任到来。班主任让那个同学向我道歉，随后带我去办公室把伤口处理了一下。

中午回家吃饭，我在灶屋等着母亲回来。伤口那儿已经结痂了，我觉得有点儿遗憾，但衣服上还沾着血，我没有去换。过了一刻钟，母亲扛着锄头出现在灶屋门口，我等不及地冲了过去："妈，我流血了！"母亲放下锄头，惊讶地看着我。我大概说了一下事情的经过，并扭头把伤口展现给她看。她确认没什么事情后，便说："换件衣裳，好好吃饭。"

就……这样过去了？我想象中的画面是母亲心疼不已地看我的伤口，问我疼不疼难不难过，然后拉着我去学校找那个同学算账，不吵个天翻地覆绝不收手……然而母亲并没有，她非常平静地热饭给我吃，找来干净的衣服给我换上。这之后，她再也没有提起过这件事，而我的失落感也随着时间的推移逐渐淡化，但并未完全抹去，如同一个暗痕留存在心底。

我在想，如果母亲真的带我去学校找那个同学算账，会出现什么样的结果？那个同学会不会被骂哭，然后他的家长会不会被叫到学校来？老师会怎么处理这场纠纷？算完账后，我在班上怎么跟同学相处，他们会怎么看我？……我其实很想问问母亲当时的想法，但恐怕她早已忘却这件事了。我只能揣测她当时的想法："就是孩子之间的打闹而已,受了一点儿小伤,也没有啥大事,没必要把事情搞得那么大。"事情就这么风淡云轻地过去了,而我跟那个同学照旧一起玩。

母亲处事向来是如此,表面上看不出什么波澜。有一回侄子发烧,嫂子特别着急,亲家母也来了,她们着急地抱着孩子跑到马路边,想搭上去城里的公交车。母亲看起来却一点儿都不着急,她把该拿到医院的东西都准备好了,然后才过去。后来问母亲为何这么淡定,母亲笑笑说:"小孩发烧很正常,着急有么用?把该准备好的都弄好,去了也不至于忘了这个忘了那个。"

这些年,家里出过很多事情。父亲得病,哥哥生意挫败,盖房子欠债……一件又一件地来,在电话中她从来没有跟我抱怨过。好些事情,我都是从别人那里才知道的。我问她,她又笑笑:"事情都过去了。有么子好提的?"她不是一个高兴起来忘形的人,与之相应,她也不是一个遭遇坏事就沉沦的人。她始终处在一种恒定的平衡状态,不冒进,也不闪躲,事情来了就去解决,事情解决不了就忍受,日子总归要过下去,人没事儿就好。如果说母亲给了我什么样的教育,我想就是这个吧。

迷　梦

前几天做过的梦，至今还没忘记：在梦中我被人掐死，魂魄飘飘荡荡，一路到了老家的房子，隔着玻璃门，我看到母亲在堂屋里烤火。我想叫她，可是发不出声音，想推门进去，却没有力气。炉子里火光跳闪，母亲的侧脸时明时暗，木炭发出噼噼啪啪的响声。醒来时，窗外的天还是黑沉沉的，摸出手机一看是凌晨四点，此刻也不可能给家里打电话，母亲一定还在沉睡之中。

还有一次，我梦见母亲跟着我搬到了城市里住，我们经过广场，我让她等着，我去取钱。过马路时我被迎面来的大卡车撞死了。我的魂魄离开了车祸现场，来到了广场，母亲一直在等着我。天一点点黑了，空气凉了下来，广场上的人越来越稀少，母亲一个人乖乖地站在边上，一动也不动。我过不去，风很大，我努力不被吹飞。母亲不会说普通话，也不会辨别红绿灯，她在这个城市几乎完全离不开我。现在她等到广场上一个人也没有了，才迟疑地往马路上走，她叫我，我远远答应着，但她听不见。她过天桥，穿小巷，一路叫我的名字，我远远地跟在后面，徒劳地答应。城市进入了深夜，所有的人都回家了，她坐在马路沿上哭泣，而我远远地在她身后哭泣，然后身体一点点变轻变淡，直至消失。

这些年，还有类似的梦频频发生，每一次醒来总是非常惆怅，它们一再提示我内心最深的恐惧：终有一天，母亲会离我而去。虽然每年我们见到的次数不多，虽然每次见面后她总是疲于照料孙子们，但是她活生生地在那里，忙碌着，呼吸着，散发出唯有她在家才有的笃定感。她日益松弛的皮肤，沉沉的大眼袋，走路时双手叠在一起，跟他人说话时笑起来的声音，都如此鲜明地浮现出来，让我温暖又心疼。每次做完梦，打电话跟母亲说。她听完后，沉默片刻，笑了笑："莫傻咯！梦里的事情不要当真！"

不断告别，是我跟母亲从小到大一直有的仪式。她跟我父亲去长江对岸种地，船停靠在江边，她挑着蛇皮袋，急匆匆地往长江大堤上赶，而我站在家门口看她离去。到后面，她走时，忍住不回头看，我也不去看她，躲在家里。家里半个月，对岸半个月，来来回回，我知道她内心的愧疚感。她经常说："你半边耳朵聋，都怪我。"我小时候患中耳炎，耳朵发炎疼痛，等她回来带我去医院看，听力已经受损，到现在那边基本上是聋的，她每回都忍不住提起，然后非常难过地自责；她还自责没有及时带我看医生，导致我说话含糊不清，总是遭别人笑话……她自责很多事情，我一再说我不在意这些，她却不放过自己。我细想当时她的处境，她跟我父亲种那么多地，也只能勉强糊口，内心每天都是在绝望和困顿中煎熬着，对于孩子她能怎么办呢？她没有办法。我不敢多想。

小时候，梦见她上街不带我去，醒过来号啕大哭，而母亲其实就在我身边，她要抱我，我推打她，责问她。后来她不在家里，我自己一个人从噩梦中醒来，听见楼上楼下老鼠跑来跑去，吓得缩成一团，我不敢随意哭，因为没有人可以保护我，我要保护我自己。我跟她一起生活的时间非常短：从我出生到九岁。九岁之后，她跟父亲在外种地，我在家，后来寄宿亲戚家；等她跟父亲彻底不种对岸的地回来后，我读初中住校，读高中住校，去外地读大学、工作……我们相处的时间实在太少太少，以至于再也无法弥补。我现在可以去很多地方，不再像小时候那样等着她带我上街，而她一直在老家，时不时打电话过来，嗔怪我为何多时不打电话回来。

　　以前我总是跟母亲报喜不报忧，现在却更愿意跟她说起我的种种，好的和不好的，连这些梦都愿意跟她说。我想再往前一点，不要拘束于客气疏远的距离，而是跟她有更多内心的交流。我常心疼她的处境：父亲是个粗线条的人，他不会那么细致地观照母亲的内心；哥哥和嫂子有他们自己的事情要忙；侄子们都还小。她为他们而忙碌时，我可以触到她的内心。听她在电话里抱怨，也听她说自己的担心和忧虑，让她有个人可以诉说。母亲的内心是细腻敏感的，家人几乎不会注意，而我却抵达了那里，那种无言的柔软，是我们共有的。有时候电话完，我感慨："跟你说话，好开心啊。"母亲在那头笑："我跟你说话也开心。"终有一天，我们会面临生死离别，而在世相处的日子，我希望我跟母亲都是开心的。

2017 年 11 月 21 日于北京

水果滋味

从超市买了一小盒桑葚回家,紫黑水润,吃了几粒却只有寡淡的水味,真是大失所望。桑葚应该是我有记忆以来吃到的第一种水果。母亲说起她小时候人们是养蚕的,到我这辈改种棉花和小麦了,不过桑树倒是留下了不少。到了春季,垸里路旁泥地上时常有落下的桑葚,这种是最甜的,但因沾了泥水又不能吃,再抬头看高大的桑树上那些熟透的、半熟的、刚结出来的桑葚,都摘不到,只能恨恨地走开。走着走着,走到了长江大堤那边,翻过去到防护林,那里有一株低矮的桑树,一树都是熟透的桑葚,地上还落了一层。我爬到树上,坐在那里大口大口地吃,回来后一嘴乌黑,一手也是乌黑,大人们看了都笑我。

到了夏天,最想吃的是西瓜,但一整个季节也只能吃到几回而已。正在屋中坐，外面传来"西瓜啊西瓜"的叫卖声，探头看去，一对夫妇拖着堆满虎皮西瓜的板车，出来买的人却很少。大家都不富裕，吃西瓜也是奢侈。有时母亲见我实在太馋了，便带我去买。那对夫妇停在我家门口，母亲一个个地挑，拿起一个，在耳边敲，嘣嘣响的，肯定是沁甜的。那丈夫用水果刀挖一小块，递给我尝。"你吃你吃，保证甜！"母亲买好一个后，放在井水里冰镇。我往往等不及，一会儿跑过去摸摸西瓜凉没凉，一会儿贴在西瓜上敲，看是不是嘣嘣响。实在太想吃了！但是要等到父母亲回来后才能吃，实在忍不了。我先跑到地里跟母亲说："我把西瓜吃了。"见父母亲不怪罪我，我就跑回家把西瓜切了吃，如果他们怪罪了，我就哈哈一笑，说骗他们玩的。也许父母亲早就知道我的把戏了，倒是从来没有怪罪过我。

七岁那年，我不知道父亲为何带我上街。父亲推着自行车，我坐在后面的车座上。路过一所小学，大家正在排练舞蹈，他们身上的校服让我羡慕。穿过一个集市，小摊小贩挤占路面，中间的人流极缓慢地挪动。路过一家水果铺，苍蝇如云，各色水果我认识得不多，父亲拿起一提像是弯曲的粗壮手指似的东西，递给老板问多少钱，我问这是什么，父亲说是香蕉，后来他又买了一种像是压瘪的红灯笼那样的水果，再问是什么，父亲说是柿子。两袋水果，分别挂在车龙头两边，一晃一晃，十分诱人。到了市立医院那条街上，浓密的梧桐树荫下，少有人行。父亲停了车子，把香蕉剥开给我吃，我接过来咬了一口，香软甜腻，实在是太好吃了，我连吃了三根，父亲说："好咯，剩下的留给你哥。"接着吃柿子，小心翼翼地拿在手上，把最上面的一层皮撕开，里面的汁水流了一手，父亲说："赶紧吃，要流光咯！"我慌忙咬了几口，软烂的果肉也是甜得很，又忍不住多吃了两个，父亲又说："剩下的留给你哥。"

我已经不记得我哥哥是否吃了父亲带回来的这些水果，但哥哥带回来的三个梨子我始终记得。那是哥哥读中专时的事情，他因患阑尾炎进了医院开了刀，后来回家休养，随他回来的是三个梨子。亲戚们来探望他，我则始终望着条台上的梨子，黄澄澄的，趁着他们不注意，我拿起来闻，有隐隐的甜香。终于哥哥注意到了，他说："去灶屋里拿个刨子。"我赶紧去拿了，他拿起其中一个，沙沙地刨皮，黄皮掉在地上，露出雪白的梨肉，刨好后递给我时，母亲进来看到，责怪我不该这样贪吃。哥哥笑道："我吃不了，让他吃好咯。"我也不客气，接过来就咬一口。梨汁真是太甜了！我从未吃到过这么好吃的东西！吃到果核了，依旧恋恋不舍地啃着。哥哥还想再刨一个给我，母亲拦住了："还要吃饭的！不要惯着他！"之后几天，趁着母亲不在，哥哥又把剩下的两个梨子偷偷给我吃了。

到过节时，跟着我哥哥去大姑家做客。大姑那个垸里，家家都有枣子树。有一次我站在大姑家门口，看她家柴堆那边枣子树高过三层楼，枣子青青红红挂在枝头，忍不住感慨一声："枣子真是多啊。"大姑听罢，以为我要吃，连忙叫大表哥拿锄头去敲枝干，枣子如落雨一般掉在地上。大表嫂拿着簸箕，去把枣子一一捡起来，洗干净，挑熟甜的给我吃。临走时，还让我和哥哥拎着一大袋子带回家。今年跟着哥哥去大姑的小儿子那里参加酒宴，又一次经过大姑的家。大姑已经去世了，大表哥淹死，大表嫂自杀，他们的孩子也不知道到哪里去了。他们的屋子大门紧锁，门前长满了草。而那棵枣树依旧在那里，越发高了，熟透的枣子落了一地，无人拾捡，青枣子还在枝头随风轻摇。

2018 年 4 月 8 日于北京

奔丧之夜

走出客运站，拐进一个巷子，过几排房屋，便能听到阵阵哀乐，我就知道是大父家到了。叔伯婶娘都在那里，父亲母亲也在，大家忙乱地准备吊唁的各项事宜。我穿过人群，找到正在照看侄子们的母亲，她接过我的背包，让我把手上的拉杆箱立在墙边。父亲也过来了，他捏着我的手，问："冷啵？"见我摇头，又说："跟你大父见见。"大门口的小桌子上供放着大娘的遗像，后头是黑沉沉的棺材，我没来得及见上最后一面——她已经火化了。走进门，大父的两个儿子，我的大堂哥和小堂哥，披麻戴孝地站在一旁，跟叔爷谈论明天回乡下安葬的事情。大父坐在堂屋中央的小板凳上，被一圈人围着，我过去叫了一声："大父。"大父颤巍巍地起来，握住我的手，眼眶红红，满是泪水，道:"你回来了?……我一夜都没有合上眼,你大娘走得实在太急了……"我一时呆立在那里,不知道说什么好,安慰的话也说不出口,还好母亲过来叫我去吃饭。

大娘的离世,所有的人都很意外。想起过年时来大父家拜年,他们家大门紧锁,我只好在外面等。不一会儿,我便看到了他们。远远的,大娘拎着两大袋菜,健步如飞地往我这边走;而大父慢吞吞病恹恹地跟在后面。我那时候心想:"大娘看起来真是有精气神!大父可能熬不过几年了。"大父一直受糖尿病所苦,年纪越大,身体越发孱弱,视力也变差了,得亏大娘精心照料,他才生活得体体面面。大娘个子高高,说话声音洪亮有力,以前是教师,我好几位叔爷都是她的学生。大父过去在部队里是排长,退伍后转到事业单位做领导。两人退休后都有退休金,不需要靠儿子们养,对靠在田地里谋生活的我父母这一辈人来说,可以说是最值得羡慕的两口子了。

大娘离世的那一天,没有任何异常。大堂哥和小堂哥两家都出门了,上班的上班,上学的上学。大父住在一楼,他起来洗漱完,忙了一会儿,一看时间八点半了,大娘还没有从她睡的四楼下来,按往常来讲,她每天七点多就已经下来弄早餐了。大父站在楼下喊大娘的名字，没人答应，他便上楼，一边上一边喊，还是没人答应，他心里渐渐恐慌起来，到了四楼，他又喊了几声，只有自己的回音，他心里往下一沉，知道出事情了。他推开房门，大娘躺在床上，被子还是晚上睡觉时那样，因为天气冷所以裹得紧紧的，看起来一点儿没动。大娘的嘴巴张大，没有呼吸，没有心跳，没有了任何生命体征。大父站在那里，掀开被子，对着大娘说："你就这样走了啊?！就丢下我一个人了?"

大父回忆起当时的场景，又一次哽咽起来。父亲陪着他坐在堂屋里，大娘的姐妹来了，乡下的众多亲友也来了。湿冷的风一阵阵吹进门，大家都把手插在口袋里。父亲时不时站起来，跟大堂哥说起吊唁要用的各种物件，嗓子都哑了。是他第一个赶过来陪着大父的，还打电话叫大堂哥和小堂哥赶紧回来——他们那时还在上班的路上。对堂哥们来说，这真是晴天霹雳。父亲指挥堂哥们把大娘从四楼背到一楼。已经冷却的身体非常沉，小堂哥背得特别费劲，好不容易搬到了堂屋，他已经满身是汗了。大娘的手和脚都是硬的，赶回来的堂嫂们给她穿衣服，弄了半天都很难穿上……因为大娘去世得太过匆忙，从哪里买棺材，如何准备寿衣，怎么联系道士，都是一团乱麻，得亏有我父亲和叔爷们帮衬，才一一搞定。

大娘去世的消息，迅速在我们的家族微信群里传开，我马上买票坐火车赶回来，同时，我哥哥，还有其他堂哥堂弟堂姐，都从全国各地赶回来。在母亲叫我出去吃饭的当儿，陆陆续续地，我二父家的两个堂弟来了，姑姑家的表哥也来了。大家其实只有在过年的时候才会碰面，现在没想到在这个场合又一次重聚，却没有多少话可以讲。他们的孩子坐在他们身旁，我没有一个能叫得上名字。大家吃着喝着，请来的乐队吹着打着，一时分不清是丧事还是喜事。那一刻我觉得有这些仪式挺好的，唯有这些喧嚣和忙乱把人裹在一层薄薄的保护膜里，不至于骤然直面亲人离世之痛。但丧事结束之后呢？漫长的未来都是亲人的缺席，那种缓慢的痛苦只能每个人独自承受了。

棺材明天早上要运回乡下邓垸祖坟处安葬，大家吃完喝完，都准备回乡下了，没回去的在堂屋架上麻将桌打牌，毕竟守灵是漫长而无聊的。我们坐上了胖爷运灰的小卡车。后车厢没有任何遮挡，我把行李箱放倒，让母亲和细姑坐在上面，而我自己跟两位叔爷抓住栏杆。车子上了长江大堤，江风浩荡，吹得人全身冷透。刚过十五，巨大的圆月悬挂在防护林的上空。透过疏阔的林地望去，暗黑的江水流淌，对岸有零星的灯光。母亲和细姑缩着脖子靠在一起，说起大娘是个有福气的人。"连死都是这么好，没有么子痛苦就过去了，可以说是最理想的死法了。"而两位叔爷在讨论明天该怎么把棺材送到坟地。"如果从坝上走，直接用车子开过去，倒是很方便；如果从垸里穿，热闹些。葬礼还是要热闹点儿好。"我的手已经冻僵了，母亲让我把手塞进她大衣口袋里捂着。隔着衣服，能感觉到母亲身体的温热。她还在跟细姑聊天，一说话，身体震动，我的手也能感觉得到。

回到家，洗漱完，陪母亲看了一会儿电视。父亲还在城里，明天侄子们还要起来上学，他得照应着。因为两个侄子都在市区上学，为了照看方便，哥哥便在学校附近租了房子，母亲因为舍不得家里的地，偶尔去住，倒是父亲非常喜欢在那里。每天送孙子们去上学后，他就可以去龙潭公园玩，时常在那里碰到前来散步的大父，两兄弟一辈子都没有这么长时间坐在一起晒太阳。大父家也是走几步路就到了，父亲没事也会去他家坐着聊天。父亲事后一再跟人说:"我大嫂从来就没有靠着我坐那么近地说话,那天说了一下午。么人晓得第二天就没了呢!"现在父亲可能还陪在大伯身边吧。

我们有一搭没一搭说着话,母亲忽然感叹:"家里多个人还是热闹。我一个人在家里很早就睡了。"说起父亲,她摇摇头:"他啊,几快活的!天天跟城里的退休老头儿一样,去公园打打牌,早餐还去买来吃。"我说:"这个没得么子,买个早餐也没几个钱嘛。"母亲一拍手:"早餐一吃四五块,一个月下来不得了啊。一年下来花多少钱!"我笑了:"钱不用担心嘛,有我们。"母亲摇摇头:"你们挣钱也辛苦。"想了一会儿,她又说:"我之所以还要种地,还是想多挣点钱,至少我跟你爸的吃喝花费都有了。我不想麻烦你们。"

到该睡觉的时间了,母亲给我铺好了床,准备好了被子。我钻进被窝,母亲问:"北京是不是很冷?"我说:"有暖气。"她点点头,又问:"被子薄不薄?要不要再加一床?"我说:"不用了。"她说好,转身走开,走到门口,又说:"早点儿睡,莫又看书看到很晚。"我"嗯"了一声。关了灯,清冽的月光洒了进来。我得抓紧时间睡觉:明天六点就得起来，母亲要跟二娘一起熬粥，准备好饭食，明天来吊唁的人会很多；而我要赶到城里大伯家里，参加诸多吊唁仪式。我忽然想到，小堂哥背着自己母亲的尸体下楼时，不知是什么心情。前一天生活一如往常，上班是上班，上学是上学，打牌是打牌，做饭是做饭，一夜过后，忽然所有的事情都崩塌了。母亲没有了，连告别的机会都没有，连一句话都没有，连我这样的外人想起来都是痛的。再想想大娘，连她自己都不知道那是她的最后一夜，她死的时刻真的毫无痛苦吗？永远也不会有答案了。我跟大娘几乎没说过什么话，也谈不上有多深的感情，但心里的难过还是升腾起来。楼下，母亲走路的声音，开灯的声音，关门的声音，一一响起，又一一消失。周遭安静了下来，只有风撞着玻璃窗，发出咔嗒咔嗒的声音。

2017年12月14日于武穴

兄弟一场

哥哥从东莞坐火车到北京,没有直接来找我,而是去了燕郊他朋友家里。第二天他才决定来看我。晚上六点下班时,他发微信告诉我已经到了我们小区门口。我让他找个地方先等等,我立马赶过来。我那时上班的地方在郊外,先坐班车去地铁口,毫无例外,又是人群堵在铁栅栏之内,排队等了许久才进站,然后又在刷票口等了许久,好不容易上了地铁,坐了几站后再出站,又要走十几分钟换另外一条线的地铁,等我出站往小区走时,一个多小时已经过去了。

阴沉的天空之下,树叶落尽的国槐伸出细瘦的枝丫。已经是冬季了,吹来的风,带着寒意。找到哥哥时,他在小区旁边的某家宾馆的前厅坐着,旁边放着他的双肩包。

他没看到我来，我得以打量了一番他：略微发胖，有些秃顶，脸部浮肿，一个典型的中年男人。前台正在给客人办理入住手续，我以为哥哥在这里订好了住宿的地方，结果他只是临时在这儿休憩。他跟着我往小区走去，问他生意谈得如何，他摇摇头说："我去我那朋友家里一看，聊了一会儿，发现他们是搞传销的。找个机会，我赶紧跑走了。"这么说，他这个生意是泡汤了。

我已经习惯了这种泡汤，哥哥也习惯了，这不算什么。过去的几年，他原有的生意破产，资金链断裂，公司倒闭，合伙人反目，银行追款，高利贷催债，卖房卖车……连带着我们全家都给卷进去，这样的糟心事还少吗？我们已经习惯了。现在他在东莞重新开始，一切都是未知的，我不知道他做得如何，问他，他就说还在努力之中。事情总是往好的方向走，不是吗？我们假定是这样的。包括这次，虽然差点儿陷入传销组织，好歹人逃出来了，也算万幸。

在小区北门找到一家火锅店，点好锅底和配菜后，沉默了片刻，哥哥说："我这次来，主要是看看你过得怎么样。"我说："我过得很好啊。"他点头说好，我们又沉默了。哥哥大我七岁。我不知道相隔七年，是不是意味着一种代沟？我们童年一起生活的时间很短，我几乎是一个人长大的。我们虽是兄弟，却客气，拘谨，生疏。平日我们很少打电话，除非家里出了什么事情。有时候我打电话给他，他在忙碌；有时候他打电话给我，我说起手头在写的书，一切都还不错。过去的几年，我怕他打电话，因为总是听到一个又一个不好的消息。我们在两条人生道路上，互不交叉，各自有各自的灰暗与光明，他不懂我的，我也不懂他的。

为了不让场面太过尴尬，我不断地找话题。我问起他的生意，他说目前在朋友的公司打工，带着一个营销团队，但他很想出来单干，缺的就是资金。这次来北京的一个目的，就是去那位老朋友那边看看能否拉到投资，没想到朋友却搞了传销。我有点儿紧张起来，我怕他再提起钱的事情。过去几年里，我几乎所有的积蓄都帮他填补他亏欠的漏洞了，如今再让我拿钱出来，说实话我会很为难。但他没有提跟我借钱的事情，他只是打量我："你真过得好吗？"我说："好啊。"说完我莫名地难过起来。他接着说："爸爸妈妈最放心不下的就是你了。他们没有在你面前说什么，怕给你压力。但他们经常跟我说起他们的担心。"我说：

"我真的很好啊。我做我喜欢的事情,一切都很好。"他停顿了一会儿,说:"那就好。"

吃完饭,我带他到了我的住处,很小的一间,原本是用来储物的,与厨房没有完全隔开,所以每当有人做饭时,房间里全是油烟味道。现在房里一下子站了两个人,显得分外拥挤。哥哥把包放在床上,打量我的住处。两书架的书,小书桌,几个箱子,扫一眼便能看完。这是亲人第一次看到我在老家之外的住处。在北京我几乎没有什么亲戚,偶尔有一两个,也是远房的,根本没有走动。所以,哥哥说他来看我,我有点儿兴奋。这些年在外面,从这个城市到那个城市,从一个工作跳到另一个工作,都是我自己换来换去,家里人永远隔在千里之外。回到老家,我们吃饭聊天,我还是他们那个熟悉的人;可是到了城市,你换了一副面孔生活,他们不会知道。来北京这些年,父亲总念叨着要来,我说你来呀,他又说要等同垸的谁谁谁一起来,又说你还没有结婚,去了也没意思,就这样拖着没有成行。而哥哥,我的另一个至亲之人,总算来了。

他问我租金多少,一听我说的金额,露出吃惊的神情:"这么贵啊,再说住的这地方实在是……"他忍住没说出来。只有一把小凳子，他坐不下，只好坐在床上。他又问："你在这里住了几年？"我说四年了，他沉默半晌，再问："跟室友处得好不好？"我说还不错。我们一时无话可说。他躺了下来，望着天花板，我打开电脑看写的稿子。他说："你把你写的书给我两本，我在回去的车上可以看看。"我迟疑了一下："书里写了你，你看了别生气。"他笑道："你放心，我不会的。我知道你写了很多家里的事情，这有什么呢。"我把自己的几本书拿了出来，他接着说："我那些同事经常翻看你的文章，你嫂子都把你的书看完了。"我说："他们说没说写得如何？"哥哥笑了："好嘛。都说写得好。"

我记得有一年他在上海躲债，一时兴起在网上找来我写的文章，他说他一口气看了好多篇。过去他从来没有主动看过我写的文字，这次看完有了很不一样的感受。我写的事情多是他熟悉的，可我的角度和想法是他陌生的。他经常是我书中写的主角，我写过他的难堪，也写过关于他的回忆，写过他的孩子们，当然还有我们共同的父母。他只是说他喜欢，但没说为什么喜欢。他从床上坐起来，认真地说："我不会把书中的那个我当成自己，我就当成一个书中角色而已。所以你不用有压力，你写你的就好了。"

夜深了，门外，室友们走来走去，洗漱，洗澡，说话。我本打算两人挤一晚，他看了看床，迟疑了一下，我便说："小区外面有快捷酒店。"我们又一次出门，走出小区。没有月亮，天空铺着厚厚的云，灯光昏暗地照下来。我跟他说既然第一次来北京，那么不妨多住几天，我好好陪他逛逛。他说："我没有时间了，公司还有事情，我明天就回去了。"等红绿灯时，他说："你一个人一定要好好的，遇到什么事跟我说。"我"嗯"了一声。到了酒店，给他办好入住手续，付好钱，确定房间没有问题，我便回住处睡去了。我们从小到大，很少在一张床上睡。双方都会觉得有点儿尴尬。

第二天一大早起来去宾馆，哥哥已经等在那里了。我带他去乘地铁，上扶梯时，他站左边，我拉拉他的衣袖，让他站在右边："左边是留着过人的。"他这才反应过来，往右边站。到车站时，时间尚早。我带他去地下的麦当劳坐，给他点了套餐。他一点一点地吃着，像个乖顺的小孩。我跟他说起他的两个孩子，他话也多了起来，大儿子这样小儿子那样。"我对他们也没有期盼，平平安安就好。"我点头说："咱们爸妈也是这样想的。"他说："你已经远远超出父母的期盼了。你是他们的骄傲。"我心中又莫名地疼起来，我也说不清楚是为什么。

到了时间，哥哥要进站了。我拿出手机："我们从来没有合影过，来一张吧。"我们凑在一起，对着手机镜头拍了一张。拍完后，走到进站口处，我们略微站了站，他看我一眼，又瞥向一边："行，我走了。"说完，头也没回地进站了。回去的地铁上，翻看我刚才拍的合照，忽然发现我们兄弟俩长得越来越像了。从小，我像爸爸，他像妈妈，而现在我更像是稍微年轻版的他。虽然有点儿惊讶，但也不意外，毕竟我们在这世上，也是兄弟一场。

2018 年 5 月 14 日于北京

传家之地

父亲一说起那天的事情，就忍不住眼眶泛红。几个月前的一天晚上，父亲坐在前厢房看电视，忽然听到猛烈的敲门声。父亲一边起身往门口走，一边说："么人啊？你等一会儿，我就来咯。"敲门声此时已经变成了踢门的声音。父亲一打开门，胸口随即挨了一拳。"你个孽畜！老子要打死你！"扑进来的是他的二哥，也就是我的二父。父亲倒在地上，还没爬起来，二父又踢打过去："老子打死你！老子打死你！"父亲疼得叫起来，他身患糖尿病多年，身体已经很虚弱了，遭遇这样的殴打，他毫无还击的能力。母亲本来在灶屋，听到呼救声后，赶紧跑了过来："这是做么子鬼？二哥哎，你这是要做么事啊？"她上前要拉住二父时，二父的拳头又挥打了过来。

如果不是附近的人赶过来拉住二父的话,父亲和母亲恐怕会挨更多的打。事情的起因说来也简单,就是一块地。我家跟二父家有一块地是挨着的,父母亲一直在市区照料孙子们,地里的事情很少去看顾。有一次母亲想在那块地里种点东西,过去一看,自己这边的地莫名少了一截。再一看,二父那边把沟往我们这边挪了一些。母亲很生气,拿起锄头,重新划出一条沟,恢复原本的界限。下次再去,那条沟又划回去了,母亲又一次恢复原有界限,并在线上放了几块石头。第三次去,石头扔掉了,沟再一次变成第一次的样子,随后就发生了开头二父打我父亲的一幕。

打人事件发生后,母亲找其他的叔爷评理。二父说是父亲动手打他的,母亲气得浑身发抖,她指着父亲羸弱的身子:"你睁眼看看你的亲弟弟,他这么瘦,这么弱,风一吹就要倒了,他打你?你么说得出这样的话来?"但二父坚持说是父亲打他。评理的人各自劝慰一番,母亲要求村干部重新去量那块地,该是我们家的就是我们家的,不能让别人占了。村干部去测量后,确定了原本那块少掉的地,就该是我们家的,不应该被占用。我们一家和二父一家都在现场见证了。母亲说:"二哥,你看好了。我们不占你的,你也别来占我们的。多一分我不会拿,少一分我们也不会让的。"二父没有回应。

等我回来后,这件事已经告一段落。二父那边再也没有过来找麻烦,两家也不再走动了。父亲告诉我这件事时,几次哽咽:"我们是亲兄弟啊!他么能这样对我?几十年的感情……"他近七十年的人生中,第一次遭到这样的殴打,居然是来自他的二哥。而打他的缘由,只是这么一块地。这让他难以接受。他的大哥,也就是我的大父,年轻时参军当了排长,退伍回家乡后一直留在城里工作。垸里,父亲跟他二哥都一直务农。我们两家走动非常频繁,父亲也一直以他们兄弟情深而自豪。但是现在,这个一厢情愿的想法完全破灭了。父亲跟他的兄弟关系就此决裂,再无修复的可能了。双方子女(我和我哥,还有二父那边我的堂弟堂姐们)知道后,深感尴尬。我们都生活在外地,事情发生时,没有一个人在家。我哥作为我们这边的长子,跟二父那边的长子,也就是我堂弟通电话,说:"上一辈的恩怨是上一辈的,我们这一辈该怎么来往还是怎么来往。"我堂弟也同意。我哥又感慨:"两个人加起来一两百岁咯,为了这个事情闹翻，真是不值得！"

父亲告诉我这件事的第二天，我特意去那块地看了看。地靠近鱼塘，狭长，仅够栽种六行芝麻。二父家与我们家反复争夺的是相互挨着的两行。单从收入上来讲，本来种地所得就没有多少，再具体到这一块地，一年顶多几百块钱的进项。为了这几百块钱，兄弟反目，想来很荒诞，也很可悲。可父母那辈人不会这样看。地是命根子，虽然现在不值钱了。谁要是动了自己的地，就跟谁拼命，哪怕这个人是自己的兄弟。回来时，我特意绕开通往二父家的那条路，免得看见他们尴尬。

想来很伤感，小时候我经常去二父家找堂姐们玩。每逢过年，去他家吃年饭（我们这边没有吃年夜饭的习俗，大多是在小年之后除夕之前，请亲朋好友来家吃一顿），他们也来我家吃年饭。不对，我突然想到，我们已经很多年没有去对方家吃年饭了。每回到吃年饭那天，父亲都坚持让我去二父家请他们来，母亲总会说："哎哟，他们又不来，你非要请做么事？他们也没有请我们去啊。"父亲不听，依旧坚持让我去。我去了后，二父那边客气着，可是并没有一个人来，父亲非常失落。母亲此时又会说："算了,他们不来,我们也不去。两边撇脱,几好哩!"父亲回:"兄弟之间都不走动一下,说不过去。"母亲说:"你这是一头热,那边根本就不在乎你这个兄弟。"父亲说:"你瞎说。"经历这次打人事件后,我想父亲的心应该是彻底凉了。

回家吃饭时,父母亲吵了一架。准确说来,是母亲在数落父亲,父亲还了一句嘴。事情的起因是:昨天母亲在地里锄草,父亲把另外一块地侍弄完后,过来在地头蹲了一会儿,便开着电动三轮车离开了。母亲生气地说:"地里草那么厚,你明知来了,还不锄,反而跑了,这么懒,没看到过的!"父亲沉默不语。母亲常常抱怨父亲"懒",经常不到地里看一眼,没事儿就跑出去打牌玩耍。父亲被说急了,通常会大吼一声:"我哪里懒!"说完后,母亲会更激动地重复之前的话。而我坐在现场,看着他们这样对话,这种情形已经持续了很多年。

我想起刚回来的那天,吃完午饭,父母亲跟我站在窗户边看外面。母亲说:"哎哟,地里人都满了,我忙得还没出门。"窗外是一片麦田,麦子收割完毕,有人在锄草;田边的水泥路上,陆陆续续有人开着电动三轮车往更远的地里奔去。母亲急着要下楼,芝麻还没种,湖田的草也没除干净，地里的各种事情都在等着。而父亲继续站在窗边，没有动弹。我问父亲收成，父亲算了一笔账："十一亩地，麦子收了五千多斤，卖出去几毛钱一斤，毛收入五千块，扣除农药钱、人工钱等，我跟你母亲忙了大半年，纯收入几乎为零。这还算好的，有的人忙了一年还倒贴钱。"

我忽然明白了父亲"懒"的原因：你种多种少，勤快也好，懒惰也罢，最终的收入并不会增加多少，甚至有可能没有什么收入，那忙来忙去有什么意义呢？所以，他越来越不愿意去地里，越来越不愿费心费力，而母亲却不这样想，她认为种地虽然已经不挣钱了，但好歹能顾个嘴，不种地能做什么呢？像他们这样已经快七十岁的人，唯有种地还是能做的。日常花销，可以通过打零工来维持，比如说，帮垸里搞装修的师傅做下手，从早上六点到晚上八点，一天能挣一百二十元；或者去隔壁垸的渔庄端盘子、洗菜、扫地，一天也能有一百元；或者去农场帮人种红薯，一天也是一百元……但土地，是万万不能丢弃的。

我已经跟父母说过很多次，其实可以不用种地了（为了动动身子，种几亩地就可以了，不要种十几亩那么多，太过辛苦），我跟我哥哥完全承担得起赡养父母的费用，平日我也时不时给他们钱。父母亲说好好好，我们的心意他们心领了，但地还是要继续种下去——他们还有精力来做。过去没有电动三轮车的年代，他们去十几公里外的农场种地，来回都靠走，常常到天黑透才回来。我跟我哥哥那时候还很小，坐在屋子外面等他们。那时候我也不知道他们的辛苦，一见到他们就哭，非要让他们给我买这个买那个。后来等我九岁时，他们去长江对岸的瑞昌种地，那边十五亩，家里四五亩，来回跑动着种。那时候土地的收入虽然微薄，还能勉强维持一家的收支，也能供我和哥哥上学。近些年，家乡越来越多的人不种地了，亲戚们外出做生意、打工，手上的地便陆陆续续转到了父母手上，然而收入几乎没有增加——所幸，我们已经长大了。

种地有什么意义呢？我一直在想。一年忙到头，可能也就一万多一点的收入，还如此辛苦。现在我们完全可以让父母亲歇息一下了，但他们依旧执着于此——这是他们生活的全部。四五十年来的田地劳作，以及由此形成的生活习惯、生命经验，构成了他们生存的意义。二十四节气对他们是有意义的，天晴下雨刮风打雷对他们是有意义的，每一粒粮食和每一球棉花对他们是有意义的。他们不是"能人"，他们的同辈人，有的在外做生意跑单子，早就赚大发了，他们不行，他们只能依靠土地。可以说，土地就是我们家的"传家之物"，从祖上一路传到我太祖、祖父母，然后到我父母这里断了。可以肯定地说，父母亲就是最后一代自耕农了（其他地方我不敢妄说，单就我们这一块而言）。垸里，我们这一代没有人会再种地了。再看我们垸，我并没有感觉到所谓衰败的气息，反而是热火朝天，老房子陆续拆掉了，三层四层的新房子一幢幢地盖起来。年轻人都不在，年老如我父母这一辈，有去药厂上班的，有外出做生意的，哪怕种地没有什么收入，也没有觉得有多悲苦——毕竟主要收入不在于此。生活是结结实实地往前，他们不会觉得有多伤感。

我想起曾在大学毕业时就户口迁移的问题打电话给父亲："我是把户口迁回老家，还是留在城里？"父亲想也没想就说："回来做么事？我好不容易供你读出去，算是鲤鱼跳了龙门，你户口又落回乡下算个么子事！"我听了父亲的话，把户口落在了城市（没有想到的是，后来随着政策的变化，很多人想把自己的城市户口改成农村户口，因为可以享受一些政策"红利"）。不过矛盾的是，我家盖新房，有三层，一层是父母住，二层留给了我，三层是哥哥一家。在父亲的构想中，我们一家还是会住在一起的。一层一个小家庭，三层合起来又是团团圆圆的大家庭。但这是很难实现的。哥哥一家已经在市区买房，我在苏州买房定居了下来，只剩下父母亲住在一层，上面两层唯有过年时才会有短暂的几天热闹。

在盖房时，我说不用盖那么高，父亲依旧执意要多盖一层："垸里家家都盖的，我们不能被比下去。"而我们家周遭都是新盖的四层五层新楼，上面几层几乎都是空的。一方面是为了面子，另一方面还是为了那个"儿孙满堂"的愿景。当年新屋刚盖好时，父亲带着我在楼上楼下转悠，说道："二楼我就简单装一下，以后你回来住，想么样弄就么样弄。"我说："我应该不会回来住的。"父亲愣了片刻。我明白他那一刻略带失落的心情，可我说的是实话。我已经习惯了在外面的生活，要不是父母亲在老家，我也很可能不会每年都千里迢迢赶回来。他们是我最深的牵绊，而土地是他们最深的牵绊。如果有一天父母亲不在了，我与这片土地就没有什么牵绊了。有一次，父亲感慨道："你们都没有地了，以后想回来都没有根了。"母亲在一旁说：

"没就没了,要这地做么事?种地几辛苦的,要费这个力做么事!"父亲叹口气道:"理是这个理了,只是想起来有点难过。"

难过归难过,现实依旧是现实。我不愿意回来,一来当然是因为这里没有我生活所需的诸多条件,二来也是因为我非常不喜欢乡村世界种种复杂的人际关系。一代又一代,一年又一年,我的祖先们、亲人们住在这里,就在两三代之前,他们中极少会有人出远门,大都一辈子待在这片土地上耕作。每一块地,都不会浪费。他们在土地上开沟、施肥、播种、收割、焚烧……一直到我父母亲,还有二父二婶一家,还有那些堂叔堂婶,这一代人延续着同样的生活方式。哪怕外面的世界发生着惊天动地的事情,他们都只是低着头看顾着那一块地。他们的生活几乎一成不变,永远是那些人,永远是那些事。正因为不变,所以多年累积下来的恩恩怨怨,便扯不断也说不清。往往一件小事,就让两家吵翻了天,断绝了来往。因为这件小事只是一个导火索,顺着追索下去,是几十年来的种种龃龉。而此次二父打我父亲的事情,只是新添了一桩而已。在过去的这些年里,我们两家肯定是有不少明里暗里的矛盾,只是为了表面的和睦而不说。一想到此,我烦不胜烦,也不想与这些有丝毫牵连。父母亲每次谈起族人们和亲戚们的种种琐细恩怨,我都是假装在听着,这边耳朵进,那边耳朵出,完全不放在心上。我更愿意过一种清清爽爽的个人生活,不必在意左邻右舍如何看我,不必考虑复杂的人情往来,不必陷入没完没了的纷争……如果说土地是传家之物,这些"人情世故"不也连带着传下来了么?假如我们两家的孩子们还继续生活在垸里,这些恩怨还会持续传下去。何必呢?!

在我想这些时,父母亲让我帮忙把电动三轮车推出去,五桶昨晚泡好的谷种已经放在车子上了。我一边推,一边问:"这些种子,是要种几亩地的?"母亲说:"七八亩吧。"我惊讶地又问:"怎么还种那么多?不是说过了吗,种几亩地动动身子就可以了。"父亲说:"这些地,都是人家托付给我们种的,上半年种了,下半年总不能丢了不管。毕竟是土地,不种太浪费咯。"母亲安慰我说:"明年我们种少点儿,那些地我们都不要咯。今年把它们种完。"我又问:"跟二父挨着的那块地还种不种?"母亲摇头道:"哎哟,跟他们抬头不见低头见的,太麻烦咯。那块地我们卖给厂里了。"父亲沉默不语地看着前方,看来是触动了他的伤心事。看着他们骑着车子离开,上了大路,往地里开去。我想也许明年他们还是会继续种下去的吧,像我爷爷那样,八十岁了还在地里忙活——他们放不下。

2023年1月15日于苏州

回乡记

2020 年

2020年1月底回家，4月返北京。

与父母相处的四十天

（一）

又一次，我要陪父亲去买药。

父亲坐在卫生所的大厅里，戴着口罩等我。我刚一过去，医生举起测温仪给我量了一下体温，一看是正常的，然后在一张信纸上写字盖章。"把这个拿到村委会去盖章。"我接过信纸，原来是一张证明，上面写着："患者邓见清，男，69岁，体温36.5℃，某村某垸人。主诉：患者糖尿病史10年，建议到某镇某医院复查。陪伴人：其子，邓安庆，男，36岁，体温36.2℃，某村某垸人。"下面是医生的签字、日期和卫生所盖的章。我们拿着证明又去了隔壁的村委会，说明情况后，村长在证明下面补写了一句话：

"邓安庆非隔离人员。情况属实，请予放行。"然后盖上村委会的章。

我回家开出电动三轮车，去卫生所载上父亲，沿着国道往镇的方向开去。1月24日黄冈"封城"后，我的家乡武穴（黄冈下辖的县级市）也随之"封城"，公共交通都停了；1月31日，机动车、电动车限制通行。如果没有村里开的证明，我也不可能开电动三轮车去镇上。这已经是我们第三次帮父亲买药了，因为医院每次只给开一周的量。前两次买药费尽周折，希望这次顺利。我们要买的药是精蛋白生物合成人胰岛素注射液，父亲每天都要注射这种药物。如果断药过久，会引起高血糖，引发恶心、呕吐、嗜睡、食欲不振等症状。这样的后果，让我们一家人不敢掉以轻心。

通往镇上的国道畅通无阻，前后一辆车都没有。沿村各个垸口都设置了路障，戴着袖章的各村干部在路边巡逻，行道树之间扯着禁止聚集赌博的横幅。半个小时后，到了镇口，一辆大型机动车横在路当中，只留着一个供车子出入的口，旁边搭着一个帐篷，几个人坐在那里，负责检查进入车辆。我把证明给他们看，他们挥手让我们进去。这是我从北京回到老家四十多天来第一次到镇上，沿路家家户户大门紧闭。进入镇上的主路后,又遇到一个临时检查站,我再一次拿出证明,他们看了一眼,让我们过去了。

镇医院门口也是严阵以待,五个穿着全套防护服的工作人员站在大门口,我跟父亲先去左手边的一张登记桌那里量体温,没有问题后,父亲进去买药,我想跟过去,被工作人员拦住。我冲父亲喊道:"你多买一点儿!免得又要再买。"父亲点头,熟门熟路地往里面走。工作人员说:"不是你想多买就能多买的,这个是有固定量的。"我这才知道为何每一次胰岛素只能用一周左右。等了一会儿,父亲拿着医生开好的单子,让我付钱。工作人员给我量了体温确定正常后,让我进去。

付钱的时候,父亲看了一眼价格,大声感慨道:"怎么这么贵?我在药房买就没这么贵!"收费的工作人员说:"医院的价格是这样的。"父亲还想说什么,我说:"没得几多钱,爸,你莫说咯。"当时,其他在场的人都看了过来,我觉得很尴尬。结完账后拿了药,出门后,父亲问付了多少钱,我说一百五十八元。他点头道:"嗯,还好。报销了二十多块钱。"我开动车子后,坐在后车厢的父亲又说:"其实这个药不是顶贵的,医保还能报销。你说是啵?"我点头说是。我知道父亲这样强调，是觉得花了我的钱，心里过意不去。

（二）

回去的路上，依旧是空空荡荡的。父亲感慨道："真是一辈子也没有见到过这样的场景。"我回应道："也不晓得什么时候封控能结束。"父亲笑道："你是想回北京上班了吧？"我说："在屋里也能网上办公，不耽误工作的。"父亲说："那就好。"停顿了一下，他又说："你从来没有在家里待这么长时间。恐怕以后也不会有这样的机会咯。"我开玩笑地反问他："你是不是嫌我烦咯？"父亲拍了一下我的背："哪里哟，你能住这么久，我不晓得几高兴哩！"他又问我："你待烦了吧？乡下又没得城市那么好玩。"我说："我也几高兴哩！"

这不是假话，想想过去，每一年过年都只能在家里待上一两周，就得匆匆返回北京。我就像是客人一样，连行李箱的衣服都不会放进衣柜，反正很快就要走了。因为有几天时间要出门拜年，还有朋友、同学过来找我玩，所以跟父母相处的时间特别短。但是，今年不一样了。从1月

19日离开北京算起,我在家待了四十多天了。

我曾问过自己后悔回来吗,毕竟回来之前,我就已经知道有疫情了,完全可以如很多朋友那样,取消行程待在北京,那时候疫情还没有大范围地暴发,还算安全。哪怕回来了,也有很多人趁着"封城"前的几个小时连夜离开了湖北,我一个好友就是这样,走之前他专门问过我要不要一起离开,我拒绝了。丢下父母亲,一个人逃走,我做不到。我也庆幸我没有走,否则像买药这样的事情,没有我,父亲该会多焦虑。

那封证明信还放在我的口袋里,沿路的检查站没有要求我再次掏出来。我忽然想起上面的一句话:患者邓见清,男,69岁……父亲居然快七十岁了,我心头一惊,并不是说过去不知道父亲的年龄,而是这次回家后,看到父亲苍老了很多。由于长期患病,他身形消瘦,脸色蜡黄,走路有气无力,时常看着看着电视就睡着了。岁月不饶人,父亲正一步步走向衰老。而我陪伴他的时间却是那样少。

(三)

说实话,过去我是厌烦我父亲的。我想最根本的原因在于：我们太像了，如同照镜子一般，一眼就能看出身上让人不适的地方。只要我跟父亲在一起，没有人说我们不像。我就是年轻版的父亲，母亲说连我的性情其实也跟父亲如出一辙。母亲老说："莫像你爸那样说话不过脑子。"就像刚才在医院里发生的那一幕，父亲大声嚷嚷说药贵，我那种熟悉的厌烦感又一次冒出来。他太不会掩饰自己的情绪了，他天真幼稚，还有点懦弱，同时又冲动敏感。反观我自己，的确是处处看见来自父亲这方面的遗传。这种性情的人，都如小孩子一般，本性良善，却很自我，很难体察别人的情绪。

而父亲刚才强调药不贵的事情，让我想起多年前的一件事情。那次我去额济纳，正巧家里电话打了过来，父亲问我在做什么，我说我在内蒙古，正想说我在旅游时，他紧张地追问了一句："是单位报销吗？"这句话提醒了我，我便接着他的话说："是啊，来回都是单位报销。"父亲松了一口气说："那就好。"过后的几次电话，父亲还要问："你的钱单位报销了吗？"我回："报了报了。"一个月后，父亲突然想起，又问："上次你去内蒙古那个钱……"我有些不耐烦了，说："报了呀。都报了。"父亲这才彻底放了心。

父亲穷怕了。每一笔钱,他都不敢乱花。每一笔钱,都得有实际的用处。而在我的生活中,旅行是非常重要的经历。但我在旅行中得到的快乐和满足,无法跟他分享。他没有办法理解我。尝试着交流了几次,他都一再强调:"莫乱花钱,旅游能看个么子嘞?又不能当饭吃。"自此之后,我再也没有跟他讲过我的生活了。

父亲的这份担心,产生了一个副作用:我明明是花自己的钱,却有莫名的羞愧感。比如,我会想:"我去旅游的这个钱,完全可以给父母买点儿营养品,还可以带他们去体检……"总之,钱花在自己身上,让我觉得自己很自私,只会考虑自己享受。吃到好的东西了,心里会想:"我父母一辈子都没有吃到过这些食物,而我却吃到腻。"这种愧疚感如无底洞一般,怎么都填不满。

这种感受在以往过年期间尤为明显。每次过年回到家,我就给他们添置新衣服,塞给他们钱,陪他们看电视说说话……这样能稍微缓解我的焦虑感。而一旦离开后,我又会重新涌起深深的亏欠感。相处时间太短,离别太长。在北京,我每回跟父母通完电话后,都忍不住一阵抽痛。说的都是很普通的话题,吃没吃饭啦,天气热不热啦,工资发没发啦……我们隔得太远太远了。他们觉得我太辛苦，我觉得他们太辛苦，我们都没有说出口，都说自己挺好的。在琐碎的话语的空当，我听得到他们的担心和害怕。

（四）

回到家后，我把车停好，扶着父亲去前厢房的床上休息。母亲走进来问我们去哪里了，我说了去买药的事情。母亲瞪了父亲一眼："你自家不晓得买咯！你把庆儿拉过去做么事嘞？"父亲笑了笑："我不叫我儿，叫么人陪我去？"母亲撇撇嘴说："你啊，就是想你儿子帮你出钱。我还不晓得你的算盘。"父亲又笑："我不靠我儿，靠么人嘞？"我说："没得几多钱，妈，你莫担心。"母亲说："你之前打的一万块钱，他都留着没动，又要你花钱。"父亲说："那个钱留着以后要是突然有重病咯，可以救急。"

这些年来，每年我都会给家里一些钱，用于父母亲的日常开销和治病花费。父亲因为长期患病，没有赚钱的能力。母亲日常靠打一些小工补贴家用，她有时候去坝脚下割草，有时候去厂里跟着婶娘一起灌水泥，有时候去船厂里刮漆……我给母亲算了一笔账，算上家里一亩地种的芝麻卖的一千块，再把零零碎碎打小工的钱加起来，年收入一万多一点，再减去父亲的医疗费用，家里一整年是没有进账的。可以说，他们只能依赖我给的钱生活。

我不是没有埋怨过。以前在北京，每回听到手机里传来父亲的声音，"我有个事儿想跟你商量……"，我脑子里立马跳出两个字——要钱。父亲果然说起欠债的事情，让我给家里打几万块钱。后来母亲又打电话过来说商量事情，说家里上半年因为送礼钱都没有了，也没有收入，钱都去还债了……我又打了几千块回家。我觉得一点一点靠着我自己的劳动积攒下来的钱，只要家里一个电话，就立马化为乌有。这种感觉非常糟糕。不知道什么时候是个头。

父母亲无力挣钱，哥哥做生意破产，有心无力。能怎么办呢？我完全能理解他们的处境，只有我可以帮他们走出困境。所以他们有难处时都是先给我打电话。可为什么是我？我心里翻搅着委屈的情绪。我没法跟家里说这个。他们会特别内疚，特别惶恐，每回都小心翼翼地说："你要是没有钱的话……"但我不能看着他们陷入泥淖不管，哪怕再委屈再抗拒，那也只是内心的一番不舒服，终究还是要给他们的，而且不会在他们面前露出这些情绪来。他们很脆弱很无助，我没法不管。

直到这次疫情期间，我第一次帮父亲买药时，这种幽怨的情绪才完全消散。那是在2月7日，父亲的胰岛素打完了。市区没办法去，我们只好骑车去镇上买药，开了一半，遇到了路障，车子开不过去。父亲让我留下看车，他走到镇上去买药。我等了快三个小时，才看到父亲从长江大堤下面的小路上慢慢地挪过来。一看到他迟缓无力的步伐，我就知道没有买到药。上坡时，他气都快喘不上了，脚踩在烂泥里，腿弓着使不上劲，我赶紧过去扶他，他腋下的汗把衣服都打湿了。我问他如何，他摇摇头道："所有药店都关门咯，打电话也没得人接。大街上都没得人。"

我永远也忘不了他走路的这个样子，那种痛楚的感觉久久不去。我此时才深深地意识到：父亲，还有母亲，衰老的速度远超我想象，脆弱无助的程度也远超我想象。跟他们相处的这几十天，我从一个只在家里住几天的"客人"，变成了真正与父母一起生活的人。过去，他们在电话里提到的事情，我都没怎么放在心上。反正你们缺钱，我就打钱给你们。你们自己拿着钱，去解决事情就好了。但这其实特别自私,你不能感受到父母亲的感受。他们对于自己晚年生活的担忧,对于疾病的担忧,对于人情世故的担忧,你远在北京,都觉得无所谓。但现在不一样了。我亲眼看到了父亲蹒跚的步伐,看到了母亲受伤的脚跟,看到了他们为了一两块钱而纠结的神情……

他们并没有跟我说起这些,他们都抱着"不要麻烦孩子"的心态过活,可是我都看在眼里,记在心里。过去对于父母亲的抱怨,我觉得也不是错。只是因为我们双方都在各自的生活里,并不清楚对方真实的状况。再加上亲人之间有太多的情感纠葛,为了避免伤害对方,都选择了沉默和忍耐。因为"封城"滞留在家,时间起了作用,它给了我与父母亲充分了解对方生活的机会,也极大地加深了我们之间的感情。

(五)

晚上,父亲早早睡下了。我在二楼房间里看书,母亲照例来我房间聊天。我突然想到之前别人给我拍的视频节目,便放给她看。我想也得让他们了解一下我的生活。这是她第一次看我出现在视频里，看完后，她笑道："我还担心你说话有问题，现在看来，你还可以，表达也蛮好的。"我也笑了："所以你不要担心我，我在外面过得蛮好的。过去你不了解我做么子，现在你可以看看我生活的地方和我做的事情。"母亲点点头，说："做妈妈的，永远都是这样的，担心你这个，又担心你那个。"

我又说："我写过很多关于你的文章，放给你听？"母亲说好。这话在过去，我是不敢说的，总觉得不好意思。母亲没念过书，不认识什么字，所以我的文章她肯定看不懂。现在我感觉时机到了。我坐在母亲旁边，搂着她，电脑里播放了我过去写的《与母同行》，这篇文章写我带母亲去九江看病的事情，是由一个专业的主播录制的。

母亲穿着新买的花棉袄，眯着眼睛，听着听着说："是的，那一年非典，你关在学校，一个月出不来，我跟你婶娘骑了好远好远一段路，给你送东西。没想到你还记得。"我说："我记得非常清楚。隔着校门，我在这头，你在那头，你把东西递过来。"文章听完后，母亲笑笑，我知道她是高兴的，只是不知道如何表达。此时，我试探地问她："干脆我就留在屋里算咯。"母亲忙说："那么行？北京有你的生活。再说你工作也不错,你自家也开心,当然要回北京。"

我不是没想过留在家里的可能性,居家越久,我越想留在父母身边。过去我习惯东跑西闯,现在我只想多一点陪伴。但住再久呢?我能在老家做什么工作呢?我能靠写作养活自己和父母亲吗?我的那些朋友,我喜欢的城市里的那些东西,都隔绝在外,我真的能适应吗?我不知道,也没有人能给我答案,只能看我的内心想要的是什么。但无论如何,我不后悔回来,毕竟一生可能也就一次是这样,所以要珍惜。

又聊了一会儿,母亲起身说:"不早了,你也早点睡。"我说好。母亲走了两步,笑着回头问:"你听到你爸爸打呼噜的声音啵?"我侧耳倾听,果然有。母亲说:"他都睡着了,你赶紧睡吧。"我又一次说好。母亲走了,一步,一步,每一步下楼的声音我都听得见。

忽然说到死

忽然就说到了死亡的问题。事情的起因是吃完饭后,父母亲跟我聊起了方爷。几个月前,方爷因突发脑梗住院,出院后一直在家里躺着,父亲去看过他,人已经昏迷不醒很长时间,单靠氧气瓶硬撑着。可以说,只要氧气瓶一撤,人就走了,但还是没撤。我想我要是方爷的儿子,也很难做出撤掉氧气瓶的决定:爸爸只要有一口气吊着,就算是活着。可是这样活着,爸爸虽然已经没有了任何意识,也会感到非常痛苦吧。这种纠结,虽没有亲历,但也能体会一二。

方爷跟父母亲年龄相仿,老伴儿前几年肝癌去世了。几个儿子都在江苏开店做生意。现在一个儿子在家里守着,其他孩子也回不来。母亲说:"如果年前把氧气瓶撤了,人下了葬,现在也不至于这么尴尬。"我问尴尬在哪里,父亲接话说:"如果现在人没了,有么人去给他抬棺材?现在这个情况,没得人敢过去。"我又问:"现在不火葬吗?"父亲回:"这几年倒是没有强求火葬,所以现在都是土葬。"母亲又说:"再一个,儿女在外头,也回不来。"我想了一下,说:"那现在如果人没了,只有请火葬场的人开车来把尸体拉走火化,他儿子把骨灰拿回来放着,等疫情结束再下葬。"父母亲点头称是。

父亲又说起了白云娘,也就是方爷的老伴儿。"嚯,那葬礼搞得几风光!几像样!请了八个道士念经,沿路撒钱,各种花圈迷花了眼,花费七八万……"母亲打断说:"你是不是几羡慕?真是花冤枉钱,人都死了,这些钱都给别人咯,有么子味?也就是讲排场讲好看,生前对娘老儿好,比死后搞这些有的没的重要多了。"父亲被怼得没话说,忽然又转头跟我讲:"庆儿,我要是死了,没得别的愿望……就你哥捧着我的骨灰盒,你在后面抱着我的遗像,你老娘扛个铁锹,找块地方把我随便埋了就算了……"母亲扑嗤一笑打断他:"我才不会扛个铁锹,好不吃辛苦!拿着你的骨灰,直接往长江水里一撒就完了。"父亲说:"我说正经话！"母亲回："一天到黑死死死的，你过去说！不要听你说话咯。"父亲焐着暖手宝，起身说："说不通哩，我走我走。"

父亲已经不止一次说到死了。每次我从北京打电话回来，父亲总要提起垸里谁谁谁脑溢血了谁谁谁中风了谁谁谁前天死了，提到的那些人都是他的同龄人。他就像是身处一个爆炸现场，周遭全是轰轰隆隆的炸响声，总有一天会炸到自己头上来。他内心非常害怕非常紧张，现在轮到他多年的玩伴方爷。前几年，我离家时，他突然问我要不要看他请人给自己画好的遗像，怕到时候来不及准备，提前画好了。几年过去了，他又提起了葬礼的事情。虽然我们用玩笑话把它打发过去了，但它梗在我心里无法纾解。的确，我该考虑到这些问题了。

他现在走路一顿一顿，脸形消瘦，身体佝偻，最重要的是，没有精气神。母亲私下悄悄说："他现在打牌都打不得，手拿牌都拿不起来。有一次别人告诉我，他从牌桌上起来，裤子后面是黄的……"我立马上网查询了一下，原来是糖尿病的并发症，即自主神经受到损害，出现大小便失禁。身体一点点朽坏，导致精神上一点点衰颓。平日，我在北京，哥哥也忙。父母亲在家里，母亲承揽了所有的家务活，还时不时出去打小工。而父亲几乎什么也不做，除了坚持吃药和打胰岛素，消磨时间主要就靠看电视和打牌。从父亲的角度看，未来有什么期望呢，除了等待身体衰坏，最终就是死亡了。那就像是一个随时会打下来的重拳，它还没有出手，可它随时会出手。

而母亲这头，我也放心不下。之前跟母亲打电话，母亲说她在船厂打小工。问起是做什么，母亲说拿着小铲子刮漆，那船舱内气味刺鼻，眼睛都辣得疼。我立马说："你不要再去了！不晓得有多少有毒气体在里面！"母亲说："一天一百块钱，还有饭吃。"我说："这钱我给你，你不要再做咯。你答应我，不能再去咯！"母亲说好。我继续叮嘱："你不要跟我说好好好，临到头又跑去。我过去给你打的钱，你莫留着不花，也不需要给我攒钱，我自家会挣钱。你这样看起来是赚了点钱，以后身体搞坏了，还不是需要花很多钱哩。你做小工我不反对，屋里留一点地，种种庄稼，动动身体是可以的。但是这种伤身体的，我是非常反对的。"母亲叹气道："我就是想趁着身体还可以，赶紧做几年。以后就做不动咯。我也不想靠你们养着，还是希望自家能多挣点钱。"母亲就是如此，极有自尊心，不想麻烦任何人，而对我和我哥，她更不想麻烦。每每想到此，心中一阵疼惜。

吃完饭在房里看电视，父亲靠在沙发上睡着了，母亲走了进来，跟我一起看。母亲忽然问："如果我病了，你会照顾我啵？"我愣了一下，随即说："当然会！"母亲点点头，笑道："我也是傻，偏偏要说这个！好好活着，比么子都重要！"父亲突然惊醒，茫然地问："么子重要咯？"母亲撇撇嘴说："你最重要，要得啵？"

2020 年 1 月 29 日

你保佑我

早上一醒来,感觉眼睛肿肿的,身子乏力。母亲在楼下喊了很多次让我起床吃饭,我也没有力气答应。母亲后来形容自己的心情,说:"你每天起得都好早,今天八点多了,你还没有起床,我心下一沉。"我立马明白母亲的担心。每一年过年回家,我都会感冒的,今年当然也不例外。

长期生活在北京,习惯了有暖气的生活,乍一回到南方,身体不是很适应。感冒了也正常。我如此安慰自己。老家的冷,我曾经如此形容过:"去我长江边的老家试试,那冷是怨妇的冷,她既不拿大风的爪子挠你,也不拿干燥的语言骂你,她甚至都不看你,她就坐在屋子的深处,不说话。可是你能感觉到她无处不在,每一块砖的缝隙里都渗透了她湿冷的心事,空气中每一粒细细的水珠都是她暗暗洒下的眼泪。你挣不脱甩不掉，晚上睡觉时，她的手悄悄地摸你的脸，透过你的肉，摩挲你的骨头。你冷得发抖，她叹息的气息拂过你的脖子。"

而母亲始终不理解我为何这么怕冷，焐着暖手宝，穿了一层又一层，看书的时候腿上还盖着薄棉被，结果还是感冒。她经常忙来忙去，洗这个刷那个，背上出了汗就塞一条毛巾，而我冻冻缩缩，如一只可怜的流浪小狗。好不容易起床下楼吃饭，母亲已经帮我盛好了红薯粥，而我毫无胃口，闻到了菜的油盐味，立马想吐。我忍着恶心吃了两碗粥后，就上楼了，坐在床上，昏昏欲睡。母亲进房间时，我正准备脱衣服，她立马说："你先莫睡，我烧了青艾水，你泡泡脚再睡。"我说好，母亲又下楼去了。窗外，绵绵冬雨已连续多日，窗玻璃上结着水珠，风从窗户缝隙里杀进来，裹着凛冽的寒气。我又忍不住一阵哆嗦。

如果我真的感染了，怎么办？我忍不住想这个问题。首先，我肯定会害了全家，毕竟我们天天在一起近距离生活。其次，我怎么去医院？据说那里已经人满为患，我该如何避免交叉感染？我只有一次性口罩了，网上买的和朋友寄的，都送不到乡下来……好多现实问题蜂拥而至。

最后，我才想到我可能会死，不是吗？肺部被病毒侵占，呼吸困难，身体各个器官都遭到损害……这些想想都让我害怕。

正想着，母亲拎着塑料桶上来了，桶里是滚烫的青艾水。母亲先用毛巾帮我擦背和脖子，让我换了一件内衣；把青艾水倒到洗脚盆里让我泡的同时，母亲又拿生姜片给我擦手和脚。她一边擦一边担忧地看着我。我勉力笑道："没得事。应该就是感冒。"她"嗯"了一声，蹲下来给我搓脚。我说："我自家来。"母亲不让，她耐心地试试水温，又加了一点热水。我再一次说："我自家来。"母亲捏着我的脚，轻轻地揉着。"脚暖和了，人身体就暖和了。睡一觉就好了。"等我洗好脚上了床后，她帮我掖好被子，被脚拿薄被子盖住，这样就不会漏风。

一躺下来，几乎立马就睡着了。再次睁开眼时，窗外，雨还在下着。我的身体感觉清爽了很多，精气神又回来了，而且也饿了。看来真的只是感冒而已，我不由得松了一口气。下楼到厨房，母亲又做了一桌饭菜。我一口气吃了两大碗。母亲见此，也松了一口气。我忽然想起前一年感冒发烧，多日不好，去村卫生所打了几瓶吊针，还是不见好转。直到临走前一天，又打了几瓶吊针，出了一身汗，我才算是恢复过来。后来我才知道母亲瞒着我去问了隔壁垸通鬼神的妇人，那妇人说，是我刚去世的大娘缠着我不放，我身体才如此不见好。母亲烧了纸祷了告，我才逃过一劫。我想这次她恐怕又去这样做了吧，便问她，她默认了。我又笑问："这次又是哪个先人？"母亲说："这个你莫管，现在好了就行。"我笑母亲又搞这一套迷信，母亲忙喝住："莫瞎说！菩萨一直保佑你的。"我笑着回："那你就是菩萨，你保佑我。"母亲笑骂道："你莫乱说，我要有这个本事，你就不会病咯。"

2020 年 1 月 31 日

我们在一起做的事情

每天晚上泡脚时,我跟母亲总有一件事情要做:搬来小板凳,母亲坐下,我一边泡脚一边给她捏肩。她低下头,露出脖子,我按下去时,她"呀"了一声,我问是不是力度大了,她说没事。"一天到黑窝在房里看电视,总是这里疼那里疼,要是去地里干活,就没得这么多事咯。"我笑道:"看来闲暇的日子你是过不了。"我亲眼看见她每天总是忙来忙去,去菜园里摘上海青,到池塘里洗衣服,楼上楼下打扫卫生……我要帮着做,她忙说:"你莫来,裤脚要是沾了泥,我又要洗!"或者要去洗碗,她又说:"莫洗莫洗,水太冷咯。"我说:"水冷你也冷啊。"她回:"我洗惯了。"有一次,我开玩笑说:"妈,你这样事情越做越多,屋里其他人都插不进去手了。"她说:"没得事,你们都有别的事要忙。"

往往是如此，母亲承揽了所有的家务活，父亲因为生病几乎不会去做，而我在家里的时日也少，想帮忙母亲也不让。给母亲捏捏肩，也是我仅有的能帮到她的事情了。她拿出日本产的软膏，是嫂子专门买来给她的，可以活血通络，让我帮着抹在疼处。旁边的小桌上，有一大瓶美国产的鱼肝油，是大舅从广州托人带回来让母亲吃的，据说对预防心血管疾病有帮助。说来惭愧，我去过好些国家，从未想到给父母亲买东西，更别提照料他们了。家里需要钱了，我会立马打过来。过年时，我也会给一些钱。说到底，这样省事，求得自己的心安，不会像嫂子和大舅这般细致。今年过年本来打算带父母亲去体检，可是因为疫情，只好作罢。

在不知归程的等待中，越发喜欢在家里了。跟母亲可以一起做的事情有很多，母亲也有意识地让我跟她一起做。太阳好时，母亲洗干净萝卜，拎到屋前，我负责把萝卜的根须剃掉，母亲负责把萝卜切成丁；去湖田里拔野菜，母亲开着电动三轮车，我坐在她身旁，清晨的阳光刚刚洒下，田野远远望去一片霜白，麦田青青，随风起伏，叶片上的露珠晶莹剔透；晚上一起做丸子，母亲把红薯蒸熟，搁到盆子里捣烂，放上薯粉，我负责和面，揉好后，我们再一起搓成一粒粒丸子。一起做时，有时候说话，有时候不说，但都欢喜。

平常时，在家里待得太久，我会在早晨去长江大堤上散步。走了三里路，往回返时，远远看见一个人走过来，很像是母亲，等走近，一看还真是母亲。问她为什么来了，她说："我一直在寻你。"我又问出了什么事，母亲笑道："就是想跟你一起走走。"我们一起转身往百米港走去，母亲说："总怕你往相反的方向走了，左看看，右看看，老远看到一个人，就晓得是你了。"我挽着她走，她指着两旁的防护林说："这些树还是我跟垸里的人栽的……等树叶长出来时，你也该走了。"

母亲又说起早年的事情，那时候去长江对岸的瑞昌山里种地。在自家的田里忙了一天，到了下午，跑回家拿上装了各种物件的蛇皮袋、锄头等，父亲骑着自行车载她沿着长江大堤赶到码头去坐轮渡。我此时插话道："你们走时，我躲在屋里，不敢看你们走。"母亲点头："那时候你几岁，九岁？十岁？……你爸跟前头的桂花太说，'庆儿你帮我看一下哈,莫让他玩水'。我根本不敢停下来,怕一停下就走不动了。"母亲又说起,有一天江上大雾,轮船不开,只好返回家里,看到我已经在床上睡着了,抱起我去洗澡时,我醒过来发出兴奋的欢呼声……这些我其实已经不记得了,但母亲记得。

我们在一起做的事情,还有看视频。晚上吃完饭洗完脚后,母亲经常上二楼来我房间里坐坐。我在写东西,她坐在沙发上,坐了几分钟,又坐不住,起身扫扫地,又看看开水瓶有没有水,衣柜里衣服是不是都挂起来了。我笑问:"电视是不是不好看?"我记得每回下楼时,她一个人坐在房间里拿着遥控器,一会儿换一个台,一集电视剧常常插播一堆广告。她点头说是。我让她在我旁边坐下,我上网搜一些母亲看得懂的节目、纪录片或者电视剧。一起看时,母亲感慨道:"还是这个好啊,没得广告,要看几多有几多。"看了一会儿,她问:"你饿不饿?我给你煮元宵吃。"我拉她坐下,说:"不饿不饿,继续看。"母亲说好,看着看着又问:"你这个裤子有点脏,明早换了我去洗。"我没奈何地说:"晓得晓得,不要分心。"

视频看完,八点多了。母亲起身说:"早点睡。莫天天对着电脑，要保护好眼睛。"我说晓得。她刚要下去，我叫住她。窗外有月光，探头看去，深碧的天幕上嵌一枚半月，斜下角缀一颗金星。我提议去外面转转，本来以为母亲会觉得太晚而拒绝，但她爽快地同意了。我们戴好口罩走出门，上了垸里的水泥路，路灯的光洒下，我们的影子拖得长长。狗吠声此起彼伏，垸里家家户户大门紧锁，屋内灯火通明。走出垸口，两旁田地里发出沙沙声，原来有风吹过。母亲问："你冷啵？"我说不冷。我们又慢慢往回走。我一边走一边又给她捏肩。"莫弄咯，我已经好多了。"母亲说着捏捏我的手，"再说你的手会累的。"

2020 年 2 月 5 日

蔬菜的滋味

说起来在老家待这么久,一直有外面的朋友问我:"你那边怎么样了?还好吗?"我回他们说:"别的我不敢说,菜是管够的。"的确,从未像今年这样吃了这么多的蔬菜:包菜、上海青、菜薹……每餐总有一样素的,另外搭配一些鱼肉。母亲总担心我吃得不好,因为我几乎没怎么吃那些荤菜。我让她不用担心:"我在外面天天吃那么多大鱼大肉,早就吃腻烦咯。还是屋里这些菜好吃。"

母亲开始以为我是在哄她,不过看到我喝青菜汤可以连喝两碗,她就放下心来了。倒不是说在北京不吃蔬菜,只是那些菜一吃就知道不新鲜,也不好吃。母亲又笑道:"小时候你根本就不爱吃青菜,现在却每顿都要,也是蹊跷!"我喝完了最后一口汤,把碗筷放下,说:"有对比才有感觉，在外头吃了这么多年，再吃屋里的，就是好吃嘛。"

屋后头的菜园，我无事时常去转转，也算是放放风。尤其是清晨，雾气散去，上海青椭圆的叶片上露珠在微风中轻颤，白萝卜拔起来时土坷垃掉落一地……心情就会莫名好很多。想想哥哥一家在城里，想吃点儿青菜，还得拿着采购物资出入证到超市排两个小时的队才能买到。而我们在乡下老家，想吃就去菜园摘，最新鲜，也最水灵，吃起来也最清爽。母亲其实已经准备好了很多菜想带给哥哥一家，但因为现在限制人出入，只好作罢。

蔬菜虽然好吃，但吃着吃着我担心起来。"要是菜园里的菜都吃完了，么办？毕竟咱们的菜园就那么大。"母亲说："那不会的，我们要抓紧时间吃，再不吃，你看这都要起心长老咯。再说哪怕是吃完了，也不怕，我在湖田里还栽了两垄。"我问母亲为何栽这么多，母亲笑道："反正种地也不值钱，不如多种点菜。现在青菜几贵哩，俺吃自家的，几撇脱，几方便。"

之前为了照顾在市区读书的两个侄子，家人在一个小区的一楼租了间房，父母亲平常都是住在那里。父亲无事就去公园溜达，母亲则记挂着家里的几亩地，时常趁着侄子们上学时回来忙活。自那时起，母亲便在地里多种些菜，这样就不用去菜市场花钱了。菜种得好，收成也不错，母亲一大袋一大袋地往城里带，不仅自家吃，也会把萝卜、青椒、青菜、南瓜等分给周遭同样来租房的邻居们。那些邻居反过来对母亲也很好。母亲哪里不舒服了，就有邻居送药来；电器坏了，前面住的人就过来帮着修；有时候还一起包饺子，母亲不会，右边的奶奶就来教母亲如何擀皮儿，如何包起来好看……这些租房的人，多是为了小孩子读书从乡村来的，所以跟母亲都谈得来。

母亲这段生活，我没有经历过。我在北京的生活，母亲也无缘亲见。想想北京前几天还在下大雪，满目萧索，绿色无从得见。而我现在留在老家，等着春天到来。绿色，满眼的绿色，是我最喜欢老家的地方吧。可惜每一次过年，都来去匆匆。而且几乎只要是拜年那几天，都是凄风苦雨。现在淹留在家，渐渐看到春天真的来了，过不了多久，油菜花也该开了。

2020 年 2 月 16 日

村落的声音

凌晨四点就醒了,连续几天如此。倒不是失眠,只因那响起的鸡啼声。可以听得出是一只鸡在叫,嘹亮的声线盘绕在静默的夜中,久久不去;耐心地等了一会儿,又有另外的鸡啼声起而呼应。它们像是在寂寞地对话。听着听着,我又一次睡了过去,到了六点,又一次醒来,这次鸡啼声不知所踪,轮到鸟鸣声上场,也不再是一两只。啾啾。嘟嘟。丢丢。咯咯咯。哒哒哒。扑扑扑。咯——哩——咯咯。也不再是一处,而是环绕着我的屋子,四面八方都有。渐渐有了人声,垸路上有人相互招呼着。"起来了?""去菜园?""塘下有位儿洗衣裳啵?"母亲也起来了,那熟悉的脚步声在楼下响起。

拖到了七点多,我也该起床了。穿好衣服,洗漱完毕,把客厅和房间的窗户都打开，一阵清冽的风徐徐灌进来。放眼看窗外，菜园、麦田一片霜白，麻雀在红瓦屋顶上追来逐去。我几乎忘了疫情的存在，仿佛在这个小村落里，生活不会受到任何影响，依旧往前伸展。但到了上午，那喧闹的声响止住了。大家又一次待在各自的家中。阳光好时，年轻人坐在门口刷手机，上一辈人窝在房间里看电视。城里已经开始限制人随意出入了，垸里虽然没有如此严格，但村干部也开始督促人们不要聚集；垸口也有了巡逻的人，车和人都不能出入。

我因为不能返回北京，只好在家里处理工作。有时候也会想起在北京的日子，也是七点多起床，洗漱完毕去坐地铁，中间换乘一次后，出了地铁口，再坐公交。常常到公司时，还没有几个人来。坐在自己的办公桌上，看对面居民楼的老人家晾晒刚洗好的衣服。陆陆续续，同事们都来了，相互打着招呼，一天的忙碌开始了。

这样的场景时不时浮现在我的脑海中。我想念生活了九年的北京吗？在那里，完全是另外一种节奏的生活。我用工作、朋友、兴趣编织了一个独属于我的个人世界。可是在家中日久，那个世界离我越来越远。每一年回家，我都像是一个客人，住几天就走。而现在，我坐在自己的房间里，看着日光从这边慢慢地移到那边，阳台上洗好的衣服随风飘动。此时再说起北京，像是一场旧梦。

垸里到了下午又开始热闹起来，不是因为人群，而是因为隔壁的歌声。叔爷家里能唱卡拉OK，到了下午两三点，不出意外，会从叔爷家二楼传来堂弟爱人的歌声：《涛声依旧》《牵手》《星语心愿》《最炫民族风》……一首接着一首，两个小时唱下来不带喘气的。有时候听到有人叫我，一转头看窗外，对面另外一个堂弟家的孩子冲我喊道："庆儿叔，你闷不闷？我给你吹口琴，要得啵？"我还没说话，他就开始吹起来，我一听是《一闪一闪亮晶晶》。堂弟在里面说："莫吵到你叔工作。"孩子说："么人说哩，叔叔明明听得很入迷！"

等歌声和琴声停歇，垸里又一次恢复平静。到了下午六点，太阳落下，晚霞升起，绯红的云朵飘浮在对面垸的天际线上，路上人开始多了起来。闭锁了一天的人，开始三三两两地往垸口走去。在国道那边，几家小超市开了门，米、面、油、菜，最是抢手。大家戴着口罩，挑选自己要买的东西，结账时还不忘讨价还价。大家在那时是兴奋的，因为几乎一天没怎么跟别人说话，所以说得特别多。

待两手拎满了东西出来时，天已经完全黑了。垸里的路灯一盏一盏亮起，白色的光洒在空旷的路面上。大家各自回家，关上大门，巨大的静谧开始笼罩着大地。偶尔有狗吠声传来。一天又过去了。

2020 年 2 月 18 日

当他们一个个离去

去村里的路上,迎面走来一老一少,黄昏时分,再加上各自戴了口罩的缘故,他们的面目我看不真切。少的那位忽然叫我:"庆儿。"我一听声音,知道是东哥,边上跟着他父亲乐爷。我跟母亲站住,和他们寒暄了几句。他们刚从村里的超市买了些米和菜,正往家里走。东哥问我:"回来几多时?"我说:"快一个月了。"东哥点点头:"是啊,都走不了。"我偷眼看乐爷,他站在一旁默默等着,没有说话。看不清他的脸色,但我知道他消瘦了很多。

等他们走后,我和母亲继续往村里走。我忍不住再回头看,他们并排着走向了垸里,没有任何特别之处。反倒是我自己心里一疼。我跟母亲说:"他们看起来还好。"母亲奇怪地看我一眼。我又说:"经历了这样的事情,他们并没有垮。"母亲这下明白了，默然半晌，才说："有些事儿只能放在心里，自家消化。否则你要人家么样，日子总要过下去。"

去年11月的一天，东哥的母亲（我叫她春玉娘）在去市人民医院上班的路上被撞死了。春玉娘一直在医院做保洁工作，每天都是由乐爷开电动三轮车接送。那一天春玉娘说想活动一下，正好乐爷也有事情，便答应了。春玉娘骑着三轮车，没有像往常那样从垸口出去，上国道，往市区的方向去，反倒上了长江大堤。毕竟那天天气不错，大堤上风景也好，也没有多少车子。春玉娘骑到半路上，一辆车子迎面撞了过来。春玉娘当场死亡。

后来母亲在电话里告诉我，东哥和他哥哥军哥从各自工作的城市连夜赶回来，把乐爷痛骂了一顿，骂他为什么不坚持送，骂他为什么不好好看着……我跟母亲说："这个么能怪乐爷呢？么人能料得到这样的事情发生呢？他们现在只有一个爸爸了，得好好劝慰他才是啊。否则，这份内疚会要了乐爷的命的。"母亲说："说得也是……人太难过的时候，需要发泄吧。他们在骂你乐爷的时候，自家也是哭得不行。"

一晃几个月过去了。今年春节，大家都过得不好，没有拜年的喧嚣，也没有祝福的声音，大家都一样把自己关在家里。也许，我想说，也许，这样会稍微减轻他们的痛苦。因为没有那么强烈的对比。他们平静地跟我说话，也平静地往家里走。我知道有些痛楚，是说不出口的，它永远深埋在心里，时不时冒出来，心就会猛地抽搐，疼起来。

我跟母亲走的这条路，十几天前，火葬场的车子也走过。跟我父亲年纪一般大的方爷，因为脑梗昏迷不醒，在家里靠着氧气瓶撑了一段时间后，还是去世了。火葬场的车载着他慢慢地沿着垸路往国道上走，方爷的孩子们穿着孝服，抱着遗像跟在一侧，场景十分冷清。方爷还有几个儿女和孙子辈，因为"封城"都回不来。如果搁到以前，葬礼肯定是要热热闹闹操办一场才是，毕竟之前方爷的老伴儿白云娘去世时，葬礼就很风光。而现在却不行了，没有人会来抬棺材的（按照我们这里的习俗，哪怕是火化了，还是要将骨灰放在棺材里埋入土中），也没有本家人戴着头巾来送葬，大家都站在自家门口，车子路过，放一挂鞭炮，以示送行。

我曾经写过的这些人，都一个个离世了。不论是春玉娘，还是方爷，还是去世了几年的白云娘，我都曾以他们为原型写过小说。每一年回来，走在路上看到他们，他们都会亲热地喊上一声："庆儿，回来了？"我说回来了。他们又笑笑，继续走自己的路。他们都跟我父母亲一般大，一起在这个垸里生活了几十年，恩恩怨怨，牵牵绊绊，直至一个个消失在尘世间。

人世的悲哀，往往不是浓烈的、锥心的，更为常态的是，它像南方冬天的寒气，无处不在，又无法触摸，呼吸之间都感受得到它的冷。我在垸里，住得越久，越觉得不舍。我时常站在我家的阳台上，看垸里起起伏伏的屋顶，每一个屋顶下面都住着我熟知的那些人。他们都有自己深藏内心的悲哀，但依旧要继续把日子过下去。毕竟，还要好好活着。

2020 年 2 月 20 日

极轻柔的一下

晚上跟母亲收拾桌子时，说到了玉凤娘。

因为我傍晚去长江大堤上散步时，路过我家的老屋，看到玉凤娘站在屋场上袖着手发呆。我叫她一声，她欣喜地高声问道："庆儿哎，你回了？"我说是啊，她又问："你回来几多时咯？我都没看到你。"我说快一个月了。她点头笑道："我都忘了你现在在新屋那头，我都见不到你咯。"掐指一算，我也快三年没见到她了，第一眼的感受是她矮缩了很多，脸也胖松了，眼神涣散，说话时手一直微抖。跟她寒暄完，我便去了大堤上。站在堤坝上，回望我们垸，阳光洒下，起起伏伏的屋顶上泛着光。前后左右无人，难得能把口罩拿下去，深吸一口气，从麦田那边徐徐吹来暖风，人的精神也为之一振。准备走时，我的目光又一次落在老屋那里。玉凤娘还在站在那儿，一直看向我这边，见我目光扫来，她远远地招手，我也挥手回应。

老屋这一片衰落下来了。昔日，我家屋场就是一个热闹的广场，垸路到了这里拐了一个弯，直伸到垸深处去。前后左右都是屋子，家家户户住得很近。太阳好时，大家喜欢在我家屋场坐着，把饭桌抬出来打麻将，坐在长条凳上嗑瓜子；下雨时，婶娘们喜欢在我家堂屋里坐着，一起纳鞋底、织毛衣，再说些零碎八卦。我要是在灶屋里煮饭，他们也不客气，进来探头看我在做什么，正在炒菜的话，便夸上一句："庆儿几会做的哟！"

现在老屋这边，对面的一家搬到九江去了，斜对面的住到市区，后面的盖了新屋搬走了……那些从小看着我长大的人，我都好几年没见到了。而如若不是因为老屋实在破旧，一下雨到处漏水，因为经历过地震墙壁也开裂，我们也不会考虑盖新房子。在垸后面一片菜地上盖的这个新屋，左边走五米是垸路，过去一排房子；右边挨着一家，不过屋里的人常在老屋吃饭，所以平常无人；前面隔着菜地，是叔爷的家，后面也是菜地。平时家里特别安静，偶尔有人来聊天，也是有事情。毕竟这边不再是大家的必经之地，没有必要专门来。

我回到新屋后，心里一直没放下玉凤娘，便问母亲她的情况。母亲说："她老伴儿，你开爷，前几年得癌症死了。现在她就一个人住。"我问："她不是有三个儿？"母亲叹口气说："老来厌，老来厌，三个儿各自都有家咯，住在哪一家都不愉快。还不如住在自家屋里。"

母亲又说起玉凤娘家里没有电视，经常到我们新屋这边来看，一看就是大半天。母亲有时候想出门到地里做事，也不好跟她讲。她家里原本有台电视，后来坏了，也没送去修。说起来有三个儿子，没有一个想着去帮一下。"现在闹这个瘟疫，她就没有再来。"母亲把洗好的碗筷放在碗柜里，接着说："想想也造孽，她一个人在屋里也不晓得么样打发时间的。要看的没得看的，要聊天大家都躲在屋里，要困醒总不能困一天……"

母亲说话时，我忽然想起多年前，我中午从学校回来，家里大门紧锁，玉凤娘看到我在屋场上等，让我过去。"你娘老儿去河边咯。"那时候父母亲在长江对岸的瑞昌租地种，时常半个月不在家。玉凤娘让我去她家坐，到了饭点，让我进灶屋去。墨鱼炖排骨、莲藕汤、小炒肉……简直是过年的规格，我惊讶地看她，她给我夹菜。"读书都读瘦咯。多吃点儿！莫拘束。"那一顿，我吃得特别饱。

正想着，母亲又叹一口气："等瘟疫结束了，再让你玉凤娘过来看电视。不过，那时候你也该走咯。"母亲看我一眼，摇摇头说："她每回来俺屋，总要问一句庆儿么会儿回，我说过年回。现在你回了，她也没法来。"我没有说话，扭头看窗外，天已黑透了，垸路对面的人家都亮起了灯。玉凤娘现在是一个人在家里吗？她在做什么？发呆，还是睡觉？……我不知道。当年在她家的很多细节我都已经忘却了，唯独还记得我吃饭时，她摸摸我的头，极轻柔的一下，就像是没有发生过似的。但我记得。一直记得。

2020 年 2 月 22 日

算一笔经济账

晚饭后，照旧在前厢房跟父母亲看一会儿电视。天气预报的音乐刚响起时，我听到了敲门声。这么晚，谁会过来？我满心疑惑地走到堂屋去，敲门声又没有了。我怀疑是自己幻听，正准备返回房间，敲门声又起。我把门打开，一个戴着口罩的女人站在面前。在夜色中我一时没有认出是谁，直到她开口："庆儿哎，你妈在啵？"一听声音，我知道是垸前头的俞娘。我说在，喊了母亲过来后，就回房去了。

俞娘也不进来，就站在外面。母亲让她到房里坐，她摇摇头："不咯不咯，就几句话，说完就走。"跟母亲说话时，她声音压得低低，母亲也小声地回复她。果然，说了几句话，她就匆匆离开了。等母亲回来时，坐在床上的父亲问:"她来做么子事?"我也笑说:"你们说话,就跟接头似的,生怕别人听到。"母亲说:"没得么子事,她想让我去湖田那边做小工。"父亲回:"就那个菜地是啵?"母亲点点头:"现在开春咯,那边需要一些人去打草药,一天两百块钱。"

母亲把事情的经过大概讲了一下。菜地那边急需开工,却找不到人。俞娘跟菜场那边有些关系,菜场的负责人就托她在垸里找人,工钱翻倍,过去一天一百,现在给两百。不过母亲没有答应,她对俞娘说自己背一直疼,背不动打药桶。俞娘只好再去问问其他的婶娘。母亲说完后,父亲说:"给一千块钱一天,也不能去。"母亲一边点头一边讲:"两百块一天,不少咯。要是放在平时,我肯定是去咯。"

我趁机问母亲平时这样的零工做得多不多。母亲说俞娘给她介绍了不少零工。有时候去坝脚下割草,有时候去湖田锄地,有时候去厂里。"我跟你婶娘一起灌水泥,一天有两百块,还能吃它两餐饭。只是全身是灰,洗都不好洗。"做得最长久的是在一个承包土地种红薯的老板那里。老板到我们村里来租地,一亩地一年租金四百块,然后租地给他的人过去打工,锄草,打药,挖红薯……一天也是一百块,母亲跟垸里的叔爷、婶娘们一起做了很久,到了年底结算工钱时,却并没有拿到全部的钱。母亲做了四千多块钱,拿到手的只有三千左右。其他做得更多的,也只拿到了部分。大家天天去那个老板家里要账,老板自己也没办法,毕竟红薯卖给厂商后钱还没回来,只能这个人给一点,那个人给一点。

我给母亲算了一笔账,算上家里一亩地种的芝麻卖的一千块,零零碎碎打小工的钱加起来,年收入一万多一点。我又问父亲一年下来的医疗费是多少,他算了一下,说:"一万两千多。要不是你给的那些钱,我哪里治得起病?"我每年陆陆续续会给家里几万块钱,也劝阻过母亲不要去做那些零工了。母亲总说好好好,私底下俞娘一来叫,她都会去。反正我在北京,只要不告诉我就行。我时常在电话里说:"你实在要去做,我在外面也拦不住。但你必须答应我只做那些轻松的活儿,伤害身体的千万不要去。我打的那些钱,不要不用。"母亲每次都说好,但我知道她一听到有活干,还是会去。

母亲叹了一口气,说:"我也只能再做两年,就做不得咯。年纪大的人家不要。"她提起隔壁的五爷,七十多岁,身体还算硬朗，跟母亲她们一同去挖红薯（挖一斤红薯九分钱，挖得快的人一天能有两三百的收入），挖的速度不算慢，但老板百般刁难，一会儿说他把红薯挖破了，一会儿说他太慢了，结账的时候只给了他一半的工钱。但五爷还是去做，别人问他为什么要受这个罪，他说："反正在屋里坐着也是坐着，能挣一点是一点。"说到此，父亲笑道："我在市区看有没有看门的工作，只要身份证给人家看，别人都不要我。"母亲看他一眼："么人敢要你？这么老咯，反应又慢，身体又差，要是看着看着突然死咯，人家又要赔钱，几划不来哩！"

大家一时无话。放电视剧时，我准备起身上楼去，母亲忽然想起什么来了，扭头问我："你在屋里这么长时间了，工资还是照发啵？"我点头说是："2月工资已经打我卡上来了。"母亲反问："一分钱都不少？"我说对。母亲露出不可思议的表情："咿呀，还有多好的事儿哎！坐在屋里就能拿钱！"我说："坐在屋里我也在工作，你没看到我在楼上一天忙到黑？"母亲笑道："那你也比你堂弟他们强好多咯。他们在屋里出不去，没办法开工，一分钱收入都没得。"

母亲说的这个情况，我也听闻了。隔壁的权弟原本在广东开货车运货，他父亲跟他一起忙活，他母亲在一个宾馆里做保洁，现在因为都出不去，收入自然也都没有了。在我前面屋里，勇爷一直是做上门帮人安装水管的工作，现在每天闲在家里，时不时到我家来，坐在前厢房里跟我父亲一起看电视。他们都有一种坐吃山空的无奈。

"还好有你在。"父亲感慨了一句，"我没得收入，你妈现在不能出去做事。"他抬头注视着我。我说："这个不消担心的，我在屋里也可以一边工作一边写稿，赚钱不是问题。"父亲连连说好。我出了前厢房的门，往楼上去。母亲在后面说："莫写得太晚咯，眼睛都要瞎咯。"我说晓得。到了二楼的卧室，坐在桌前，一时什么也写不出来。推开窗户，家家都亮着灯，想必跟我父母亲一样，都在看电视吧。从来没有哪一年能像现在这样，每一家都能聚得这么齐，能住在一起这么长时间。也许这是唯一稍可安慰的事情吧。

2020 年 3 月 1 日

明天你想吃什么

每天晚上六点左右，就会听到母亲在楼下喊："庆儿，我好咯！"我立马回道："晓得咯，我马上就来！"合上电脑，换上鞋子，戴口罩，拿手机，火速跑下楼去。母亲就等在楼梯口。从堂屋穿过时，在前厢房里看新闻的父亲转头问："又要到哪里去？"我说："去超市。"父亲说："记得给我买无糖奶。"母亲瞪了他一眼："上次给你买的一提，你多快喝完咯！"父亲缩回头："我儿买的，又不是你买的。要你管。"母亲还要说话，我拉着她走，说："好咯好咯，又要不到几多钱！"

垸路上的路灯亮起，我挽着母亲的手往垸口走去。路两旁的油菜花已经开了，我贪婪地饱吸花香气。"每一年都看不到油菜花，今年让你看个尽量！"母亲笑道。她又说起油菜田边上过去是榨油厂，油菜籽打好了，就送到那里去榨油。以前菜籽油是每家必备的，炒出来的菜也好吃。因为我们这里种棉花和花生，所以等有了棉籽和花生，也会送到油厂榨棉籽油和花生油。那时候都是自己产什么，就物尽其用。不像现在，什么都去超市买。

一开始我们不怎么去超市的。菜园里有新鲜蔬菜，红菜薹、上海青、白萝卜都有，现在该吃的都吃完了，没吃完的也都长老了，只能去超市购买批发来的蔬菜。我们这附近有三家卖菜的，离我们最近的一家原本是理发店，现在兼卖肉蛋蔬菜等，不过品种不是很多；左手边离我们五十米处有一家超市，是村里最早开起来的，以前每天都坐满了人，有的人是来买菜的，更多的人是把这里当成活动中心，聊聊天，打打牌，晒晒太阳，此次疫情暴发后，听说一下子冷清了好多；右手边一百五十米处的另外一家超市是后起之秀，因为店面摆放清爽，比起左手边的那个干净了很多，习惯了城里大超市的人们，更爱去这家。

我们选了右手边那个，倒不是因为它干净，而是因为它最远。买东西是次要的，散步才是主要目的。白天大家都关在家里，到了晚上，大家都如放风似的。路上看到一小群一小群婶娘,一边说话一边拎着刚从超市买好的东西走回家。母亲本来会跟她们在一起,但因为要跟我走路,便显得形单影只了。母亲碰到她们后,停下来说话:"买了么子?"跟她说话的婶娘,把袋子打开:"辣椒,茄子,大蒜……东西都几贵!"母亲说:"那有么子办法嘞?屋里又没得菜,不买么行?"

我在前面慢慢走,走着走着,母亲在后面喊:"庆儿!庆儿!"我这才发现自己走得太快,又往回走,迎上她。我又一次挽住她的手,她说:"你明天想吃么子?"我说:"去超市看看再说。"超市每次都是到傍晚才开门,白天是不允许营业的。在我预料之内,这家超市人果然很多。大家戴着口罩,蹲在地上挑选豆腐、西红柿、黄瓜等,冷冻冰箱那头有人拿出一包元宵、一包速冻饺子,结账口排起了长队……人与人挨得还是太近,虽然我们这里目前没有传出谁感染的消息。

母亲问:"你想吃么子?"我反问:"你想吃么子?"母亲轻拍了一下我的手臂:"莫调皮。"我认真地回:"我是真的想问你。你每次都是问我,你没想过你自己。"母亲笑道:"我有么子好想的。你吃么子,我跟着吃就行。"一边说着话，一边挑菜。结账时，三根茄子十二块，一袋面粉二十四块，一提无糖奶六十块，几个大蒜四块。母亲咂咂嘴道："咿呀，多贵哎！"我说："没得几多钱，没事的。"我正准备拿手机扫二维码，母亲拦住："又要你花钱，么行？我有零钱。"我说："你莫管嚷，这点钱不算个么子。"母亲这才作罢。

两手拎满了东西出门。母亲要接过我的东西，我说："你莫管，又不重。"走了几步，母亲还是坚持要拿一部分东西在手上："手头空空的，几奇怪哩。"我说："平常时我在屋里，被你养得跟个公子哥似的，现在你当回太后也没得问题。"母亲依旧不听，硬是把那一袋面粉接过去了。我感叹道："妈，你把我们都宠坏咯。宠到最后，活儿都是你在做。我们要做，你都不让，怕我们把衣裳搞脏咯，把手弄湿咯。"母亲看了我一眼："我习惯咯。你是在外面做大事的，这种小事不需要你来做。"

国道上，车子慢慢多了起来。我们紧靠着路边走。国道两旁没有路灯，夜色被来往的车灯凿开。车轮压着路面发出沙沙声，国道对面又来了一群去超市买东西的人，他们说着笑着。走到垸口处，车子没有了，人也没有了，耳朵一下子清净下来。母亲抬头说:"你看天上星,几多哩。"我也跟着抬头看去,深蓝的天幕上,星子一粒一粒。母亲低下头,又继续往前走。"明天看来是个晴天,你那个床上的被子得晒晒了。"

2020 年 3 月 5 日

翻转的时光

到吃饭时，饭桌上常常只有我一个人。菜薹炒腊肉、青菜豆腐粉丝汤、清炒土豆丝，还有一罐自家做的腐乳。米饭蒸得蓬松，有我极爱闻的米香气。窗外隔着菜畦是垸路，早晨的阳光洒下，不知从哪里传来零星的狗吠声。前头的叔爷穿过田埂到灶屋来，问我："你爸妈呢？"我说："在前厢房里看电视。"叔爷笑道："他们现在跟个细伢儿似的。你一个人吃饭，看起来冷瘪咯！"我说："他们看的电视我不爱看。"叔爷又跟我寒暄了几句，往前厢房晃荡过去了。

不一会儿，父亲端着碗过来，走到桌边，来不及说话，往碗里不断夹菜。我问："么子片子，多好看啊？"父亲又往碗里舀汤，说："打仗片子，你又不爱看。"说着转身急急地返回去。再过一会儿,母亲又端着碗来了,打开电饭煲,挖了一碗饭,来饭桌这边也是夹菜,不过她没有父亲那么急,一边夹一边看我:"菜薹是不是咸了?"我说没有。她点点头说:"你吃完咯,碗筷莫洗,我来洗。免得你衣裳搞脏咯。"我刚说好,她也匆匆地走了。

我没有听母亲的话。饭吃完了,我把碗筷拿到盥洗台洗干净,又顺带把锅、铲、砧板都给洗了,一切忙毕,再把盥洗台的水放掉,残渣倒在垃圾桶里,边沿擦拭到亮白。一只喜鹊落在窗外的猪圈上头,翘起尾巴,左看看,右看看,又腾地一下飞走了。猪圈旁边的菜园,后面的婶娘正蹲在那里拔草。再往前看,油菜花金灿灿、明艳艳地铺展到远方。

事情都忙完了,准备上楼去工作。但想了想,还是去到前厢房。父亲坐在小椅子上,母亲靠着沙发,叔爷倚着皮椅,电视剧里打得正热闹。他们目不转睛地盯着屏幕,我靠在门框上,母亲第一个感觉到我来了,她转过头,笑问:"吃完咯?"我点头。父亲也转过头来,问:"儿哎,你吃饱了吧?"我也点头。他们又把眼睛挪到电视上去。

时间真是奇妙,一切都像是翻转了过来。小时候,我们住在老屋，一到播电视剧的时间，我就会匆匆往碗里夹菜，然后往房间里跑去。那时候坐在饭桌上的母亲就会恼火地说道："吃饭就好好吃饭！"我不听，端起碗就往外跑。毕竟电视剧放过就放过了，不能重播，不能回放，所以一定要珍惜。

时间还有另外一重作用。作为他们的小儿子，我在外面这么多年，经历过什么，他们不知道，也不了解。每一年我把自己带回来，也把一个更陌生的儿子带回来。尽管我用他们听得懂的话来交流，但他们也能感受到我背后那个广阔的陌生世界赋予我的陌生感和新奇感。他们没有一起来过我的房间，时不时这个来一下，那个来一下。他们在我房间里走动，带着一点小心翼翼，因为我在工作，怕自己的行为打扰了我；又带着一点好奇，看码在桌子上的书，看我飞快地在电脑上打字，看我正在看的视频里说着他们听不懂的外语。

母亲喜欢坐在我身后的沙发上，父亲则喜欢坐在我书桌旁的椅子上。我因为忙着自己的事情，有时候忘却了他们的存在。等我回头时，母亲捏着纸杯，一小口一小口地喝水，我问她在想什么，母亲说："明天要是不下雨，我把你的被子再晒一把。"而父亲则容易睡着，他头栽下来，一点一点，我叫他，他蒙眬地睁开眼，突然笑问："儿哎，做么子？"父亲每回叫"儿哎"的时候，声音极其温柔，让我有一点点不适应，感觉自己特别小，小到只到他腰间高的年纪，他可以抱起我来。其实，我可以抱起他来，不是吗？他如此瘦削，又如此虚弱。

他们还在看着，我悄悄地离开了。走到楼梯口时，母亲端着空碗正好过来。我问："一集放完咯？"母亲点头笑："是的哎，广告几短哩！上个厕所的时间都没得！"我忍不住笑起来："真是把你忙死咯！"母亲又笑："真的是！我种地都没得这么忙！"此时父亲也端碗过来，道："你快点儿！第二集开始了，正在放歌儿！"母亲说好，我说："你们两个人的碗筷给我，快去看！"母亲说："没得多急，你去忙。"我不容他们再说，把他们的碗筷夺了过来，催他们快去。他们没说话，急忙去了。而我，也该去洗碗了。

2020 年 3 月 8 日

你莫担心

电动三轮车开到半截,我让母亲停下。母亲问:"你要做么事?"我说:"桃花开了。"走到田埂边,蚕豆地里一株桃花树,光秃的枝条上,粉红桃花朵朵,树后油花菜开得正旺。拍完照后回来,坐在母亲旁边,车子开动,往家的方向去。母亲说:"原来俺老屋那里的桃树几好,每回结了桃子,都吃不到。桃子没有熟就叫过路的人摘光了,连树枝都折断咯。"正说着,迎面柴垛边,斜斜伸出一树桃花,比刚才见到的更明艳,几只鸟儿站在桃枝上啾啾啾。我们又一次把车子停下,不敢出声,直到鸟儿飞走。

车子开到国道上,来往车辆明显多了起来,大卡车、私家车、面包车,嗖嗖地从身边飞驰而去。母亲感慨道:"看来大家在屋里都憋疯咯,开车开这么快!"我笑说:"你不是也快憋疯咯？你不也忙个不停！"要忙还不能一个人忙，原本我在家里看书，母亲招呼我一起去。酒精厂后头，池塘抽干后堆起来的塘泥，黝黑肥沃，极适合垫在菜园里，长出来的菜肯定精神。我拿起铁锹挖了几下，挖不动。母亲接过来，笑道："你真是个书生，肩不能挑，手不能提，你说你能做个么子？"说着，她干脆利落地挖起一铁锹土，往车厢里放去。我再要去挖，母亲说："算咯算咯，鞋子要搞脏了。"结果，我几乎没帮上什么忙。

到家后，把土装到两个畚箕里，我拿起扁担想去挑。试了半晌，畚箕纹丝不动。母亲站在一旁又笑："莫逞能了！你上去看书吧。"母亲不由分说地接过扁担，身子一蹲，再一起，随即就能走，穿过灶屋和后厅，到了屋后头的菜园。我问："我能做么子？"母亲扬扬手："不消做么子咯，你去看书吧。"我转身拿扫帚扫掉了一地的土坷垃，母亲远远地说："莫扫，还没挑完呢。"我说好，把扫帚搁到一旁，像一个既无用又庞大的废物一样。母亲熟练地把土均匀地撒开，再用铁锹把大的土块切碎。菜园里现在几乎没有什么菜了，一半被我们吃了，一半被母亲托人带到市区哥哥家里去了。

天气如此之好。阳光暖，春风软，田地里这一处那一处，是忙着春耕的人。小孩子们在田埂上追逐，后面跟着小土狗，池塘边传来捶衣服的邦邦声，还有沿着垸路"红糖啊——藕啊——"的叫卖声。可是我没有精神去享受这些，头昏昏沉沉，眼睛也疼，我知道我又一次感冒了。每到阳春季节，感冒如影随形。气温忽高忽低，身体适应不过来。我去楼上睡了个午觉，母亲在楼下叫我起来吃午饭时，我一起身，便知道感冒有所加重。我太熟悉自己的身体了，熬过白天，晚上只要睡一觉，第二天就没事了。每次都是如此。

白米粥，包菜鸡蛋炒面，腌制的萝卜干。我吃饭时，没让母亲看出我的不舒服。我也不想让她知道我不舒服。土已经挑完了，地也扫干净了，连午饭都做好了。我一点忙都没帮上。其实没有胃口，但还是强忍着吃完。母亲看我一眼，问："菜咸了？"我忙说没有。从小到大，只要有一丁点不舒服，我就跟母亲说。眼睛疼，头好痛，脚崴了，脖子难受……总是想求得她的关注，而她每一次都好担心地看顾我。可是现在，我不能再如此了。我已经这么大了，在外面闯荡这么多年，事情都会自己处理好，不能再依赖别人，哪怕这人是母亲。不能再让她担心了。但担心是没完没了的，不是吗？哪怕是在外地时，打电话回家，我刚一开口，她都能立马察觉出来："你不舒服？"尽管我认为自己伪装得够好，但她还是能凭直觉感受到。

一下午怎么都不舒服。看不进去书，写不成东西，坐着难受，又睡下，再次起来时，还是难受。到了下午三点，实在忍不住，蹲在屋门前呕吐起来。母亲忙跑过来，问怎么回事。我呕得连眼泪都出来了。呕吐完了，我说没事。我知道没事的，一般只要呕吐完，人就会清爽很多。但是不舒服的感觉还在。母亲说："去卫生所看看吧。"我说没事，只要晚上睡一觉就好了。母亲转身离开，过一会儿，拿一杯热水和一块冰糖给我。我接过来，让她去忙。她又问："真没事？"我说："真没事，你快去忙。"那时，我其实说话的气力都没有了。母亲没有走开，她坐在一边守着我。我不愿意她看着我，起身往楼上去了。母亲问："我去给你买药，要得啵？"我说："普通感冒，莫担心。"

母亲没有跟上来，我松了一口气。在房间里，坐着发呆。精神恹恹的，变得分外伤感。我感觉与这个世界所有的关系都断掉了，那些让人振奋的、开心的事情都索然无味,一股自艾自怜的情绪涌上来。为了不让自己太过消沉,便到阳台上走动。垸里生气勃勃,四处都是人声,而我隔绝在外。来来回回,走动了几次,一转身,母亲站在门口。我想勉强笑笑,笑不出来。母亲问:"是不是上午挖土,你出汗受凉,才感冒了?"我说没有。过一会儿,母亲又问:"是不是中午吃的菜太咸了?"我又说没有。我知道母亲在自责,她总觉得我的不舒服是她引起的。

这种自责,我太熟悉了。我说话大舌头,她一直觉得是因为她没有带我去医院好好治疗;我小时候很瘦弱,她认为是她没有让我多多吃肉;我一边耳朵因为患中耳炎聋了,她也自责得不行,因为那时候她跟父亲在外种地……这一次,她又是这样。我走到这边,她跟着看到这边;我走到那边,她跟着看到那边。我说:"我真没得事,就是一个普通感冒而已。"她"嗯"了一声,眼睛并没有挪开。我甚至有点恼火起来,说:"我昨天就有点感冒了,跟你没有关系。天气原因,不是你的原因。"我不知道母亲有没有听进去。

晚饭我没有吃,一闻到饭菜味,就想呕吐。父亲从外面回来了,一听说我病了,赶紧爬上楼,问我怎么样。我说：“我不说话了哈，我没有气力说话的。”父亲点头，陪我坐了一会儿。母亲又上楼，买了一盒桑菊感冒颗粒，让我喝了一包。他们站在房间里，让我深感压抑。我没奈何地再次强调："我没发烧，也不咳嗽，就是一个普通的感冒咯。你们莫担心。"我连连催他们下楼，我要睡觉了。他们这才说好，慢慢起身往门外走。母亲转头说："你要么子，就喊我。"我说晓得。听到他们下楼的声音，我忽然有点哽咽起来。

晚上八点半，我就睡下了。一关灯，对面屋里亮着的灯光涌上来。这个时候睡觉，真算是早的了。连父母亲都应该是在楼下看电视。到了九点多，房门开了，母亲走进来，为了避免打扰我睡觉，她没开灯。我没有动弹，以免她又要问我。我听到她走到桌边拿起开水瓶的声音，又听到她关窗户的声音，然后是关上房门下楼的声音。睡到凌晨三点半，我醒了过来，身体好多了，果然睡一觉就好是不会错的。隔壁房屋的灯都灭了，人们都睡着了。到了四点半，房门又一次开了，还是母亲。我依旧装作睡着，她伸手碰碰我的额头，又掖了掖被子，半晌没有了动静，我知道她在凝视我。我呼吸平稳，装作睡得很沉的样子。她转身离开了，再次关上房门。我这才敢翻转身，睁开眼，此时月光洒到床畔，窗外蛙声阵阵。明天又会是一个好天气。

2020 年 3 月 15 日

送你去北京

车子从医院门口切过去,拐上了一条小道,走了五十米,再斜穿一条巷子,到了公园的小湖边。我感慨道:"这里我从没有来过,爸,这样七拐八拐的路,你真是跟在自己家里一样熟。"坐在我一旁的母亲扑嗤一声,说:"他啊,当然熟!街上,他到处玩个转,几自在,几快活!"坐在前头开车的父亲没有说话。每回我跟母亲谈论他时,他总是装作没有听见。湖畔的一排柳树如笼上一层绿色的雾,刚吐露的新芽,一小粒一小粒,煞是可爱。阳光照下来,微波荡漾,金光层叠。湖边不少人家在自家窗台上晒起了被子。母亲说:"这样的好天儿,俺屋里的被褥应该拿出来晒一晒……"父亲突然打断说:"庆儿,真要换车啊?要不莫换算了。"母亲也同意道:"这车子还能开,不换也好。"

怎么能不换呢？前段时间，我骑着这辆电动三轮车去镇上给父亲买药，从长江大堤上下坡时，车速极快，一路往下猛冲，我紧忙捏手刹，手刹却是坏的。眼看着迎面走来一个老人家，我大声喊道："快躲开！快躲开！"车子已经不受我控制了，尤其是下完坡后，速度更快了。那老人家慌乱地躲在一边，紧接着我就要撞到横在垸路中央作为路障用的面包车上。一场车祸眼看着无法避免了。离面包车还有两米远时，我猛扭车头，撞到旁边的柴垛上，这才止住了。还好，我只是腿部有擦伤，如果是撞到了人，或者撞坏了车子，后果不堪设想。

之前父母亲也因为车子出过事故。车子上坡时，硬是没上去，反倒是猛地往后退，最后车子翻倒，驾车的父亲，坐在后头的母亲都摔伤了。这样的事情不能再发生了。再说驾驶座两边的扶手都断了，后视镜碎了一块，车厢边缘开始生锈，电池也不行，开到一半经常没电……所以我坚持一定要给他们换辆车，但父母亲一直不肯答应。我怎么说，母亲都会说："哎哟，还能用！换么子？我们又不做么子，将就骑，没得事。"我不管："是我出钱，怕么子？又不消要几多钱的。"父亲接话道："三四千块，不是钱？"我说:"那也不贵。我买得起。"反反复复说了好几次,他们总算是起身跟我一起出来了。

"换,一定要换。"我坚持说道。父亲又一次启动了车子。再穿过几条巷弄,拐过去,再拐过来,最后到了一家电动车专卖店门口。里面的工作人员迎了出来。看样子,父亲跟他们特别熟。他们寒暄了几句,父亲指向我说:"他是我细儿,今天要给我们换一辆新车。"其中一位工作人员,父亲叫她小王,大声说:"咿呀,你儿几好。"父亲点头笑道:"人家写文章……"我忙打断道:"爷,你要换么样的车?去看看。"

小王带我们三个人走到售车大厅门口,那里停着两辆簇新的电动三轮车,一辆枣红色,一辆果绿色。父亲和母亲摸着车厢、车座,低头又看电池,摇了摇挡板。我问小王价格,小王说:"3999元。"母亲摸车的手收了回来,低声跟父亲说:"好贵。算了。"父亲说:"小王,我都是你这里的常客了。你价格上便宜点儿,要得啵?"后来经过几次讨价还价,再把旧车抵给他们,价格降到了3200元,成交。我悄悄问母亲:"父亲为么子跟他们这么熟?"母亲说:"你爸啊,跟么人不熟?我觉得他跟整个武穴街上的一大半人都熟！"

去前台付账时，我看到大厅里放着一排排电动车，出去后跟父母亲说："我再给你们买一辆电动车吧。"母亲立马说："你钱不得开销是啵？有辆电动三轮车够用咯。"父亲在一旁说："要得要得，你妈骑电动三轮车，我骑电动车。"母亲瞪了他一眼："刚才你还说不换车了，这个时候，你还想要你儿多买一辆车！"父亲说："哎哟，细儿有这个心想买……"母亲打断道："咿呀！你心下想么子，我不晓得？你就是一心想要到外面乱跑。现在好了，你儿出钱，你也不心疼！你就晓得玩！"我在一旁说："妈，真没得事！又不贵。我再买一辆好咯。"母亲转身对我说："莫听你老儿瞎说！"父亲闭上嘴，眼睛往那一排电动车扫了一眼，小王此时过来跟他说车锁的事情。

我想着两个人还是两辆车比较好，又坚持道："要不我还是一次性都买齐算咯。"趁着父亲跟小王说话，母亲把我拉到一旁，悄声说："你爷要是有那个小车，还不疯了？以前你哥那个小舅子的车放在俺屋里，他天天骑着往街上跑，本来身体就不好，还这样乱跑，很容易出事的。有一次，他骑到半路，身子一歪，倒在地上了，幸好有人救了他，否则死在路上都没得人晓得！这辆三轮车，又大，又重，开起来没那么方便。他就不会那么容易乱跑。"母亲这样一说，我只好作罢。

我忽然发现我对父亲的生活如此陌生。母亲说的这些事情，我都不知道。他从来是一个在家里关不住的人，而他在外面有哪些朋友，经常去哪些地方，不回来吃饭时又是在哪里吃的，我其实都不了解。以前到市区照看两个侄子，他每天除开负责接送侄子们上下学，其余时间都在市区哪些角落晃荡，又认识了一些什么朋友，我也不了解。很多时候，我觉得他很像一个贪玩的小孩子，四处疯玩，带着一身脏泥回家后，任凭母亲如何说，他都闭紧嘴巴不发一言，继续固执地守着自己那一份隐秘的快乐。

他跟小王说话时轻松自如，神情也生动了很多，连这个我也是陌生的。母亲永远也做不到这一点，她是一个往内缩的人，见到陌生人会紧张不安。我有时候开玩笑地说："妈，你生活在街上，也学学那些大妈，跳跳广场舞，几好哩！"母亲忙说："我才不要！我一个乡下老太太，么能跟街上人一样。"她是放不开的，喜欢在熟悉的生活环境中，做几十年来一直在做的事情。而父亲却不耐烦那些无聊的家庭琐事，他总是好奇外面的世界，总想出去。在这一点上，父母亲经常闹矛盾。而我常常站在母亲这边，像个家长似的管着他。"爸哎，这是甜的，明知有糖尿病，你还吃！……风都刮起来咯，你还穿个单褂，你不怕感冒啊！……你吃饭能不能吃慢点儿，没得人跟你抢的，你吃多快，胃又要疼！……"也不知道从什么时候，我变得如此唠叨了。

电池换好后，父亲坐在了驾驶座上，我和母亲坐在后车厢。多了一个新玩具，父亲看起来很开心，跟小王道完别，兴奋地说："走！我们去兜风！"这句话他是用普通话的腔调说的。母亲笑骂："真是个神经病！"父亲不管，把车子开到大路上，熟门熟路地往长江大堤的方向驶去。我嘱咐道："爸，你莫乱开！莫逆行！"母亲跟着补充道："开缓点儿！看你开车，我一头包！"父亲说："你们放心好咯，这里我几熟哩！"母亲哼了一声："全中国你都熟！"父亲笑笑，没有说话。车子平顺地在大路上跑动，风柔柔地吹拂过来，四遭的市井声此起彼伏。到了一个红绿灯路口，车子停下，父亲扭头说："庆儿，我就这样一直开一直开，送你到北京去，要得啵？"母亲撇撇嘴："开你个头角！莫发神经，看着灯！"我说："要得。"绿灯亮了，父亲又一次开动车子。"我儿发话咯，那我们现在就出发！"

2020 年 3 月 22 日

你不能骗我

下楼时，看门大娘拿着纸壳往门卫室走，一见我母亲便问："下来逛一下？"母亲说："哎哟，去医院。"大娘惊讶地问："你哪里不舒服？"母亲看了旁边的我一眼，笑道："是我细儿非要我去医院检查。我颈一直不蛮么舒服，之前在卫生所看了好多道，没得么子作用。我细儿一听，非要拉我去人民医院看看。"大娘打量了我一番，点头道："那蛮好的哎，有儿出钱的，你好好检查一下。"父亲此时已经把车推了出来，让我们在后车厢坐下。大娘站在一旁又说："年轻人带着去好，俺老年人都糊涂，医院那些七七八八的搞不懂。"母亲说："就是的哎，我自家几不愿意去大医院的。看着就怕。"

车子出了小区门，往新人民医院的方向开去。父亲因为经常跑医院，对怎么去那里非常熟悉，车子左拐右拐，东穿西插，我和母亲坐在后面让风吹着。母亲感慨道："两个细鬼儿还没吃早饭。"我说："你只晓得担心你的孙儿，你要好好担心你自己才对。你粥也煮咯，饼儿也有，他们一起床直接去吃就好了。实在不爱吃这些，他们可以吃苹果、梨子。总之，他们已经够大咯，又不是两三岁。"母亲笑笑说："你说的也是……老头儿哎，医保卡、医院手册都带了吧？"父亲在前面说："哎哟，你问了七八遍咯，说了在那个红色提袋里。"我捏住母亲的手说："你莫焦虑，就是去看看而已。"

这是我第二次来新人民医院，前几天带父亲来查血糖，这次想着趁回京前带母亲也来看看。之前在乡下老家每回洗完脚，我都会给母亲捏捏她的肩。因为她总是说头昏沉沉的，恐怕是颈椎的问题。那时候没办法去医院。现在好了，总算能来了。到了医院停好车，父亲又熟门熟路地带着我们进了医院大楼，先去挂号。一大早排队的人就特别多，我让父母亲先去旁边坐着歇息。他们坐了两分钟，又一起走过来。我说："你们过来做么子？去坐着哎。"父亲笑道："你妈啊，坐不住。非要过来。"母亲没有说话，眼睛紧盯着挂号窗口,又看看前头排队的人。我又一次说:"你莫着急哎。"

我已经习惯了母亲的焦虑。多年前带母亲去九江看湿疹,她也是走路走得特别急,既担心路走反了,又担心地址不对,还担心去晚了医生会不会下班。那个时候,她不信任何人,我父亲,我,还有她自己。她被一种不安的情绪控制,不断地看来看去,如同误入狼群的小羊一般。医院对她来说是一个可怕的庞然大物,无数她不认识的字,无数个往各个方向去的路口,无数个陌生的病人、医生,她没有办法从这些混乱的信息之中理出一条清晰的线索来。她只能紧紧跟着我走。"庆儿,是不是对的?你真没搞错啊?"我只好一再安慰她:"没得事的,你跟着我,没得错的。"

挂完号后先去皮肤科,让医生看看母亲下巴上长的一颗疣子,再去骨科看看她的颈椎,医生问她有什么不舒服的地方,母亲说:"哎哟,我本来觉得没得么子事,我细儿非要我来看……"我打断说:"妈,你就说你哪里不舒服。"母亲"哦哦"了两声,这才描述自己的症状。医生听完后,让母亲做一个CT检查。我们按照医生的要求,下去交完钱后，等到了做CT的那边，已经排起了长队。我又让父母亲去旁边坐着，我慢慢排就好。队伍好久才会动一下，站了二十分钟，才挪动了一米。抬头看去，父亲和母亲并排坐在椅子上，靠在一起，我眼睛忽然一酸。他们像是有感应似的，一起转过头看我。母亲说："庆儿哎，你来坐一下。我替你。"我说："莫起来！好好坐着！"父亲按住她："听儿的话，莫乱动。"

一个小时过后，总算到了我们。母亲一个人走进去时，忽然转头看了我一眼，我挥挥手说："莫怕，很快就好咯。"母亲点点头，走向CT扫描仪，脱下外套后，躺上去，门也随之渐渐关上了。父亲走过来，跟我等在门边。"你妈应该没得事吧？"他淡淡地问了一句。我说："应该没得事。她一直没得么子病。正因为这样，我才担心会突发么子病来，俺都不晓得。"父亲笑笑："你也是过细。你妈一个人，肯定不会来的。"正说着，门打开，母亲穿好外套走了出来。我问她感觉如何，母亲说："你看一看几点咯？"我瞅了一眼手机："正好十二点。"母亲说："两个细鬼的，不晓得起来啵。午饭我还没做。"我说："这个你不消担心的，我已经打电话给他们了，让他们等一下，我们就回来。"

CT的片子要下午两点钟之后才能打印出来，所以我们先回哥哥家。依旧是父亲开车，我们坐在后面。母亲说："前两天我做了一个梦，梦里面见到你方爷。"我讶异地反问："方爷不是前段时间去世咯？"母亲点点头："我也不晓得为么子，你方爷儿子老四带他来医院看病，把我也带过来了，说也帮我一起看。我几高兴哩！结果到了医院后，他们就不见了，我一个人在医院里吓得要死，左找没得人，右找没得人，最后都吓醒了。"父亲在前头说："你为么子没梦到我？我带你来看。"母亲撇撇嘴："梦你个头壳！你自家都病恹恹的，还顾得上我？"父亲说："细儿顾得上哎！"母亲看着我说："下午听医生说，如果没有么子大事，就不需要买药咯。"我说："听医生的话，莫自作主张。"

车子路过一家血浆站时，母亲悄悄对我说："我在这里卖过三年血。"听完后，我非常震惊，但我没有流露出来，依旧平静地问她："你是么样卖血的？"母亲小心翼翼地看我的神色，说道："一个月两次，每一次给我两百块钱。那时候不是我一个来，俺垸里好多人都来卖血。"我继续问："他们正不正规？"母亲点点头说："正规，一个人一个针头，用过就扔了。好多人都来卖血，连街上那些几有钱的人都来卖，说是可以活络血液。还有一些年轻伢儿，好吃懒做的，也来卖血。"我再问："那后来为么子不卖咯？"母亲说："过了六十岁，就不要你卖血咯。我原本想继续，但他们不肯再要了。"我看了一眼父亲，低声问："我爸晓得啵？"母亲摇摇头："他自始至终不晓得。"

一时我没有话可说，只是捏了捏母亲的手。母亲说："没得事哎，这么多年过去了，我都好好的。"我点点头，半晌后才问："那几年我不是也给你钱的么？应该没有那么缺钱的。"母亲说："那时候种十几亩地，也没赚到么子钱。卖血钱来得快。再说你和你哥那时候都很辛苦，不能花你们的钱。"我问："这一次我给你的钱你一定用，不能再留着。听到啵？"母亲说："晓得，你都说了好多次了。"我说："你骗了我好多次咯。以前我和我哥问你卖血了没有，你说没有；后来我给你钱，问你用了吗，你说用了，其实根本没用。你说你是不是老骗我？"父亲听到了我这句话说："你妈啊，钱放着要发霉咯！"母亲大声说道："咿呀，个个像你那样，把儿子钱不当钱是啵？！"父亲忙说："我哪里有？！"母亲说："你房里的无糖奶不是你要他买的？"我说："那是我主动买的，不是爷要的。"父亲咂咂嘴："你看，你冤枉了我吧?"母亲说:"我冤枉你?我不晓得你心下藏了么子鬼?"父亲没有吭声。

吃过午饭后到了两点，我让父亲在哥哥家里歇息，我自己开车带母亲去医院拿片子。父亲起身说:"我也去吧，看看结果么样。"母亲瞪他一眼:"看你个头壳!走路都歪歪倒倒的，赶紧去坐着!"父亲咕哝了一句:"看也不让我看……"说着，只好又坐到沙发上了。我开车带母亲去了医院，取了检验单和片子给医生。医生看了后，说只是颈椎轻度骨质增生，没什么大碍，多运动就好了。我和母亲一下子都松了一口气。再次开车回来的路上，母亲说:"你天天说我不担心自家，你自己也是的，你也要看看自己的身体，不能老坐着，不能老看书。"我说:"我晓得哎，我每年都体检的。"母亲说:"你不能骗我!"我笑道:"你也不能骗我!"母亲在后面拍拍我的肩头，没有再说话。

2020 年 4 月 3 日

挥手从兹去

还好,父亲没有走远。我站在阳台上喊了他一声:"爸,你莫走!"父亲停住脚步,抬头看我:"儿哎,做么事?"我央求道:"你等等。"说完,我迅速跑下了楼,先到灶屋跟正在擦地的母亲讲:"妈,你快来。"母亲说好。我又跑到堂屋,拿出一条长凳搁在屋门口。父亲走了过来,我说:"我要给你和我妈拍张合照。"父亲点头说好,立马坐在凳子上等着。母亲换好了衣服,也坐了过来。我站在屋场上,拿手机给他们拍了几张。父亲很自然地对着我笑,母亲有些紧张,手和脚不知道怎么放。我说:"妈,你不要紧张,自然些就可以咯。"趁着母亲调整的时候,我又抓拍了几张。拍完后,父亲起身感慨道:"今年俺屋还没照全家福。你哥走得太匆忙咯。"母亲拍了拍他身上蹭的灰说:

"明年回来再拍哎。"

拍完照后,我又一次上了楼,进到自己的房间。阳光洒了进来,沙发、床铺、书桌染上了一层金光。昨日的一天雨、一夜风,仿佛不曾发生过似的。一切都在寂静中。好一会儿,我靠在门框上,没有动,只是一样样看着。书桌上的台灯、放在墙边的果绿色开水瓶、枕头边的充电器……近三个月来,它们构成了我的生活。横在壁柜旁的蓝色行李箱,曾经陪伴我去过很多国家,上面贴满了各个机场的标签,现在也只好放在家里了。回来时,我的行李箱里只有两条长裤、一件外套、几件内衣和几本书;离开时,因为担心隔离的宾馆条件有限,所以母亲帮我备好了床单、床罩、枕套、洗衣粉、洗衣刷……原来的行李箱装不下这些东西了,只好换上哥哥放在家里的大行李箱。

母亲在楼下喊了我几声,我大声回道:"我就下来!"背上电脑包,拎起大行李箱,再一次回头看房间,心中忽然涌起一阵不舍。过不了多久,母亲就会把床上的棉被叠起来,放进衣柜,毕竟这一年里再也不会有人睡这个房间了。下楼后到了屋场,母亲已经把电动三轮车推了出来,父亲等在一侧。我把行李箱和电脑包搁到后车厢。父亲说:

"你想想还有么子东西忘带了啵?"我摇头道:"确认过几次,没有落东西。"昨晚母亲跟我在房间把每一样东西都检查了几遍,想必是不会有什么遗漏的。我走向驾驶座,说:"妈,你坐在后面吧。我来开车。"母亲听话地上了后车厢。车子开动时,父亲又说:"记得打电话,听到啵?"我看了他一眼,他穿着我几年前给他买的黑色外套,微驼着背,头发斑白。我"嗯"了一声:"晓得咯。你去玩哎。"车子开动后,拐到了垸路上,父亲的目光一直跟过来。我忍住没有回头。

叔爷菜园新栽的辣椒秧一排排,小麦已经抽穗了,结了籽的油菜倒在路边。在菜园里忙活的婶娘起身问:"庆儿哎,你要走了啊?"我回道:"是啊!"婶娘又问:"是不是怕回北京没得人给你做饭吃,就把你老娘带上咯?"母亲笑道:"么可能呢!他回北京后,天天大鱼大肉的,怕肯吃我做的饭啵?"婶娘也笑了:"养儿有么子味哩!养熟了,就飞走咯。"母亲说:"飞就飞走了,我几高兴哩。少做一个人的饭!"婶娘咂咂嘴:"你莫到时候跟我念他就行咯。"母亲"哎哟"一声:"念么子念,明年又不是不回!也只有几个月咯。"

开到国道上时，母亲嘱咐了一声："慢点儿，车子多。"这条宽阔的马路上，车流已经恢复成原来的样子。等我安全地开上了国道，母亲松了一口气："你现在开得蛮熟练的。"我说："当然熟练咯。这几个月，你看我从哥哥家到乡下，来回跑了几多趟。再不熟起来，就是个傻子咯。"母亲拍了一下我的背："我就担心你在外面是个傻子。人善被人欺，管么子事多动脑筋，莫一冲动，就不管不顾的。现在不比过去，社会上也不单纯咯，你也要长点心眼儿……"母亲说了半响，忽然又拍我的背，说："你听到了吧？"我说："哎哟，你说了好多遍咯。我晓得哎。我在外面这么多年了，会晓得分寸的。你看我现在不是好好的？"母亲顿了顿道："我看到你就着急。不晓得为么子，就是不放心。"我笑道："那你跟我一起去北京。"母亲也笑："跟你一起隔离十四天？我不去。北京是你自家选的！"

到了人民医院门口，我下车往门诊部那边走，母亲守在外面。按照北京那边的要求，凡是要在酒店隔离的，都需要在本地做核酸检测，结果是阴性的才行。门诊部大厅排队挂号的人，比起前段时间我带父母亲来检查时少了很多。以后恐怕父母亲还会来这里，毕竟他们都是快七十岁的老人了。我做好了这样的心理准备。拿到了结果为阴性的报告单，再次往外走，隔着围墙，我看到母亲坐在驾驶座上，呆呆地望着大街。我走过去时，她还在发呆。我叫了她一声，她回过神来，笑了笑："没得事吧？"我说："正常。"我又让她到后车厢坐去。母亲说："我忘了把昨天买的袜子装到你箱子里了。"我说："袜子够的。"母亲点头道："宁愿多带点儿，保险。"

母亲永远怕少。煮饭煮一大锅，炒菜炒一大盘，永远都有剩的。我曾经跟她说过："其实刚刚好就行咯，你看我每回做，大家是不是都吃饱了，饭菜又不剩？"母亲笑："我也想哎，但总是觉得不够。"就像这回我的行李箱里，如果我自己来收拾的话，会少一半东西，但母亲坚持要加这个添那个，我就随她弄去。到了哥哥家小区，车子停下，母亲要把我箱子拎下来。"咿呀，多重！拎都拎不动！"我接过箱子，说："是你要加这么多东西哎！"母亲摇摇头："不加么行哩！你都要用到的！"上楼时，母亲在下面托着箱子，我回头说："不消的，我力气大，你看！"说着，我蹭蹭蹭地把箱子拎到了哥哥家门口。母亲跟在后头，慢慢走上来。"真是老咯，跟不上你了。"

出发前,我已经跟嫂子讲好了,在这里住一晚,明天六点起床,坐从武穴到黄石北站的客车,然后再乘坐早上九点多的高铁回北京。几日没来,窗外那棵树已是绿意葱葱。嫂子好不容易休个假,陪着侄子们在看电视。到了中午,母亲做了一大桌子菜,接着她又要张罗着煮茶叶蛋,这样我就可以在路上吃。一切忙毕后,母亲过来跟我说:"我回去了。"我惊讶地说道:"你在这里歇哎。"母亲打量了我一番,说:"地里还有事情,今天太阳好,我赶紧做完。"嫂子在一旁劝说:"妈哎,地里的事情哪有多要紧的。你留下来哎。"母亲笑道:"我明天来。"小侄子接了一句:"明天早上细爷就走咯!"母亲又看了我一眼:"又不是不回……我走了。"她转身往门口去,我过去轻轻地抱了一下她,说:"路上小心。"母亲"嗯"了一声,低着头换鞋子,没有看我。"我会开慢一点的。"说完,她走出去,下楼梯时,她抬头看了一眼,见我还在,便挥了一下手。"你进去哎!"我说好,听着她下楼的声音,极轻的一下,一下,又一下,直至远去。

2020 年 4 月 12 日

"十一"前后第二次回家。

住院记

电话打过去时,听得到打牌的喧嚣声,父亲的声音从其中穿透过来:"你快到了?好!我就来!"那边有人喊:"你该出牌咯。"父亲回:"我不打了,我细儿回咯!我要去接他。"挂了电话后,我等在百米港大桥那里,过往的车辆轰隆隆地来来去去。我想象着父亲把牌放下,急忙赶到家里去推出电动三轮车骑过来,他会沿着百米港大坝往我这边来。我与其干等着,不如沿着大坝往家的方向走,这样还能迎面碰上他。如此一想,我就推着行李箱,过马路,走上了大坝。每一次回家都是这样,要么是父亲,要么是母亲,开车从这条路来接我。

此次回家,一来是中秋与国庆同一天,二来快到我的生日了,不回家说不过去。一边在坝边走,一边贪看眼前的风景：天空阴沉，风吹来，坝下的田地，扑啦啦飞出一群麻雀，像是一阵翻卷的褐色波浪，拍打到一棵高大的杨树上……走了不到半里路，父亲的电话又一次打过来："我到了桥头，你人呢？"我惊讶地反问："你从哪里过来的？我没看到你。"他说从市区过来的。我让他继续开上大坝，不一会儿应该就能碰头。

原来父亲今天送东西到市区哥哥家里，然后去公园打牌，但这些我并不知道。我等在坝上，估摸着两三分钟父亲就能追上我，毕竟开着车子。可是十分钟过去了，也没见到人。我想打电话给他，又担心他开车不方便接，便决定再等等看。一刻钟后，他开着车过来了，见到我咧嘴一笑："庆儿哎，等久了吧。"后车厢还坐着一位我们垸里的婶娘（她正好从市区回来，父亲捎上了她），她说："你爸摔倒了。"我忙去看父亲，他的右手手肘、手掌都擦破了，右边裤子上满是灰尘，大腿估计也擦伤了。我问怎么回事，婶娘说："你爸看你不在，心下着急，想赶紧来接你。车子上坝时翻了，人被车压住了……"父亲打断她的话："没得事哎，你快上来。"我说："我来开吧。"他挥挥手说："不需要的，你坐了一天车，都累咯。"

经过村卫生所时,我让他停下:"去消消毒。"父亲不肯:"屋里有碘酒,去所里又要花钱。"他坚持开回了家,我看了一下伤势,还是觉得去卫生所比较好,硬是拉他过去。医生给他处理了一下伤口,让他伤口不要沾水。回来的路上,他说:"你看我在家里处理一下就可以了嘛。"看他走路也正常,说话也没问题,再次回到家后,也是走来走去,我稍微放心了一点。

确实累了。早上五点多爬起来,赶到首都机场,飞到武汉,坐了一个半小时的地铁到客运站,然后又是三个小时的长途车,一路上都没怎么休息好。上到二楼我自己的房间,洗个澡,倒头就睡了一个多小时。醒来时,身体还是疲倦。时近黄昏,天气凉了下来,空气中是北方所没有的湿润,又一次躺在熟悉的房间里,觉得特别心安。下楼时,去到灶屋,父亲正在做饭。他切好了红辣椒,电饭煲里的饭也熟了,水池旁边放着他已经洗好的鲤鱼。我走过来,他笑说:"马上就好咯,你妈也快回了。"

母亲去船厂做小工去了,几十年来都没怎么做过饭的父亲笨拙地切着菜,辣椒切得大一块小一块,丝瓜皮也没有刨干净,真是太难为他了。我接过锅铲:"你去歇息,我来。"父亲说:"没得事。"我还是坚持道:"我来我来。"父亲没奈何,把锅铲递给我,转身去切丝瓜,我忙阻拦:"不用了不用了,你去看电视吧。"父亲说好,转身走了。我把辣椒重新切了一遍,丝瓜皮也刨干净,再打上两个蛋,可以做一碗蛋汤,鲤鱼可以炖豆腐……这些弄好后,母亲回来就应该能吃到热乎的饭了。

正在炖鱼时,父亲突然走进灶屋来,指了指脚上:"庆儿,你看我的脚……"我往下一看,吓了一跳,整个脚背上全是血,直到脱了袜子他才发现。"都一个多小时了,你自家不晓得疼啊?"我忍不住问。他说:"我没得感觉,一直只觉得鞋子里湿湿的。"我让他在凳子上坐好,打算把菜盛出来,然后送他去医院。母亲恰好此时回来了,她身上全是土,见到我笑问:"你下午到的?"我点头说是,然后指指父亲,母亲低头一看,说:"哎哟,你么样搞的?"我说了一下事情大概经过,母亲生气地说道:"叫你莫骑车,你非要骑!你骑车,我看了都怕!"她一边责骂着一边打量伤口:"去卫生所!现在就去!"父亲说:"没事的哎!去么子!"母亲大声说:"走走走,莫磨叽咯!"

母亲衣服也不换,去拿提包。我要跟着去,母亲拦住:

"你在屋里休息,好好吃饭。没得事。"我说:"我不吃了。"母亲还是不让:"坐一天车咯,要跟过去做么子?回去!回去!"我只好转身回来了。母亲开着电动三轮车,带着父亲往村卫生所飞奔而去。天完全黑了下来,炖好的鱼汤慢慢地冷了。一刻钟后,母亲再次开车回来,父亲却没有一起回,我问情况,母亲急匆匆地去房间里拿钱,"卫生所的医生说伤口太大了,得去镇上。"我又一次说:"我要去!"母亲说:"听话,你就在屋里好好休息。没得多大事情。"她一边说一边往外走,手提包敲打着她没有换下来的脏裤子。等我赶出门,她已经开车走了。

等了半个小时,我打电话给母亲。她说已经到了,医生正在给父亲清理伤口,一切都安好。我等着也无聊,家里蚊子多,坐了一会儿,被咬了几个包,就决定去村里的超市买杀虫气雾剂。沿着垸路走,路灯亮起,家家户户都在吃饭。到了超市后,老板问:"回了啊?"我"嗯"了一声,买好东西去结账,看到柜台对面的无糖奶,便去拎了一提过来,老板说:"买给你爸爸喝的?"我点头,在一旁的老板娘笑道:"你爸昨天过来买米,说要买最好的米。我问他为么子突然舍得花钱,他说你要回来了。"我听到这句，心头一痛，赶紧走了出去。超市外面的国道两旁，没有路灯，漆黑的夜色中只有晚风柔柔地吹拂过来。这个时候在北京，还是下班的高峰期，这里却安静极了，没有公交车，没有出租车，到哪里都如此不方便。

回到家后，进到父亲房间，把无糖奶放在柜子上，之前过年时我给他买的奶，他还没喝完。他平常在沙发上靠的垫子，坐的小凳子，打针的针筒，都安放在各自的位置。白色的灯光倾泻下来，房间看起来分外荒凉。我打电话给母亲问情况，母亲说："伤口处理好了，补了十五针。今天晚上要在这里住一晚，你早点困醒。"我说好。母亲又说："你莫担心，真没得事。这里医生也蛮好的，住院的房间里就我跟你爸两个人，没得人吵的。"我又说好。母亲挂电话时又嘱咐道："晚上冷，你被子盖严实点，莫感冒。"

胡乱睡了一觉，六点多听到母亲在楼下喊："庆儿哎，开门！"我忙下去开门，母亲推车进来，看我一眼："你没睡好啊？"我说睡不踏实，又问父亲情况，她平静地说："他感觉不到疼的，医生给他缝针，就说这比打了麻醉药还有效的。"吃了早饭后，我让母亲在家里，骑上了车子赶去镇医院。父亲看起来的确没有大碍，脚上缠上了纱布，手上正输着液。我把买好的小笼包给他吃,他胃口不错,全吃完了,又递给他豆浆,他咕噜咕噜也一口喝尽。我叹了一口气:"你以后莫骑车咯!"父亲说:"好。"我又说:"你莫乱走动,伤口愈合要好多时。"父亲又说:"好。"看着他枯瘦的身子,蜡黄的脸,还有手臂上的伤痕,我没有再多说话。

打完针后,父亲起床。我把母亲带来的东西都收拾好,回头一看,父亲已经叠完了被子,枕头也归置好了。我问他做什么,他说:"护士忙,不能麻烦人家。"走出病房,我要扶他,他摇摇手:"不用,我自家能走。"说着,他一瘸一拐地往前走。我再上前扶,他没有拒绝。去放射科拍了片子,骨头没事;再去医生那里问情况,医生说每天来打针和换纱布就好,没有大碍;最后去交钱,预付了一千块。往医院门口走时,父亲沉默了半晌,小声地说:"又要花你很多钱咯。"我回:"我挣钱容易。"我扶住他,能鲜明感受到他手臂的干瘦。父亲想起什么来,抬头问:"昨晚的饭好吃啵?"我点头道:"好吃,几好吃哩。"父亲笑了笑:"那就好。那就好。"

2020 年 9 月 30 日

棉花记

早上六点多钟,母亲就在楼下喊我名字。那时候我还在半睡半醒中,挣扎了一下,才回:"做么事啊?"没有回应,过了一会儿,母亲上楼推门进来:"还在睡啊?"我起身问:"出么子事了?"母亲略带歉意地笑道:"我要到地里去摘棉花,早饭我已经做好了,你下去吃就行咯。"我说好,母亲便转身下楼去了。洗漱完毕到灶屋,母亲还没走,见我来,又说:"肉我放在水池这边,让它解冻。你中午下点肉丝面就行咯,电饭煲里还有馒头……"我连连点头:"晓得晓得。你快去!"母亲又嘱咐了几句,拿起装棉花的棉袋子急匆匆地往地里赶去。

天气半阴半晴,偶有稀薄的阳光洒下,更多的时候,灰白的云遮蔽了天空,看样子是要下雨了。母亲是着急的，毕竟地里的棉花球都绽开了，放眼望去一片白，如果淋了雨，就不值钱了。本来时间没这么赶，但前几天母亲跟着婶娘们去船厂做小工，一天有两百块，还能拿到现钱，这太有诱惑力了，所以地里的活儿就耽误了下来。父亲这几天因为开车受伤，更是走路都麻烦。早上这会儿，他去卫生所打针换药。而我留在家里负责剥棉花，还负责照看外面晾晒的棉花，只要有雨滴落下，我就要冲出去盖上雨布。

棉花不好剥，尤其是经雨淋湿过后再晒干的，碎叶子沾在发灰发黄的棉球上，剥的时候要一点点摘干净。不过这些对我来说，都再熟悉不过了。小时候，每到秋季，晚上全家人都要上阵剥棉花，一边剥一边看电视。《青青河边草》的主题曲一响起，剥棉花的活儿也不觉得累了，反而因为手头有事情可做，觉得时间没有浪费。这使得我长大后只要看电视或者看视频，手头总要剥点什么东西才舒坦。在北京时，毛豆一上市，我就经常买来，一边看美剧，一边剥上一盘，其实就是剥棉花的延续。

棉花剥了一小箩筐时，婶娘走进堂屋来问："你妈嘞？"我说："去地里了，做么事？"婶娘把小椅子拉过来，自己坐下，说道："不做么事，我本来是想问她明天有没有空。隔壁垸里明爷家里找人去洗菜，我问问你妈妈去不去？"我问："洗菜一天几多钱？"婶娘回："一天一百。"我沉默了半晌，嘀咕了一句："哎，真是太廉价了。"婶娘讶异地看我一眼，说："农村人哎，命都是廉价的！一天一百，对你们来说不算个么子，对你妈来说，算可以咯。"我说："让她不要做这么多事情的，自己忙得要死，又挣不了几个钱。"婶娘笑道："晓得你心疼！但是你妈做这些事情，不觉得苦，反倒是心里头开心。她是不想麻烦你的，自家既然能挣钱，又能出来跟人说说笑笑，有么子不好的？"

我想到母亲说起在船厂干活的场景，下到船舱里，铲除油漆，清扫地面，搬运垃圾……回家后，身上全是灰土。晚上洗完澡，还要赶着剥棉花，一边看电视一边打瞌睡。第二天又爬起来，赶着去邻村洗菜，去农场帮人挖土。这些母亲都不怎么跟我讲，她知道我会反对，也知道我会打钱，她撒谎说自己没有做那么多活，只是随便动动身子来着。我知道。我都知道。棉花壳的尖扎到了我，有一丝疼痛。箩筐里的棉花，也多了起来。婶娘手脚麻利，动作比我快很多。"下雨咯！"婶娘忽然起身往外面看，"快点儿！

去把雨布搭上。"我冲出门，雨滴点点，我和婶娘把晾晒的棉花都盖上了雨布。

婶娘走后，父亲回来了。我们继续坐下来剥棉花，父亲的脚上缠着新换上的纱布，我问他伤口愈合得如何，他说："还没消肿。"我"嗯"了一声。父亲说："我不想再去医院了。"我问为什么，他说："让它自家好。"我说："钱的事情，不需要你操心的。"父亲没有说话。雨下了几滴后就停了，风从堂屋灌进来，吹着父亲的裤子衣摆。父亲拈起一枚棉花，一点点摘碎叶。"棉花几不值钱的，这些——"父亲指指外面，又指指我们在剥的，"卖不了几个钱的。"我问："屋里几亩棉花地？"父亲说："两亩，能摘个上千斤棉花，一斤三块钱，满打满算就三千块。"我知道这三千块，是没有算上母亲的人力成本的。一年到头，种棉花又是这么烦琐费气力的事情，收入却这么少，我不免叹息了一声。

中午我下了一锅肉丝面，我和父亲各自吃了一大碗。母亲要赶在下雨前把棉花摘完，没有回来，我们便把面盛在碗里，送到地里给她吃。回来时，好几大袋摘好的棉花，沉甸甸地搁在堂屋的地面上。父亲因为头晕，去房间睡去了。我继续剥，箩筐渐渐满了起来。到了下午五点，母亲回来时，我已经剥完了家里之前的棉花，地上的棉花壳垒成了小山。母亲看看地上，又看看我，走过来，摸摸我的头，说："庆儿哎，你生日，我都没有做好吃的给你。"我抬头看她，想说什么，又哽住了，没有说出口。

她坐下来，伸手拿棉桃，我拦住，拉住她的手：两只手掌，酱黄色，怎么也伸不直，左手的四根手指，右手的两根手指，都缠上了胶布。她把手收回，辩护道："哎哟，平常时不是这样的，你给我买的护手霜、甘油这些，我都擦的！只是这两天棉花桃扎人，戴上手套不方便，手才会这样。你莫想多咯，平常时真不是这样！"我起身说："你坐着歇息，我去做饭。"母亲忙说："我都回来咯，要你做么子！"我说："你都忙一天了。"她起身往灶屋那头走："忙一天，我又不累人。你让我坐着等，我才累人嘞！"她说完，停住，回头看我："你这么远回来，我一顿好的都没给你做。"我说："我不需要的。"母亲笑了一下："我需要。我给你做红烧肉烧土豆，算是给你补过个生日。"说完后，她看看外面："这个鬼天气！还有半亩地棉花没摘完，唯愿明天莫下雨！"

2020 年 10 月 3 日

2021 年

2021年"五一"前后因宣传新书回家。

台下的父亲

上台阶时,我发现父亲一只脚上是没有鞋子的,但他毫无察觉,直到我问他鞋子在哪里,他才反应过来:"哎哟,我不晓得。鞋子应该在车上。"那时接送我们的车子正在找停车位,朋友渡边立马跑过去看,鞋子果然在车座下面。鞋子拿过来后,我蹲下来给父亲穿好,然后扶着他往前走。前来迎接我们的干校长看到这一幕,感慨道:"你是个孝子。"这句话我听来有些惊讶,因为我并未为父亲做什么事情。我总是不耐烦跟他一起,他走路太慢,而我走路太快,走着走着,回头看,他已经落后好远了。就像这次,他下车时,我并未想着去扶他,而是急匆匆地跟其他人说话,否则他也不至于光着一只脚站在那里了。

前一天晚上,他爬上二楼到我的卧室里来问:"讲座是明天几点？"我说："下午三点五十。"他又问："会不会来很多人？"我回："整个高一年级的都会来。"他说好，迟疑了一会儿，略带羞涩地咧嘴笑问："我可以去看看啵？"这次轮到我迟疑了一下。过往我做过很多活动，台下从未有亲人到场。而这一次父亲要过来听我用普通话给一千多名学生讲话，那种场景下我不知道自己会不会紧张。父亲说："要是不方便的话，就算咯。"我忙回："方便方便。明天学校有车子来接，到时候我们一起去。"他高兴地连连点头："要得要得。"晚上看电视时，母亲知道父亲要去的消息，摇头道："你要跟过去做么事？你一个老头儿，跟他们又说不来的。"父亲躺在床上说："我儿的讲座，我为么子不能去？"母亲白了一眼："你啊，就是爱凑热闹。"

父亲就是喜欢热闹，他从不怯场。他穿着一件灰扑扑的西装，里面一件红格子衬衣，坐在众多校领导之中，显得格格不入，但他微笑着跟他们说话。"我孙儿也在你们学校念书呢！他成绩几好……"干校长问："是哪个班级的？"父亲说了班级名，又说："他英语几好，数学也好，就是语文不好。"坐在办公室里的老师们哄地一笑："他叔叔是作家，让他给侄子辅导一下嘛。"我说："我辅导过了，不过这个要看他自己了。"大家聊着笑着，父亲沉默下来，他双手放在腿上，老师倒的茶水他也不喝，搁在一旁。校长、老师们跟我聊的内容，他都不懂，也参与不进去。他就如乖孩子一般，默默地听着。我说话，时不时偷眼看他，他抿着嘴，费力地理解我们的对话，像一个笨拙的学生。

到了演讲的时间了。校长和老师们带领我们往礼堂走去。我一路扶着父亲，他干瘦的胳膊，弯曲的背脊，还有想要走快却走不快的步伐，一一告诉我：父亲老了。二十一年前，我中考考得非常糟糕，离普通高中录取分数线都差了八十多分，是父亲费了很大的力气，让我进了这所高中。那时他也是这么瘦，但走路是快的，人也是精神的。学费是他四处借来的，他交给了学校。临走之前，他跟我说："庆儿，你要好好读，要听老师的话，晓得啵？"我点头说晓得。他又叮嘱了一番话，这才转身往校门口走去。自此，我在这所高中读了三年，昔日教我语文、数学的老师现在走在我旁边，恭喜我出书，也恭喜我能走出自己的路来，当年的校长现在还是校长。他们都还在，都没有变，而我在外闯荡了二十多年，变成了一个大人。

整个学校礼堂里，坐满了高一的学生，放眼望去都是人，听老师说因为礼堂坐不下那么多人，高二的学生将会在自己的教室里看直播。但我能讲些什么呢？我在高中是一名非常普通的学生，成绩一般，考的大学也极为一般。分享时，我说得磕磕绊绊，而父亲就坐在台下，校长陪同坐在他旁边。他乖乖地缩在椅子上，歪着头，脸上浮着笑容。他从未见过我做活动时的样子，而这一次是我人生中听众最多的一次，他看到了。学生们极为热情，无论说什么，他们都报以如潮水一般的掌声。但我讲得很糟糕，说着说着就没话说了，原来要讲一个小时，我只说了二十分钟就匆忙结束了，接下来是学生提问，他们的问题，我基本上回答得也不好。老实讲，我不知道如何跟他们交流。

讲座结束后，我们一行人去食堂吃饭。当年教我的恩师们，还有校长、副校长坐在一起，大家说说笑笑。我高三时的班主任跟父亲说："你这个伢儿呀，我记忆太深刻了。那时候他性格几孤僻，跟班上的同学相处得很不好。人又老实，我担心他未来走上社会，该么办？总担心他受欺负。你看现在几好哩，做出一番成绩了，人也开朗阳光，我总算可以放心咯。"父亲看看我，笑了笑："那时候苦，我们做上人的，也没得么子能支持到他的。都是他自己闯出来的。"其他老师又回忆起我在学校的诸多细节，父亲一一听着。他吃得很少，喝了一点汤，我要给他夹点菜，他摆手说吃不下。他忽然说："我屋里两个伢儿，对我都很好。没得他们，我这个身体也扛不住。"大家都说是，而我又一次深感羞愧，一阵刺痛袭来：我陪伴他的时间太少太少，而未来留给我们的日子并不多。

吃完饭后，学校又派车送我们到了家。母亲迎过来问："么样啦？"父亲连连点头笑道："几好哩！俺庆儿会说话。我原本担心他说话太快，但是他说得蛮好。学生问问题，他都答得来。"母亲又问读高一的侄子有没有来找我们，我说没有。母亲摇头道："哎哟，几胆小哩。自家细爷坐在台上，爷爷坐在台下，他也不晓得过来打个招呼。"我说："他害羞嘛。"我们这边有一搭没一搭说话，父亲坐在椅子上，陷入沉默中。他像是还在一场恍惚的梦中，时不时笑笑。我问他想什么，他抬眼看我，说："你讲得好。"我说："我讲得不好。"父亲忙回："哪里不好？我觉得几好。我喜欢听。"又过一会儿，我问他想什么，他停顿了一会儿，说："我不会像原来那么担心你了。我放心了。"

2021 年 5 月 9 日

"十一"期间第二次回家。

父亲成为读者时

经过后门口时,看到父亲坐在那里看书。远处,阳光落在菜园的藤架上,风徐徐吹来。我问父亲看什么书,父亲羞赧地笑笑:"不是你写的书?"我瞥了一眼书封,是我从北京带回的《荒野侦探》,波拉尼奥写的,我回他:"我的书还在写呢。"父亲摩挲书封半响,才站起来递给我,说:"那我不看了,我只看你写的。"正好路过的母亲见此在一旁笑道:"你认得几个字?给你看你也看不懂。"父亲瞪大眼睛回:"我儿写的,我就看得懂!"

父亲认得一些字,不过让他看完一篇文章,还是非常吃力的,但他很好奇我究竟写了些什么。有时候我在二楼的房间里打字,他会悄悄地走进来,笑眯眯地凑近:"写得顺利吗?"我说:"顺利。"一边回他,一边继续打字。他默默地站在我旁边,连呼吸都不敢加重,生怕打扰我。可他站在那里,我多少还是会别扭,便抬眼看他一眼,他立马感应到了。"你慢慢写。"说着,他转身,一挪一挪地往门口走。此时我又有些内疚,叫了一声他,他回头挥挥手:"你写你的。饭熟了,我叫你。"

他总爱叫我"儿哎"。我坐在他房间看电视,他指着电视柜旁边的矿泉水,像是献上宝贝似的说:"儿哎,你喝!那水比自来水好喝。"家里天热,他把风扇扭过来对着我吹:"儿哎,屋里是不是好热?"他开车去镇上买来了排骨、牛肉、笋子等一堆菜。"儿哎,排骨炖汤,几好喝哩。"他的目光总忍不住放在我身上,而我总忍不住躲开。我怕我承受不住那目光。

他看我时,眼睛里总有欢喜。一欢喜,他总忍不住跟别人说。我总嘱咐父亲不要太过张扬。比如说,不要拿着我的书特意跟别人说这是他儿子写的,也不要说儿子在哪里做过讲座发表过文章,一切都要低调。父亲委屈地说:"我哪里说了嘛。"我笑笑,没有继续说他。其实现在我去村里的超市买东西,老板娘会说:"哎哟,作家回了啊!"路过菜园,垸里的伯伯会从地里站起来说:"文学家回了,你爸还念你嘞!"每回碰到这种情况,我都有些发窘,也知道肯定是父亲老跟他们提起我。还有打牌时,他总忍不住说:"我儿写书写我写得几多。"有人笑:"是写你爱打牌吧!"他脸红红:"你瞎扯!写我好事儿。"

说来惭愧,我的确写过父亲爱打牌,写过父亲很多糗事,还写过他脆弱的、狼狈的、伤心的、困窘的种种。我总忍不住写他。他从我小时候高高大大的,到现在变得矮矮缩缩的;从原来的健步如飞,到现在走路要小心地一探一探;从跟人说话神采飞扬,到现在人家说十句他才反应过来一句……他老了,而我的文字记录下了他慢慢老去的过程。

我现在回家的次数比过去那些年多了很多,每逢放假我都尽量赶回来。父亲,还有母亲,已经往老年迈进了。那些肉眼可见的衰老迹象,在我看来,总是触目惊心的。回到家,就坐在那里,陪着他们吹吹风说说话,一天悠长,日光渐渐熄灭,星星一颗一颗地在深蓝的天幕上亮起。我没有读书,没有写作,什么也不做,就陪在他们旁边。这样的日子,不会很多了,所以我很珍惜。

吃晚饭时,父亲问我:"新书明年能出来吗?"我说:

"应该可以。"他又问:"到时候会做活动吗?"我说:"要看出版社安排。"父亲点点头:"你要好好写,要对得起读你书的人。"我说晓得。父亲说:"你要珍惜大家对你的喜欢。"我又说晓得。父亲最后嘱咐了一句:"莫写我坏话!"我扑嗤一声笑了,父亲也笑:"儿哎,我是你爸!你要晓得。"

2021 年 10 月 4 日

母亲的心

　　垸里的夜色，到了七八点，就已经是浓墨一般的黑了。看书累了，从二楼下来，去到前厢房，母亲正在看电视，父亲靠在床上睡着了。我看了一眼柜台，母亲问我找什么，我说："有花生没？"以前家里的柜台上总是有两大罐炒好的花生，饿的时候抓一把慢慢剥着嚼。母亲回："没得……花生还没有挖。"我说："没得事，我就随便问问。"转身待走时，我回头又强调了一遍："我真的是随便问问，不用特别在意。"母亲说好。

　　之所以要特意强调，是因为我太知道母亲的性格了。以前回家，我也只是随口问了一声有无花生吃，家里正好也没有，母亲隔天就去婶娘家借了大锅和灶，父亲负责烧火，她负责用沙子炒花生。我那时候很吃惊，让他们不必如此费工夫来满足我的口舌之欲，但母亲一定要让我吃到才罢休。

这样的事情发生过多次，如果我偶尔提及一次莲藕炖排骨好吃，每一年回家莲藕上市时，她总会做给我吃；如果我说不喜欢吃老米，喜欢吃粳米，她就买上一大袋，按照我的口味来；如果我说被子有点太厚了，盖在身子上沉，很快她就会换上薄一点的被子……母亲总是把我的话听进去，再用十分的力气去满足我，这让我说话时分外小心，毕竟我并不是非要如此不可，可是母亲总会当真。

第二天早上下楼吃早饭，饭桌上搁了一篮煮好的花生。我问母亲怎么回事，母亲在灶房一边炒菜一边笑回："今早洗衣裳，见你花娘在洗花生，我就要了一篮来，你尝尝。"我拿出一粒剥开吃，刚煮熟的新鲜花生，吃起来分外香。母亲问："有咸味儿没？我怕加盐加少了不好吃。"我说有。母亲又说："今天我去地里挖点儿花生回来。"我说："不消这么费事。"母亲说："哎哟，都是要挖的。"

吃完饭后，准备上楼开始写作。母亲追过来说："你拿点水上去喝。"说着，她指指台阶上放的一大箱矿泉水。都已经10月了，老家每天都似酷暑，气温高达三十六七度，我时常觉得口渴,而家里的水我喝得不多。这点母亲也注意到了,又让我暗暗惊讶。我总在想,母亲是何其敏感,虽然很多事情我没有言明,但她总是能第一时间感知到。

我的高兴与难过,我的烦恼与忧伤,产生情绪的具体事情她不会知道,但她能绕过这些中间物,直接触到我的内心。那个她在乎的孩子,冷暖可否自知?温饱可否满足?虽然我已经长到这么大了,但她依旧放不下心来。

有时候通电话,我心情不好,但跟她说话我还是强打精神,用欢快的语气说"喂",她一下子就听出来了:"你怎么了?"在她那里,我连遮掩都是徒劳的。她其实知道我会不想说一些事情,她也不问,但她默默地守在一旁。等我需要她时,她就会及时出现。我其实更希望母亲自私一点,不要那么在乎我,而是可以做自己的事情。但我改变不了她。

风从窗边吹来,母亲跟人说话的声音也断断续续地飘过来。我起身趴在窗台上,母亲正在菜园里一边摘扁豆,一边跟隔壁的婶娘时不时说几句话。我说:"这扁豆架好像一颗心!就是瘦了点儿。"母亲抬头看了一眼,回:"你莫让我操心,心就胖咯!"婶娘笑道:"你儿这么大了,随他去，你享清福就行咯。"母亲说："你莫说我，你自家屋里的儿，你不也是挂念得很。"婶娘又抬头看我一眼，叹气道："做妈的，都是这个命。"

我随即下楼来，母亲把摘好的扁豆搁到灶台上，而锅里正煮着东西。我说："时间这么早，还没到吃饭的时间。"母亲说："是花生。"我问："早上不是煮了吗？"母亲说："这次是俺自家的花生，我上午去挖回来的。"我说："吃不了这么多的。"她说："没事，晒干了，你带到北京吃。"我说好，坐在一旁帮着烧火。她说："你去忙哎。"我说："事情忙完了。"她伸手牵了牵我衣领，说："这么热，你去吹风扇。"我说："不热，就陪陪你。"她笑笑，没有说话。我也没有说话。火烧得正旺，水汽溢了出来，花生很快就可以起锅了。

2021 年 10 月 5 日

就跟种地一样

每天吃完晚饭上楼前,总要陪父母看一会儿电视。新闻和电视剧我都不爱看,却是父母亲唯一的消遣方式。每回只要我在,他们总会找我说话,尤其是父亲,他躺在床上,看到新闻中出现的地方都要问我,比如巴黎,他问我去过没有,我说:"去过两回。"比如额济纳,我说:"那里的胡杨林现在金黄一片,非常美。"比如新西兰,我说:"在我朋友家住了几天,他的岳父母把他们家门口的草坪变成了菜地。"说完,父母会笑,父亲说:"咱们中国人都爱种菜。"说话时,父亲把风扇转向我这头吹,我忙说不用,他说:"有蚊子。"

有一回看电视上播诺奖新闻,父亲忽然问:"你得过奖没有?"我说没有,他问我原因,我回:"写得不好嘛。"父亲沉默了一会儿,说:"你上学好像也没得过什么奖。"我说:"我就是很普通嘛,从小到大都这样,不是最差的,也不是拔尖的。"父亲说:"这样好,平平常常,就跟种地一样,把眼前那块地耕种好就可以咯,其他就看运气。没得运气,你靠地里收入也能过;有运气,是额外的,也不要贪,毕竟运气不长久,还是要把地种好。手里有块地,心下就不慌。"

其实说起来,我在学校里得过一次奖。十四岁那年我在杂志上发表了一篇作文,校长知道后,给我颁发了"创作奖",这是专为我设置的奖项,毕竟学校之前从未有学生在全国性刊物上发表文章。但这样的奖项,跟学习无关,父亲自然也记不得了。我是一个愚钝的学生,考试从未进过前十名,自然跟学习奖项无缘。总的来说,学生时代,平平无奇,读着普通的学校,从未有过亮眼的表现,毕业后也做着普通的工作,进不了父亲所期待的体制内,也没赚多少钱。

这样一个普通的儿子,他们会失望吗?没有。因为他们对我,还有我哥哥,并未有过高的期望。我们能够平平安安生存下来,他们就已经很满足了。而光为了我们活下来，他们就已经费尽了心思。前几天跟嫂子聊天，她感慨道："你哥也不容易，初中就离开家，一双脚丫都是烂的，说是住校时喜欢打篮球，一双鞋穿到底又不喜欢洗脚，咱家虽然有父母但是没有多少温暖，父辈也是很努力地活着，没有多少留给我们的，不说物质，精神上的鼓励也很少，我在邓家十几年了，我能感觉到，你和你哥都是孤单的孩子，你们都是靠自己。"

嫂子这番话，极触动我。这些年来，很多事情我没有跟父母说过，父母亲很多事情也没有跟我说过。我们都知道，说了，对方也解决不了，只能靠自己去扛。嫂子说我和我哥是孤单的孩子，父母亲不也是孤单的吗？他们一辈子生活在这个村庄，外面的世界变动如此之大，他们已经被远远抛在了后面。他们的孩子在这个变动的世界里，所得与所失，所爱与所恨，所想与所思，他们不能全然懂得，唯有我们的肉身还在，他们看到的是，我们的面孔也一点点变得不再年轻了。

就这样一边想着，一边有一搭没一搭地说着话。《焦点访谈》看完后，我准备起身上楼去。父亲说："你再坐坐哎。"母亲说："人家还要上去写字。"父亲说："也是的，你把蚊香带上去。"我又一次坐下来,母亲说:"你莫管他,上去忙。"我说:"不忙,今天要写的都写完了。"母亲说好。过不了一会儿,父亲没有说话,鼾声渐渐起来了。母亲瞥了一眼他,说:"叫人莫走,自家倒是睡着了。"我说:"让他睡嘛。"母亲把电视的声音调小了一些,而我悄悄地起身往楼上走,继续写那篇未完的小说,虽然自知写得一般,但那是我的一亩三分地,耕种好它是我的本分。

2021 年 10 月 6 日

2022 年

过年期间第一次回家。

回家的路

早上,被冻醒了。窗外乌云沉沉,小雨霏霏,天气预报说要下雪了。收拾好行李,在微信上跟民宿房东说我退房了,便往九江汽车站赶去,哥哥已经在那里等着了。我是昨晚九点多到九江的,他是凌晨两点。我从苏州出发,他从无锡出发。本来说好他在无锡把工作处理完,就去我新家看看的,可是出发前车子被撞坏了,未能成行。

几乎总是到过年这段时间,雨雪纷沓而至,空气极为湿冷。往车站走时,雨水敲打在伞面和行李箱上,鞋子和袜子都湿了。我忍不住想:"真不想回家啊!"我不是已经有苏州那个家了吗?可只要父母还在,那个家就还不完全是自己的家。它在情感上还缺失了亲人这一块,需要他们未来过去填充。其实之前跟父母亲也商量过，趁着我买了新房，让他们到苏州过个年。但因为疫情防控，又加上母亲不习惯长途跋涉等缘故，决定还是等侄子们放暑假了，让他们一起来苏州更为稳妥。

到站后，哥哥已经等在那里了，去武穴的票也买好了。车子开动后，我本来以为会出现尴尬的局面，但是并没有。不知道为何，我忍不住想跟他说话，那种唯有亲人之间才有的熟稔油然而生。其实前一段时间我买房，我希望他能把过去我借给他的钱还回来，他答应了，可是没有做到。几次追问之下，他才告诉我公司经营上有困难，短时间内还不了。我其实生气的不是他还不了钱，而是交流起来太过困难，发好多条信息过去，他一句也不回。

现在他坐在我旁边，我们却不断地在说话，不是没话找话，而是真的有很多话可以说。一年到头，我们很少有交流的机会。他在广东，我从北京到江南，两个人的生活都在自己的轨道上滑行，唯有在过年时才交会在一起。他说："我还是非常愧疚的。自己弟弟买房，是人生大事，做哥哥的应该大力支持。但是现在的情况，我的确没做到……"我回："我生气的是跟你交流起来太困难了，像是在对石头说话，倒不是因为钱的事情。"他点头不语。

哥哥大我七岁，这个时间空当，决定着我们处在不同的人生阶段。我有时候想他这几十年来奔波劳碌，不可谓不辛苦，但生活总是不太如意，内心该有多少郁结。他会跟他的朋友们说吗？他会跟他的爱人说吗？以我对他性格的了解，他不会。他只会在自己心中消化，然后继续往前闯。当然，他也不会跟我讲这些。唯有那一次买房的事情，我很生气他的不回应，他才说出他的实际处境，其艰难程度超出我的想象。他不愿意把这一部分呈现给我。亲人之间，往往如此。

我感叹道："我们兄弟俩，经历过多少事情，有一点是相同的，就是足够坚韧。你做生意遭遇过多少挫折，你没有跟我说，但我大概知道一点。我自己这些年，也遇到过一些挫折，但我一一克服了。我心里没有阴霾，也很确定自己想要什么，不想要什么。谁也勉强不了我，我也不勉强自己，坦荡地活着，是我最开心的事情。"哥哥"嗯"了一声说"你这样我就放心了。我现在也是，到了点，我就睡觉。再麻烦再多的事情，睡一觉起来再说。人不能垮下来。"我又说起买房后心态上的变化："就是变得更为笃定了，人家说我好，说我不好，影响不到我。我有自己的家了，这一点让我非常安心。"哥哥笑道："你有了家，你不晓得父母亲有多高兴。他们一直放心不下你。现在他们可以相信你的能力。他们挺为你骄傲的。"

车子驶过九江长江大桥，到了黄梅地界。窗外是熟悉的湖北乡村风景，麦田里空无一人，房屋湿漉漉地立在树林之后。哥哥忽然想到一件事，微笑着说："你啊，现在是我唯一能拿出来说的。我现在做生意打交道的老板，都是高学历高智商的，跟他们打交道我常常觉得很吃力。我自己是没有什么好说的了，可是一说到你，我就很自豪。我有个作家弟弟，这是他们也很感兴趣的。"我忽然想起哥哥的同事曾经给我发来的照片，哥哥在他的办公室书架上放了一排我的书；也想起嫂子曾提及，哥哥常在别人面前说起我，每当我出新书，他都第一时去买。但他从未在我面前表露过这些。他就是一个不爱流露情感的人，而我恰好是一个爱表露心声的人。但他这次毫无遮拦地说了出来，我蓦然有些鼻酸，反倒说不出一句话来。

我问起两个侄子的学习情况，哥哥滔滔不绝地说了不少。在他说话的当儿，我偷偷打量着他。他沧桑了很多，脸上呈现出了长年奔波的疲态。他有他一大家子要养，两个孩子也还小，未来等着他操心的事情一件也少不了。而我的新生活也才刚开始，未来如何，也是未知数。我们是两条道的人，我帮不了他什么，他也无力帮我，但我们知道有个至亲之人在那里，心里会宽慰很多。毕竟，我们是亲兄弟。毕竟，我们不是孤单地活在这个世上。

等车子到了垸口，哥哥说："你先回，我过两天再来。"我说好，下车往家里走去。哥哥继续坐在车上，回市区自己的家里。雨还在下着，恐怕会持续到过年。父母亲知道我要回，恐怕早就在家里等着了。想到此，我加快了回家的步伐。

2022 年 1 月 29 日

等得及

我回家的当天,床其实是没有铺好的。母亲忙着在附近的渔庄打小工,到了过年,那边的生意分外好,需要的人手自然就多。我也不等她了,自己套好被罩,铺好床,躺上去睡了个午觉。窗外雨声细细,这里那里响起零碎的鞭炮声,还有屋旁大路上人经过时的招呼声,在半梦半醒间,感觉到有人推门进来,听脚步声我便知道是母亲。她走过来,轻声说:"睡着了……"说着,她走到我的行李箱旁,把我带回的衣服拿出来,我说:"不消洗的,是干净的。"母亲笑道:"你醒了?我再拿去汰一把。"又问我饿不饿,我说:"山药肉丝面。"母亲笑:"我就晓得你要吃这个。我就去做。"听着她下楼的声音,我又一次睡了过去。

吃饭时,父亲坐在我侧面,笑眯眯地看我。我说:"你吃噻。"父亲连连点头:"我吃我吃。"吃着吃着,又看我。在他目光的笼罩下,我都有点儿不好意思了,便故意凶巴巴地说:"看我做么子?你再不吃,面就坨了!"母亲把热好的菜端过来,瞅了一眼父亲,又瞅一眼我,说:"他啊,晓得你今天回,也不出门打牌了,就在屋里等着。"父亲说:"庆儿么会儿回的?我没看到。"我说:"我进门时,你在房间里仰在沙发上睡着了,电视还开着。我就没叫你。"父亲像是错过了一个重要时刻似的,摇头叹息:"你怎么走路都没得声音哩?我都没有听到!"

吃完饭,我要起身收拾碗筷,母亲拦住:"不用管。"我又一次坐下,父亲、母亲都没有动。我拿出手机给他们看苏州新家的视频:"这里一进来是个玄关,有放鞋子的柜子。这里是厨房,还挺大的。这里是客厅,那个冰箱是前任房主留下的……"我一边播放视频一边解说,父母亲眯着眼睛看得分外认真。看到主卧,我说:"未来你们去,就住在这里,离卫生间也近,床也够大……"父亲笑道:"那要得。"看完视频,我又说:"等侄子们放暑假,你们去。到时候我上班的话,他们是年轻人,城里各种不懂的,他们可以照应你们。我不上班的时候,带你们逛逛。"父亲又笑:"要得要得。"母亲瞪他一眼,跟我说:"你上班忙,我们过去添加负担。"父亲忙说:"哪里是负担!自家儿屋里,我们不去么人去?"母亲又瞪他:"你有么子贡献给你儿子的?"父亲没有说话。我忙打圆场:"我不需要你们贡献,我自家就可以的。"

下午我在自己房间里工作,母亲又一次进来,先拿扫帚把地扫了一遍,又拿拖把拖一遍。我说:"你不用忙,我自家来就好。"母亲露出愧疚的神情:"这些天忙,没有把你房间弄好。"我说:"没得事哎,我又不是没得手没得脚。"母亲过来捏捏我的羽绒服,问:"薄不薄?"我说:"挺暖的。"说着,顺带从羽绒服口袋里掏出了取好的钱给她。她问我做什么,我说:"你先拿着。"母亲没有接,走到床边掸了掸被子,说:"我不要。我自家今年打小工,挣了钱。"我说:"你挣的是你挣的,我给你的是我的,爸的钱我打在他的卡上了……"母亲抬头打量我:"你买房这么大的事情,屋里一点儿都没有支持到,现在你手头肯定没得么子余钱,你自家拿着用就行。我和你爸,你不消操心的。"我不容分说地把钱塞到她口袋里:"我挣钱能力还可以的,写篇稿子就回来了。这个你放心。"母亲还要拿出来，我按住："不要再说了，就这样了。"母亲松了手，说了一声好，接着拍拍被子，问："睡得冷不冷？"我点头道："被子够厚，睡起来暖和。"

正说着话，父亲跟了进来。他手上笼着暖手宝，气喘吁吁的，上楼对他的身体来说是个考验。母亲问："你跑上来做么事？"父亲说："我来看我儿哎！"说着，把暖手宝递给我。"已经充好电了。"我说："不冷，你自家用。"父亲只好缩回了手。我坐下来写我的稿子，母亲继续拖地，父亲摸摸我的背包，又摸摸行李箱，过一会儿，走到我旁边，盯着我打字。母亲说："你莫打扰他工作！"父亲忙退后一步。我说："没得事。"父亲又凑过来，笑问："你又在写我？"母亲回："写你个头壳！你有么子好写的！"父亲说："我去打牌，人家就跟我说，你儿写你吃菜一筷子就把菜夹完了！"母亲直起腰，拄着拖把笑："庆儿也没错！你不就是这样嘛！"父亲眨眨眼，近乎讨好地说："你多写我点儿好。"我忍住笑，点头道："要得要得。"

忙了一下午，下来吃晚饭。父亲端起碗，吃了两口，又笑眯眯看我："庆儿，我要是到那里去，穿么子衣裳好？"我愣了一下，回："随便。"父亲点点头："那不行，我要穿你去年给我买的好衣裳去，不给你丢脸。"我说："不存在丢不丢脸的，你高兴就行。"父亲连连点头："我高兴！我高兴！我做梦都笑醒咯。"母亲在一旁，瞥了他一眼："那你要听医生的话，也要听你儿的话，莫乱吃东西，莫乱跑……"父亲说："我哪里不听话？我要活得健健康康地去我儿的屋里。"母亲笑了笑，没有说话。不一会儿，父亲又问："离暑假还有几长时间？"我说："还有五个月。"母亲说："你就这么等不及了？"父亲没理她，掐指念道："2月、3月、4月、5月、6月……等得及，等得及。"

2022 年 2 月 2 日

惆怅的心情

难得出太阳了,阳光汩汩地流淌进房间,却没有一丝暖意。贪恋温暖的被窝,很不想起床,但摸出手机一看时间,已经八点多了,只得一咬牙起身穿衣服。洗漱完毕,下楼到前厢房,父亲坐在电视机前,烤着取暖器,看着电视。我连忙到灶屋里做早餐,葱姜蒜切好,小白菜洗干净,准备下面条吃。母亲从大年初二开始,每天上午都会去渔庄做帮厨,一大早吃点剩饭就赶过去了。父亲不擅长做饭,偶尔做做也很难吃,我就担起了做饭的任务。

面条煮好,搁两三条糍粑,盛了一小碗,让父亲来吃。他现在胃口越发小了,我记忆中那个一口气能吃两三碗饭的人再也不会出现了。他弯着腰,一点点地挪过来,手上还戴着手套,坐下来时喘了口气,这一段短短的路也像是费了他很大气力似的。父亲往门外看去，说："起霜了。"我说："很久没有见到霜了。"父亲笑笑："经霜后的菜，好吃得很。"他吃了两口面后，说："你这做得也好吃。"我说："锅里还有呢，不够我再给你添。"父亲摇摇手："吃不了，我这一碗就够了。"

"我记得去河边种地的第一年，有一次我回来，你正在做饭……那是哪一年？"父亲一边吃一边抬头想。"1993年吧，我九岁的时候。"我答道。父亲连连点头："对对对，就是那一年。你个子不够高，站在那个矮凳子上炒菜，我当时看到了心下很难过。"我把纸递给父亲，让他擦擦嘴，说："爷爷很凶哎！你们出去种地不回，让他照顾我，他不耐烦的。我要是不学会自家做饭，就饿肚子了。"父亲"嗯"了一声说："你就是从那个时候学会做饭的。"我说："我记得去菜园摘菜，也是这样打了霜，手都冻疼了！摘了后，去池塘洗，池塘结了薄冰，洗个菜，冰得刺骨。"

父亲沉默了半晌，我问："添点儿汤？"父亲点头，把碗递给我。再端回来时，父亲又看我："你心下会不会怪我们？你一个人那么小，把你放在屋里。"我想了片刻，说"怪当然不会，那时候就是'惆怅'。你们半个月在家里，半个月去江对面。你们在家的时候，我很开心，但是也晓得你们很快要走了。你们快走的前两天，我就开始非常焦虑，等你们走的那一天，看到你们上了长江大堤，我的心就像被硬生生撕掉了一半。但我不能哭啊，因为我要是哭，你们也会难过，对不对？"父亲说是，然后又一次沉默下来。

"你们走后，我就每天掰着手指算你们什么时候能回来。越到我觉得你们要回来的时候，我就越兴奋。但要是你们没有按时回来，我就极其失落……反正，你们在或不在，我都觉得开心的日子只是暂时的，等待是永久的。这种心情的循环，挺折磨人的。那时候我就盼着赶紧长大，赶紧挣钱，让你们不要这样奔波了。"一口气说这么多，我小心地看父亲的神情。他脸上淡淡的，只是在听着，面条吃了一小半，许久才说："我骑车带你妈走时，你妈不想跟我过去。我晓得她在偷偷抹眼泪。但这个没办法。"我说："我晓得，所以根本就不会怪你们。"

我把父亲吃完的碗筷拿到灶屋洗干净，出来时，父亲还坐在原地，双手笼着，陷入沉思。我说："你去看电视哎。"父亲愣了一下，抬眼看我："你几时走？"我回："初八走。"父亲点点头,忽然笑道:"以前我们走,你算么会儿我们会回来。现在你走,我和你妈也算着你么会儿会回来。你小时候,我们不在你身边。等我们不出去了,你又长大了,出去闯荡了。"我反问:"是不是也觉得惆怅?"父亲叹了一口气说:"是哎……感觉时间不等人。"说着,他起身慢慢往前厢房走去,走到半截,他忽然停住问:"给你妈留了没?"我说:"留了面的,她回来就能吃。你不消操心的。"父亲说好,一步,一步,一步地往前走去。

2022 年 2 月 5 日

做小工

年过完，依我们这边的习俗，要请客"出方"，也就是邀请亲戚们到家吃一顿。今年也不例外，父亲已经买好了牛肉、鸡肉和藕，母亲却说："今年就不在家里吃了，我们到渔庄吃去。"父亲讶异地问："渔庄那么贵，我们为么子要去那里？"母亲说："渔庄欠我的两千六百块工钱，一直拖着结算不了。老板就说给拖欠的员工一人一张卡，你可以拿着卡到渔庄消费，钱就从那个工钱里扣。"父亲瘪瘪嘴："真是想得精！钱不给你，还要你去消费一顿。"母亲"哎哟"了一声："有么子办法嘞?！渔庄自己欠一大堆钱，也没得钱给我们。咱们吃一顿是一顿，钱反正也要不回来的。"

每年到了年关，母亲总是忙于去各个老板那里要钱。

比如去农场种秧苗的那一千三百五十块钱，比如在王老三那里帮着洗碗的五百块钱，比如渔庄的两千六百块钱……不给钱的理由有很多，比如农场的老板说工厂没有给他钱，他也就没钱给母亲；比如年底生意不好，钱没有回笼，还得等几个月；比如渔庄这样的，欠了别人外债，运营困难，只能一直拖欠员工的钱。总之，母亲做了一年小工下来，能拿到手的钱不足一万块。

我知道，我给母亲的钱，她没有用，一直给我攒着。虽然我说我不需要她这样，但是她口头说好好好，实际行动上却不动我的钱。我给她和父亲买衣服，买取暖器，买护手霜……只能通过这些迂回的方式，尽量让他们的生活宽松一点。想想很多人的父母亲可以拿着退休金，享受各种退休后的福利，父母亲作为忙碌了一辈子的农民，却是享受不到这些的。生存的焦虑感，并未随着老去而缓解，他们得拼命地干活，拼命地攒下一点钱，拼命地不要让自己成为儿女的负担，一想到这些，他们是不敢休息的。

到了晚上，亲戚们聚齐了，我们坐在渔庄的大厅里吃饭。菜上了一盘又一盘，厨师手艺不错，大家吃得很开心，然而母亲并不在我们中间。她还在工作。她要忙着去菜园里摘菜，去水池边洗菜，帮着其他服务员端菜。这是我第一次看到工作中的母亲，她忙得一刻不得歇，时不时经过我们这一桌，还叮嘱我们："你们吃好喝好，后面还有很多菜。"我吃着吃着，难过起来，两千六百元，一天一百元，忙了二十六天才挣来的钱，现在要被我们吃完了。母亲觉得这样很好，我却觉得残忍。

母亲总觉得对我不够好。比如年前买的薯粉，还没有来得及给我做丸子吃；比如那些面条，她还想着用肉丝炒面给我吃；比如还没有来得及给我做莲藕炖排骨……因为她忙着去做小工了，每天六点起床就赶过去，中午回来赶着做午饭，下午再过去。我说这些我都能做的，不需要过于牵挂我，但是她觉得这是她的义务。她往自己身上添加了很多义务，照料生病的父亲，照料两个孙子，还要照料回来的我。她不停歇，甚至可以说活力满满，因为她要做太多事情了。

大厅里的客人渐渐散去，母亲才空闲下来，过来跟我们一起吃饭。我们都吃饱了，而她就着剩菜随意吃了一些。我问她累不累，她笑道："还是在餐馆吃撇脱，管么子不用管的，自家做，一下午都要准备好多东西，收拾起来也麻烦。"过了一会儿，她说："你过两天要走了，你衣裳我都还没有好好洗一遍。"我说："屋里有洗衣机，我自家洗一下就好了。不消担心的。"母亲说："那么行嘞！机子洗，没有手洗干净。"边上的亲戚插话道："哎哟，你莫操心咯。他照料自家照料得几好。"母亲打量着我，浅浅一笑："也是哎！他的确不需要我操心咯。"说完，低头扒了两口饭慢慢地吃着，久久没有抬头。

2022 年 2 月 7 日

不要告别

临走的前两天,母亲从后厢房的柜子里拿出一大袋花生来,说:"晓得你喜欢吃,我特意拿到街上让店家用机子炒的,留了一些给你哥哥家,剩下的都给你。"我说:"我现在吃得少,带过去也麻烦,就留给我爸吃好了。"母亲有些失落地垂下手:"你爸也不吃了。"她又指指旁边的一大袋苹果:"过年买了这么多,也没人吃。过去你爸禁不住嘴,都是他偷吃光的,现在他牙齿不行了,你看剩了这么多。"说着,她环顾摆满了东西的房间。"竹笋还有那么多……豆腐也没吃完……汤圆还有一大袋……"盘点下来,年前购置的年货只消耗了不到三分之一。

母亲是一个怕不够的人,每回准备饭菜总是弄得多多的。我总是说:"做得刚刚好就可以了啊。每次做了那么多，又吃不完，回头又要吃剩菜。"母亲抱歉地笑笑："你说的是，但我总担心你们吃不饱，就往多了做。"尤其是过年，常常是一拨客人刚走一拨客人又来，来了自然要招待，母亲准备一桌又一桌饭菜，到最后客人其实没有消耗多少，毕竟他们还要赶到下一家拜年。不过，2020年之后，这样的热闹场景就没有再出现了，年货连续几年剩了不少，即便如此，她也还是照多的准备。万一有人上门来拜年呢？总比到时候手忙脚乱却什么都没有强。

过年没有人上门拜年，让母亲松了一口气，也有一丝失落。随着时间流逝，老亲戚们日渐减少，当年的年轻人都成了祖父祖母，而新的一代已经不大与我们走动了。这个舅爷去世了，那个姨妈脑溢血，前几年还健朗的叔爷突然就中风了……这样的事情在母亲的晚年中渐渐多了起来。他们那一代人正走向凋零，母亲去参加的葬礼也越发多了起来。但她准备年货时，还是习惯按照过往的经验来，最后的结果就是人越来越少，东西剩得越发多了。

在母亲继续盘点年货时，我打量着后厢房，这既是她的卧室，也是我家老物件的储存室。四十多年前母亲嫁过来时带的皮箱、木床、衣柜，破的破，散的散，母亲一样都没有扔,依旧在用着。虽然家里添置了不少新家具,但母亲都留给了住在前厢房的父亲用,她自己待在旧物的世界里,我想一来是她习惯了它们的陪伴,二来物尽其用,不想浪费。我脑子里忽然蹦出一个念头:"如果将来母亲不在了,我把这个陪着母亲四十多年的皮箱留下来。"这个不合时宜的想法,让我心头猛地一揪,赶紧把它划过去。

母亲是不愿意告别的,这些年来,她告别了自己的母亲、父亲,还有她的好朋友们。外婆去世那晚,她哭晕了过去。第二天,还是初中生的我赶到外婆家,又一次哭得昏天黑地。因为我知道一个人的去世,就是永永远远离开了,任凭你如何想念,都触摸不到真实的人了。这件事对我来说是一种内心的创伤,很多年来我都无法开口说外婆离世的事情,一开口就会哽咽。而母亲呢,她没了自己的母亲,是否会在一个人的时候突然哭出来呢?我不知道,也不敢问。只是每回到了外婆的忌日,我会给母亲打电话说起,母亲感慨:"你为么子记得这么清楚啊?"我想说:"你的事情我也记得清楚啊,从小到大,跟你相处的点点滴滴,我都记得。我也怕失去你啊。"可是我也不敢说出口。

出发的当天，下了分外大的雪，屋顶、麦田、菜园，到处白皑皑一片。我收拾好了行李箱，母亲从后厢房出来拿出腊肉、干鱼，说："哎哟，这两天忙着打小工，都没给你准备好。"说着急忙找袋子要装起来，我拦住道："不用了，不用了。以前我带的腊肉，吃了两年都没吃完。"母亲又转身说："那花生和酥糖，要不要带？"我说："路上带着实在不方便，也不用了。"母亲没有坚持，拍怕我的衣服："那你自家小心点儿。"我说："晓得咯。"说完，我转身把行李箱搁在哥哥车子的后备厢，然后坐了进去。母亲站在门口，看着我们，忽然别过头去。我低下头，直到车子缓缓地行驶在路上才抬起来，雪花零零星星地洒落在无边的大地上。

2022 年 2 月 13 日

"十一"前后第二次回家。

奔赴的心情

从武穴北站出来后,跟我一起到站的人陆陆续续被家人开车接走了。没有人会来接我,我知道的。空旷的广场上,看不到一辆出租车,该怎么回到三十多公里之外的家里,是个问题。茫然了半晌,终于看到一辆能去市区的公交车,挤了上去,熟悉的乡音又一次在耳边响起。坐我旁边的人感叹:"那些私家车都乱停,怎么一点儿规矩都不懂。"另外一个人回:"哎哟,小地方,慢慢适应,不比大城市。武穴今年才有高铁,规矩慢慢学。"坐我后面的人接着说:"回来的确是方便多咯,原来从外面回来几麻烦哩,现在快多了。"

到了官桥下车后,我立马后悔了。按照原来的计划,下车后直接走到百米港大堤,然后走回去。但是现在走不到了，官桥要拆除重建，警告牌提醒我绕道走。我只能从村庄里穿过去，问路时，有个小伙子惊讶地问："没得人接你吗？这路这么难走。"我说没有，继续往村庄深处探去。没有此起彼伏的狗吠声，现在的村庄太安静了，很多屋子窗口黑黑，他们的主人可能都还在外面打工。慢慢绕到百米港大堤上，晚风徐徐吹来，深蓝的天幕上缀着一弯蛾眉月，笔直的港里，有人站在水中垂钓。

　　拉杆箱的滚轮在塑胶路面上发出隆隆声，走回去还得一个小时。以前都是父亲或者母亲开电动三轮车来官桥接我，这一次我没有这样要求。父亲刚出院，母亲在医院照料他多日，肯定是极疲惫的。一个多小时后，终于走到家了，大门微开，走进去喊了一声，母亲立马迎了出来："哎哟，我一直听门那边的声音，心想你为么子还没回。"见我一身汗，她又说："你为么子不叫我去接你？"我回："这么晚了，马路上大卡车那么多，几不安全哩！"母亲说："我要你心疼做么事？你心疼一下你自家！"进了前厢房，父亲躺在床上睡着了，他瘦弱的身子蜷成一团，干瘦的手和脚露在外面，像是一个小孩子。母亲悄声说："他一直在等你回来，结果等睡着了。"

此次回家，主要是为了父亲。他因为疝气住院，前几天做完了微创手术，刚刚出院。出于工作上的原因，他做手术时，我没有赶回来。一直在电话中跟母亲联系，了解父亲的情况。如果不是母亲如此费心费力地照料，我不可能如此省心地在外工作。父亲这是第七次住院了，上一次是因为车祸，再上一次是因为脚上伤口烂了，再上一次……没有一次我在家里照料过他，我哥哥也因为工作没有回来。全是母亲一人承担了下来。我只负担了住院费和手术费。

父亲的身体每况愈下。前不久下面的牙齿全掉光了，回来后我想带他去装假牙；后来又是疝气，在医院住了八天。在要不要做手术这件事上，哥哥认为父亲年龄太大了，担心做手术有风险，还是倾向于中药调理；而我认为疝气不是太大的手术，还是可以做的。最终父亲还是决定去做手术。我心里没有底，非常担心如果手术不成功该怎么办。第一天，父亲被推进手术室，麻醉师说父亲血压飙升到190，脸色雪白，手术只好作罢，结果一出了手术室，血压又恢复正常了。母亲打电话问我该怎么办，要不干脆回家算了，我坚持再观察一天，第二天如果血压正常，还是要做。还好，第二天手术成功完成。我这才松了一口气。

做手术需要家属签字。医生看到只有我母亲一个人，惊讶地问："你两个儿子呢？他们怎么没有来？"当时，等待做手术的人，都是一家人等在那里的。母亲说："他们都很忙，我细儿要回，我让他莫回……这个我来签。"母亲是个文盲，她费劲地一笔一画写着自己的名字。医生那边又拿回签字的文件说："这字你写错了。"母亲又费劲地写了一遍。回到病房后，边上看护的病人家属也问："你孩子呢？"母亲说："这个小手术，不需要他们回。"母亲一开始连坐电梯都不会，父亲的病房在十楼，她要到一楼去缴费，上去下来，晕头转向。那些需要操作的自动化机器，母亲也是一样样询问别人才摸索清楚的。很快，她就学会处理这些事情了。白天无事时，母亲跑回来忙家事。才到家不久，父亲那边一连串电话打来，让她过去。因为护士会问起父亲："怎么没有家属在旁边？"母亲只好急匆匆地跑回去。到了晚上，母亲架起了小床，躺在父亲身边，方便随时起来照料。

我还记得父亲第二次推进手术室之后，我打电话给母亲。从电话那头传来母亲微弱的声音。"人进去了……没得事，你不消担心……你忙工作……"我从声音里听出了母亲的焦虑和疲惫。四个半小时后,父亲被推了出来,突然坐起来,大喊大叫,一会儿要排便,一会儿要出去,神志极为不清。母亲和医生花了许久时间才让父亲平静下来。晚上我打电话过来,父亲的声音含糊不清:"庆儿……我还好……没得事……你莫担心……"母亲接过电话来说:"手术做好了,你不用一天打这么多次电话过来咯。好好上班。"

我觉得我在逃避。是的,就是逃避。我把所有最艰苦的照料工作都推给母亲了,而安于我要上班所以回不来的理由。如果我真想回来,怎么样都能赶回来的,不是吗?但是我没有。另外一层逃避,是不想看到父亲一步步衰老的模样。他的身体机能在一点点退化,身子越来越差,生命力越来越弱。我迟早要面临告别。上次村里组织体检,母亲身体安康,没有什么大毛病。可以说,母亲是我们家里的核心,是她撑起了这个家。可是,如果未来母亲生病了呢?我不能指望父亲去照料,也不能看着母亲自己一个人默默地熬着。

在跟母亲聊天时,父亲醒了过来。他坐起来,看看我,笑了笑,低下头,又看看我,再次笑了笑,问:"饿不饿?"

我回:"不饿。"父亲指向柜子那里:"渴不渴?有牛奶。"我回:"不渴。"父亲说好,靠在床上。我跟母亲说:"你也要像我爸那样,有了不舒服就去医院看。莫担心钱的事情,我来承担。我就怕你硬扛着,小病拖成了大病。"母亲说:"哎哟,小病有么子好说哩,大病看了也没得用。"我说:"不能这么想。小病及时看,就没得事了。"父亲忽然插话问:"现在从苏州回来是不是几方便?"我说:"是啊,过年你们到我那里过年嚯。"父亲连连说:"要得要得。"

聊到了十一点多,我上楼去休息。刚在床上躺好,母亲推门进来。"你爸说怕有蚊虫,让我拿蚊香上来。"说着,点了一支放在床畔。母亲下楼前,我喊了一声:"妈。"她停住问:"做么事?"我说:"上回我看到你的体检结果上有胆囊炎。我带你去医院检查一下,可以啵?"母亲说:"又要花这个钱做么事,我没得事。"我坚持道:"我要带你去。"母亲叹口气道:"你真倔。"我说:"我不放心。"母亲说好,随后下楼走了。房间里夜色朦胧,唯有蚊香那一点亮,还在闪着。

2022 年 9 月 29 日

写不完的你们

去医院的路上,父亲和母亲各自戴了一顶帽子。已经秋天了,天气却反常地热了起来。阳光泼洒,连眼睛都睁不开。母亲也给我准备了一顶宽檐帽,那是她平日去工地做工时戴的。电动三轮车行驶在路上,父亲跟母亲并排坐在前面,父亲的帽子是黑色的,母亲的帽子是粉红色的。母亲一边开着车,一边小声地跟父亲说话。我听不清他们在说什么,便转头看路旁的村庄。新盖的楼房一栋连着一栋,水泥地面上晾晒着刚收获的黄豆。菜园里这里那里都是拿着皮管子浇水的人,今年是大旱之年,很久没有好好下过一场雨了。母亲突然大声说:"这个天气,管么子都种不下去哩。"父亲回:"哎哟,你看长江干得底都露出来,新闻上说了,是百年不遇的灾年。"我说:"还好咱们家现在不靠种地挣钱咯。"母亲点头叹道:"是啊,这要是你上学的时候要用钱,地里旱成这样,日子没法过咯。"

到了医院后,母亲熟门熟路地停好了车,为了照料父亲,她已经来过很多次了。往门诊部走时,母亲仰头对我说:"你头发翘了起来。"她想伸手抚一下,却够不着,我低下头让她弄。"真是老萎缩了,以前抬手能够到你的头,现在要跳跳。"父亲在一旁笑,母亲啣啣嘴:"你莫笑,你也老得背驼了,叫你摸也摸不着。"父亲不服气过来要摸,我故意挺直了腰杆,高昂着头,他又转过身,说:"要是以前,我一巴掌就扣到你头上咯。"他一边说着,一边慢慢地往前挪动。我上前去扶他,手触碰到他的腋下,全是虚汗。"我给你买个拐杖吧。你这样走路颤颤巍巍的,要是摔跤了么办。"父亲摇手道:"哪里就老成这个样子?我能走!"说着也不让我扶了,径直往前一点点探。母亲跟上来,悄悄跟我说:"你爸爸啊,越来越倔了。"

按照医生的说法,父亲其实没有住完院就出院了。医生想把父亲的各项身体指标调到正常再让他出院,他等不及,就催着母亲带他回家。我在家里提起这件事,说:"钱的事情你不消操心哩,你这么早出院,要是伤口感染了么办?"父亲说:"不会哩,我自家身体自家晓得。"我又劝了几次,父亲都挡了回来。他一旦打定主意,别人就很难劝得动。以前领教过父亲的"倔",时常感觉到自己的无力,任我好说歹说,他也不为所动。此次再到医院来,是到了拆线的时候。医生检查了一下伤口,还好一切正常,消了毒,拆了线,重新贴上胶布。父亲从病床上下来,对着医生说:"这是我细儿,他赶回来了。"医生点头说道:"你爸的身体还要观察一段时间哎,要注意他的血糖。"我忙说晓得。

父亲这边忙完,我让他坐在大厅等一下,又拉着母亲去做检查。之前村卫生所组织的体检,母亲的报告上说她有胆囊炎。这让我很不放心。此次回来,说什么也让她再检查一次。母亲连说:"我没得病,何必费这个钱!"我连哄带拉:"检查又不要多少钱,你就看看哎。"母亲没奈何,顺从了我。在等叫号的当儿,母亲忽然跟坐在后面的老婆婆打招呼:"还记得我吗?前几天我屋老头儿就在你隔壁床。"老婆婆病恹恹的,手里提着尿袋,也在等着做检查。她对我母亲点点头,又看向我,问:"你儿回了?"母亲拍拍我说:"是啊!非要拉我过来做检查,我说没得事,他就不肯听。"老婆婆说："儿子要你做，你就做哎。你不做，你儿子么放心哩？你看看我自家来做，我屋儿都忙得很。"母亲叹气说："他们都忙工作，也不容易啊。"老婆婆叹气道："是哎，我也不想麻烦他们。"

轮到母亲的号，我将母亲送到B超室门口，便等在外面，心里莫名地紧张起来。隔着帘子，听见工作人员问母亲哪里不舒服，母亲说："哎哟，我其实没得么子不舒服，我细儿非要我来检查……"工作人员回："你躺好……你孩子也是关心你哎。"母亲说："是哎……两年前我说头晕，他非要拉我过来做CT，我说没得事……"检查结束后，我进去问情况可好，工作人员把打印好的超声诊断报告单递给我，我看了一下。肝形态正常。胆囊不大。脾脏形态正常。胰腺不大，形态正常。我问："看起来没得问题，是啵？"工作人员点头道："都是正常的。"我这才松了一口气。

跟着母亲往外走时，母亲牵着我，小声地讲："我说了我没事嘛。"我"嗯"了一声："你越觉得没事，我越是担心。总害怕突然冒出个什么来。"母亲说："你啊，太紧张了。"我笑道："我是有点神经紧张。"母亲紧了紧握我的手说："你自家要是有个头疼脑热的，倒是要经常去看看。"

我说晓得。母亲说:"你年纪也不小了,身体也不像是年轻时候,也要注意锻炼身体,每天跑来跑去几辛苦哩,你不说我也晓得。"我说:"不辛苦的,我做的是我喜欢的事儿。"母亲笑笑,没有再说什么。

走到父亲跟前时,他低着头打起了瞌睡。我跟母亲坐在他旁边,没有叫醒他。阳光照到父亲头上,花白的短发,苍白的脸色,分外鲜明。反正也无事,我拉着母亲的手和我自己的手拍了一张照片,母亲的手黑而老,我的手白而嫩,对比鲜明。母亲说:"你这是写字的手。"我说:"就是这双手写了很多关于你和爸的事情啊。"母亲笑道:"我们有么子好写的?"我说:"只要写你们,怎么也写不完。"

2022 年 10 月 2 日

参与其中的生活

到了楼梯口,父亲突然变得娇弱了,说:"快让两个细鬼下来扶我。"母亲瞪他一眼:"你自家不晓得上?"父亲哼哼两声:"我脚没得力。"我上前去:"我扶你。"父亲摇手:"不要你扶。"没办法,我上楼后跟两个侄子说:"你们快去扶爷爷吧。"他们"噢"了一声,立马冲了下去。过了一分多钟,一边一个搀着父亲进来,母亲说:"你是病得挪不动步是吧?"父亲"哎哟哎哟"了两声:"看你们奶奶,一点都不晓得心疼我!还是我两个孙儿好!几得人爱哩!"母亲撇嘴道:"做鬼作怪的!要是没得人在,走路和公鸡一样,几有劲儿哩!"

父亲在沙发上坐下后,大侄子和小侄子各忙各的去了。父亲的目光一直跟着他们移动,感觉有无限的柔情要给他们。但侄子们似乎感觉不到，他们一会儿进房间，一会儿去卫生间，一会儿又去拿冰箱里的东西。我拿着血糖仪过来，跟父亲说："我给你测测血糖。"父亲听话地伸出手，让我取血样，我说："血糖值14.5，还是偏高。"父亲没听我说话，又细声细气地喊大侄子："拿瓶水给我喝哎。"大侄子从冰箱里拿水过来。父亲又说："帮我拧开。"大侄子照做。母亲正在厨房做饭，探过头说："人家要学习！你还要这个要那个，做么事？"父亲满足地喝了一口水，喜滋滋地说："好喝！"大侄子转身到饭厅，把风扇挪到厨房，对着母亲吹。母亲扭头笑道："你还过细哎，晓得心疼人。"

这段时间哥哥在南方忙工作，一直是嫂子在家里，小地方没有多少工作机会可言，嫂子便跑了一段时间外卖。此次回来见她，瘦了一大圈，皮肤都晒黑了，可见每天跑得多辛苦。晚上大侄子下了自习，嫂子还会去学校外面等着接他。平日里，周末嫂子在外面跑，母亲会过来帮忙照料。这几天，嫂子因为担心哥哥一个人在外太过辛苦，想过去搭把手，母亲让她安心去。以前侄子们就是父母亲一手带大的。那时候哥哥嫂子都在外面，父母亲在市区里住在哥哥租来的房子里，照料侄子们的起居生活。所以，侄子们跟父母亲是非常亲热的。这是一种我没有参与其中的亲热。毕竟我从未跟侄子们生活在一起。

我在苏州安家转眼快一年了，一直想接父母亲过去住一段时间，却总不能如愿。其实要去一趟多方便啊，武穴也开通高铁了，到苏州只要四个小时。可总是去不了。根本原因还是父母亲放不下两个侄子。大侄子快要高考了，小侄子上初中了，怎么能放心得下呢？有时候我忍不住抱怨："你们去一趟怎么这么难啊！"母亲笑道："以后有机会去哎。你看屋里地里还有庄稼要照看，菜园里菜要浇水，两个细鬼要吃饭……"父亲接着说："我还要看病。在屋里看病，能报销好多。"在北京十年，一直盼着他们过来，他们也想来，也总是各种原因不成行。最后一次快要成行了，负责行程的哥哥却突然身体不适，最后一刻又取消了。不久后，我就离开了北京。

可以说，我在外面这些年的生活，是家人们从未参与其中的生活。他们并不知道我在北京、苏州的生活是什么样子的，每一年看到的只是一个回来的小儿子。有时候坐在苏州家中觉得空落落的，我想这里需要家人们留下痕迹，而并非仅仅是一个孤悬的住所，它需要与故乡、亲人产生关系，生成记忆。如此，我才会觉得我不是一个孤单的人。有时候我忍不住想，或许在父母亲眼中，我并没有一个外在于他们的家。他们没有意识到我已经实实在在地定居在苏州了，在那里开启了自己全新的生活。有时候在视频通话中，我让家人透过镜头看我家的客厅、阳台、书房和卧室，还有挂在墙壁上的装饰画、放在墙角的植物，但他们兴趣不大。毕竟没有去过，所以毫无实感。

我这边正想着，母亲那边午饭已经做好了。小侄子负责搬桌子，大侄子负责盛饭，父亲因为体虚躺在沙发上，母亲端了一碗饭送了过去。他们配合默契，不需要说一句话。而我没有什么事情可做，等在一旁，就像是一个客人。不，某种程度上说，本来也是客人。父亲又哼哼了两声，叫小侄子："拿个调羹给我。"我说："我去拿。"父亲摇手："让他拿。"小侄子照办。父亲吃了两口，抬头对小侄子说："你去吃哎。"小侄子说："你不需要东西了吧？"父亲笑眯眯地回："需要的话再叫你。"母亲远远地瞪了父亲一眼，对走过来的小侄子说："莫理他！咱们吃咱们的。"父亲嚷嚷道："你几心狠！还是细鬼晓得心疼人。"

2022 年 10 月 4 日

她不在那里

出发前，母亲又从家里拿出一把铁锹来。事实证明了她的先见之明。到上沙的坟地时，杂树丛生，野草齐人高，如果没有铁锹开路，根本进不去。母亲一边在前面开路，一边提醒跟在后面的我不要被蒺藜划伤。每一座坟几乎都被草木吞没了，阳光穿过树叶之间的缝隙落在皮肤上，灼热烫人。到了一株沙树下，我对着墓碑喊道："爷爷！奶奶！我来看你们了！"母亲蹲下来把祭品放在墓碑前面，点燃了纸钱，念道："你细儿身体不好，你们做爹妈的要多保佑他。你细孙儿今天过来看你们了，保佑他多赚钱……"母亲把家里人的情况一一汇报完，唯独没有提到自己。我插嘴道："也要保佑我妈身体健康。"母亲抬头看我一眼，我说："你忘了你自己。"母亲笑道："我有么子好说哩。"

这几年父亲因为身体不好，每一次祭祖都是我与母亲同行。在去下沙的路上，与母亲说起爷爷奶奶生前的事情。"我还记得是1993年，有一天你们把我牵到奶奶面前，她那时候已经卧病在床好多天了。你们让我叫她，我喊了一声奶奶，她轻轻地答应了一声。等我放学回来，她已经在棺材里了。"母亲讶异地问："都三十年了，你还记得这么清楚？"我指着正在走的这条路，说："出殡那天，天气阴冷，我跟着你们走在这条路上。沿路好多人站在田埂上看着棺材抬过去……"母亲点头说："你奶奶造孽。日本兵飞机过来时扔炸弹，她抱着你最早的大伯逃命，一个炸弹落下来，把她轰倒，大伯死了，她腿上的弹片到死都没取出来……晚年眼睛又瞎了，你爷爷对她又不好……"

往下沙去的那条窄窄的水泥路上，构树伸出的枝丫让人躲闪不及，频频打在脸上。母亲叹道："这里的地都承包给私人老板了，没有人管。否则这些树早就被清理掉了。"到了坟地附近，母亲停好三轮车，又一次拿出铁锹开辟一条路出来。外公外婆的墓前没有焚烧的纸钱，我们是第一拨来祭拜的。母亲把坟头长起的小树砍掉，又去背起打药桶对着荒草喷了一遍农药。诸事忙毕，母亲蹲在墓前烧纸钱。"你女婿身体不好，你们要多保佑他。你细外孙过来看你们了，保佑他在外面健健康康……"我又一次插嘴道："也要保佑妈妈，她这么多年辛苦了。"母亲这次没有抬头，而是拿着小树枝把纸钱拨开，方便火烧起来。

放完鞭炮后，母亲久久站在墓前没有动。天气炎热，汗水沿着额头流淌下来。我没有催她，站在一旁说："我这几年可以跟别人说起外婆的死了。"母亲说："她走了都有二十多年了。"我说："1999年9月7日她走的。"母亲微微一笑："你总是记得这么清楚。"我接着讲："有很多年，我不能提，只要一跟人说起来，就忍不住想哭出来。有时候做梦梦到她，我睡在床上，她走过来默默看着我。我不能睁开眼，知道那是梦……这两年心情平静了很多，可以跟人说起她，而不至于当场哭出来。"母亲点头说："你要往前看。你总是这么难过，你外婆在天上也会难过的。"

返回时，母亲指着前面一片地说："以前我在这边种地，你外婆总是催你表哥过来帮我锄草、捡棉花，到了吃饭的时候，又来送饭给我吃。后来你外婆不在了，我在这里锄草，锄着锄着总感觉你外婆在叫我，我转头看，她又不在。我就锄不下去了。这块地我后来也不种了，平常时也不从这里走……"沉默了半晌，母亲又说："有妈的时候，有人会心疼你。没妈了，就觉得空落落的。你说你梦到过她，我也会梦到。"我问："在梦里她跟你说么事？"母亲说："有时候说天冷了，让我加衣裳。有时候又过来说，让我少种点儿地。"我又问："那你听话了吗？"母亲点头说："有时候我觉得她还在原来的屋里头。几次我想回去看看，心下又晓得她不在那里。"

奶奶去世的时候我只有九岁，还不懂得永别之痛。外婆去世时，我十四岁，那是我第一次鲜明地感受到亲人离世的痛楚，它像是永远不能愈合的伤口，一直到今天还会隐隐作痛。我记得母亲在外婆去世当夜哭得晕过去，这些年来她也一直承受着同样的痛楚。回去的路上，母亲忽然说："你爸身体越来越不好了，有时候看他睡在那里，脸色苍白，嘴巴张开，会吓一跳。总觉得他没气了。上前一看，他又睁开眼睛问你做么事。"我说："我爷爷都能活八十多岁哩，大伯现在也八十多了，我爸爸肯定能活到这个岁数。"母亲小声地回："唯愿如此。"我接着说："你刚才不是许愿了吗，我爷爷奶奶、外公外婆都会保佑他的。"母亲笑了笑，再次说了一声："唯愿如此。"

2022 年 10 月 5 日

秋　别

离开的日子往后推了一天又一天。母亲总担心地问："你走不走得了？"我回："走不了，要看明天的票是否能候补成功。"第二天母亲又过来问："你走不走得了？"我依旧摇头："还是没有成功，要看明天的了。"母亲靠在门口，忽然转身走到晾衣架那里，捏了捏晾晒的衣服道："就担心你走之前衣服干不了。"我说："干不了就不带了。我家里还有很多衣服。"母亲愣了一下："你家里？哦哦，是，你苏州房子那边……"母亲还没有习惯我在苏州的那个家，每回提起总是说"苏州房子"。冷空气南下，气温陡降，秋雨淅淅沥沥，下个不停。湿冷的风吹进来，忍不住打了几个喷嚏。母亲咂了一下嘴："让你加一件衣裳，你不听！"我说："没得事哎。"母亲叹口气道："就怕你临出门感冒发烧走不了。"

离家前的最后几天,一直住在市区的哥哥家里。哥哥和嫂子在外地,两个侄子都托付给母亲来照顾。屋里有好些东西,母亲还不会用。母亲总说:"你来教教我。"比如说,跟她走进卫生间,母亲指着洗衣机问:"么样按?"我跟她讲解,这是启动键,这是放洗衣液的地方,这是排水用的……然后,让母亲自己操作了一番。洗衣机发出轰隆声,母亲这才松口气:"终于学会了。问你两个侄子,他们都不会。"又比如说,跟她走进厨房,母亲指向压力锅问:"这个么样用?"我给她详细讲了每个按钮的用法,母亲摇摇头:"好麻烦好麻烦!算咯,我还是用高压锅好了。"我说:"多用两次就会了哎。"母亲说:"你都要走了,哪里来得及?"

不只是母亲要教,父亲也要。到了客厅,父亲举着血糖仪问:"么样用?"我坐在他旁边,说:"先给手指抹点酒精消消毒,然后再用这个针扎出血来,对对对,再拿血糖仪……"父亲让我帮着做,我没有动手,坚持让他自己操作一遍,毕竟我要走了,他要自己学会测血糖。他的手指僵硬,瓶盖怎么也打不开,母亲站在一旁说:"你手莫硬硬的哎!"父亲无奈地回:"我也不想。"我忍不住伸手拿过瓶子,很轻松地掀开了瓶盖,拿出针头,此时忽然意识到,对我来说如此轻易的事情,对父亲而言却已是强人所难了;也忽然意识到自己的年轻,给父亲的手指扎血时,他的手苍老冰凉,没有活力。"记得每天多做几次,血糖不能太高了。"我嘱咐道。父亲乖乖地点头:"晓得晓得。"母亲在一旁说:"我看他不会做,你不在,他就放任自家不管。"父亲急忙回道:"你莫瞎扯,我儿说的话,我都听的!"

父亲做了手术之后,一开始天天在床上躺着无精打采,这几天恢复得不错,吃的也多了起来,还能出门去溜达。母亲说:"外面下雨呢,你要出门做么事?"父亲一边穿鞋一边回:"就出去透透气。"母亲说:"屋里不好过?出门摔倒了么办?"父亲挥挥手:"我会小心的。"母亲转头看我:"你看你爸,就是待不住。"父亲出门后,母亲忽然起身奔到窗口:"你也不带个伞!"父亲忽然伸手扬起手头的小伞,得胜了一般:"带了!"母亲假装没看到:"我做饭是不等人的,你回来晚了没得吃的,可不能怪我。"父亲不理她,慢悠悠地走出了小区门口。母亲没动,依旧靠在窗口,看着父亲往大坝那边走去。

气温下降得这么快，前几天还盖着薄毯子，一下子要换成棉被。母亲从箱子里找出被罩，要给被子套上。我走过去说："这个我擅长。你去看电视吧。"母亲没有去，而是站在一边，想搭把手，我说："不用，很简单。"把被子塞进被罩，一边一只角捏住，抖动一番，再换另一边捏住两角抖动，就齐活了。我得意地问："还可以吧？"母亲一边叠被子一边说："你一个人在外面，这些要是不会，么行嘞？"我说："这个你放心，我家里干干净净的，做这些事情不在话下。"母亲"嗯"了一声，抬眼看我："要不要再给你打两床棉被？家里还有棉花。"我说："不用咯，我家里还有之前带过去的。"说话时，窗外雨下大了，雨点敲打在玻璃上，发出闷闷的响声。母亲担心地看看雨势，说："那个祸害，还不回来！你爸就是个蹽跶人儿，不让他出去，他就偏要出去。在屋里一刻都待不住。"我笑道："在屋里待着，你不是看了就烦。"母亲也笑："说得也是，看了恼火！不管他了！"

到了晚上，母亲刚做好饭，父亲就回来了。我惊讶于父亲的准时，母亲说："他啊，狗的鼻子，十里外都闻得到屋里的饭味！"父亲不理他，慢慢地吃着饭，他下面的牙齿掉光了，只能靠着上面的牙齿一点点抿着吃。假牙的事情，医生担心他年龄太大，又加上其他病，不敢拔掉剩下的残牙。母亲过来问："要不要汤？"父亲点头，母亲舀完汤，又问："要不要豆腐？"父亲又点头，母亲给他夹了几块。父亲如果执意自己夹，他的手如此不灵活，菜都会掉一桌。父亲吃着吃着，忽然抬头看我："你票买成功了吧？"我点头道："明天下午三点的高铁。"母亲又去晾衣架那里捏捏衣服："快干了，应该来得及。"

终于到了要出发的这一天。母亲把晾干的衣服叠好放在我的行李箱里，过一会儿又拿了几件外套过来，说："这些都是你之前给你爸买的，现在他背驼了，穿不了了，你再带走吧。"我说："真不用，我衣裳够了。"父亲走过来，抖抖身上的外套说："这件也是庆儿买的，我穿着合适。"母亲说："你们爷俩儿，本来个子就一样，衣服都可以换着穿。现在你爸太瘦咯，你的衣裳穿起来太大了。"我说："我再给你们买新衣裳。"母亲摆手道："不消的！你嫂子也给了我们很多衣裳，穿不完的！"

东西都准备好了，手机、身份证、电脑、充电器……一一检查了一遍，都在。叫的网约车也来了，我背着背包，拖着行李箱往门外走。父亲和母亲也跟了过来，他们换上鞋子。我说："不用送了，过年又会回来的。"说话间，网约车司机的电话打了过来，说已经到路口了，母亲说："快去！快去！莫让人家等！"我走奔了下去。上车时，隔着车窗，我看到母亲率先赶了过来，她挥着手，喊道："到了打电话！"我点头说好。车子开动了，转头，再次看向窗外，父亲吃力地挪了过来，他也挥着手。母亲搀住了他。我心口猛地一疼，但我忍住了，没有再看他们。车子迅速地往火车站开去。

2022 年 10 月 9 日

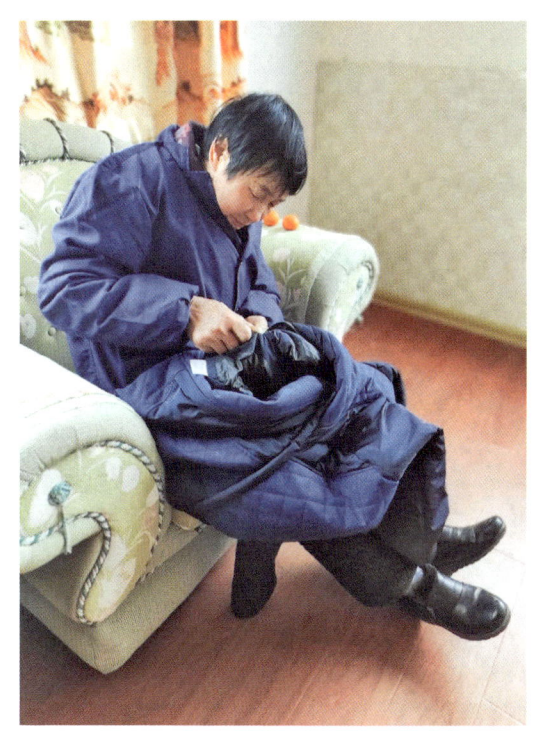

衣服的拉链坏了,我准备弄一下,母亲说:"你快点写字去,不要管了。"

以前没有高铁时,父亲总是会骑着电动三轮车,开几十公里路,送我到火车站。我说:"天快黑了,你赶紧回吧。"父亲说:"不急不急。"在等待的过程中,他没有说什么话,却时不时看看我。我也没有说话,也不敢开口说话,怕一开口就忍不住泪落。

父亲去镇医院拿治疗糖尿病的药物，但医院没有，父亲满腹心事地往家里走去。

母亲翻看我过去出版的书,问:"你都写了些么子?"我说:"写你呀。"母亲笑道:"我有么子好写的?"我回:"写你,一百本都不够。"

父亲站在长江大堤上看向我,"你一天到黑拍我,我又不是大明星!"我说:"明星哪里有你好看!"父亲回:"莫乱说,人要低调!"

跟母亲去菜园摘菜,我夸母亲今天穿得真好看,母亲笑开了花。

菜园里的蔬菜,够新鲜。

母亲一边洗碗,一边感慨忙了一年都没挣到什么钱,我说:"你给我讲的故事,我都变成稿费啦。这也是钱啊。"母亲笑道:"没想到我还有这个本事。"

母亲不会包包子，但她还是尝试去学，因为我提到喜欢吃包子。包子包得虽然不好看，但我很爱吃。

母亲穿的鞋子有花,我夸好看,母亲笑了:"这叫一脚一个春天。"

母亲做了一桌子菜,为我送别。而她自己要先离开,我知道她不想看我走。

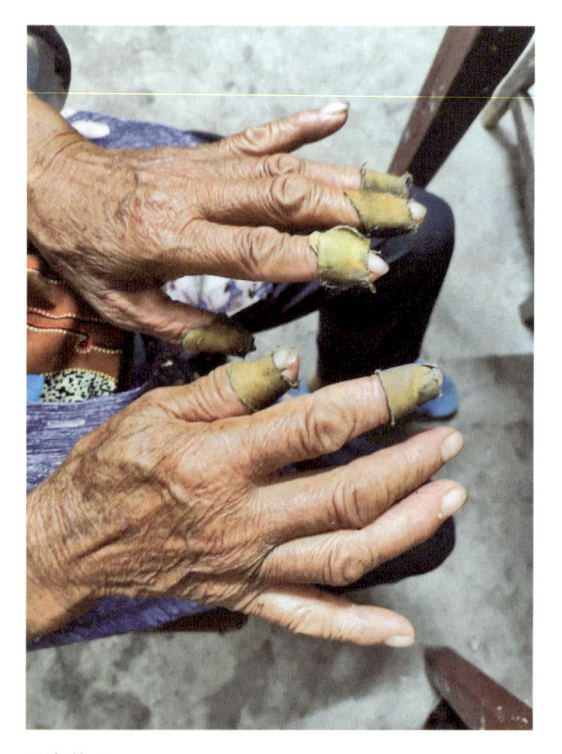

母亲的手。

父亲在炒菜,我说我来做,父亲说:"你快去写字,记得多写我好话!"

就随口问了一声家里有花生吃的没，母亲立马发动父亲给我炒花生吃。

每回我要走时，父亲只要能动，都坚持要送我到路边。我说不用，他坚持要送。到了垸口的国道上，车子总也不来。父亲身体不好，站不稳。我说："你回家歇息。"他不肯，说自己不累，眼睛一直盯着车来的方向。我向附近人家借了一个小椅子给他坐。他坐下后，依旧不敢松懈，生怕我错过了车子。等我上了车，回头看，他还站在那里，一动也不动。

与父母亲在长江大堤上兜风。父亲与母亲分别戴着他们最喜欢的帽子。

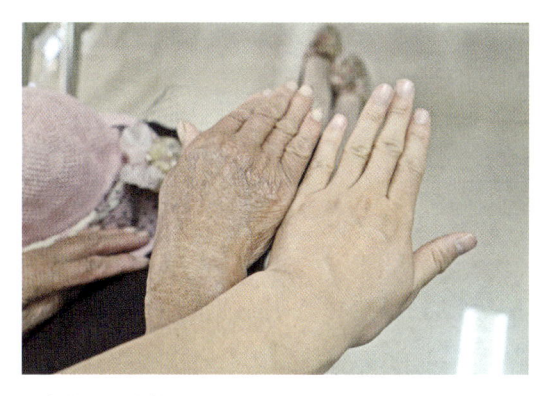

母亲的手，我的手。

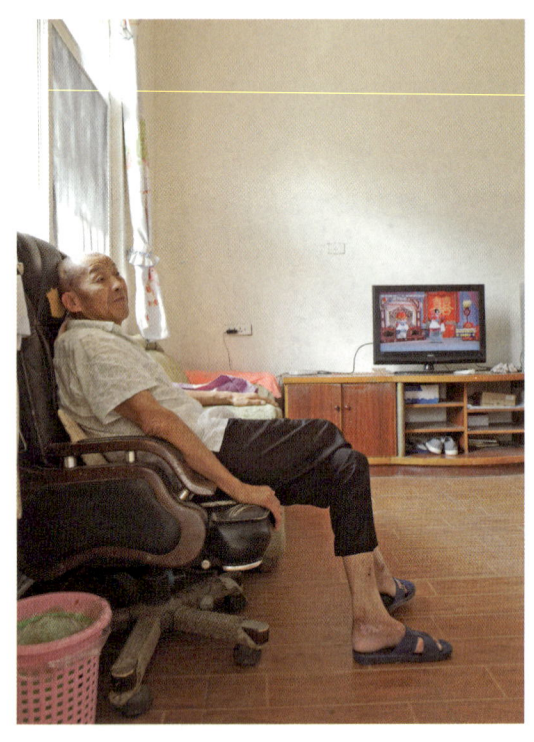

父亲问我何时走，我告诉了他。他没有说话。

2023 年

过年期间回到老家。

兄弟群

大年三十,我们还在亲戚家吃年饭。哥哥忽然接到一个电话,神色微变,连连说好。嫂子过来紧张地问:"出了什么事?"哥哥起身说:"我回去一趟。"嫂子追问是什么事情,哥哥回:"家族兄弟们要去上坟祭祖。"又跟我说:"你也跟我走。"我说好。跟亲戚打了声招呼,我们快步往家里走去。我问:"我们昨天不是上坟祭祖了吗?"哥哥说:"那不一样。这次是和大家族所有的兄弟一起去。"我感叹了一声:"以往从来没有过这样的事情。"哥哥点头道:"蛮好的。我觉得很有必要。"

我们的大家族是从爷爷那一辈算起的。爷爷排行老大,他下面还有四个弟弟,也就是我的四个堂爷爷。五个爷爷每一支繁衍下来,总共十一个男丁,也就是我的父辈;再往下繁衍到我这一辈，十七个男丁。此次祭祖，我们这一辈人聚齐上坟，除开实在不能来的，基本上都在叔爷家那里集合了。说实话，我对这样以男性成员为主的家族活动缺乏兴趣，大家族的观念也十分淡漠。但我哥对此很有热情。

回家的路上，车来车往。比起过去的三年，眼见得热闹了许多。进了垸里，陆陆续续有人往坟地那边走。鞭炮声此起彼伏，间杂着嗖嗖响的冲天炮。到了叔爷家，大家基本上都到了。堂哥堂弟们缩着脖子，手插在裤兜里，嘴上叼着烟，聊着闲天。里面好些人，我几年都没有见过了。大家平日在全国各地，各行各业的都有，生活大不一样。但有一点是相同的，他们都肉眼可见地老了很多，他们看我想必也是一样的感受。我忽然想起一个词，"满面尘霜"。最大的堂哥已经五十岁了，最小的堂弟二十五岁。他们的孩子站在一旁，我几乎一个也不认识。

人到齐后，一大群人浩浩荡荡地往坟地里走，拎纸钱的，拿炮仗的，各司其职。天气阴沉，麦田空旷，杨树林伸出光秃的枝丫，从长江那边刮来的冷风吹着坟头的茅草。爷爷的坟墓，二爷爷的坟墓，一直到五爷爷的坟墓……那一代人都已经离开这个世界很多年了。最早去世的二爷爷，已经离开三十余年，我连他的模样都记不得了。这一代祭拜完，轮到父辈这一代，大姨、堂叔、细娘……我们也要一点点面对父辈逐渐凋零的现在和未来。那些跟着我们一起祭拜的小一辈，随着我们磕头，但磕的是谁，他们很难有一个清晰的概念。当然，他们也不需要，毕竟不生活在这里，对这里不会有多深的感情。他们跟着他们的爸妈，分散到各个地方，相互之间也不认识，那些乡土的牵绊是不会有的。

祭祖结束后，我发现哥哥建了一个微信群，群名叫"兄弟群"，还有群宗旨："此群主要目的是增强家族凝聚力，完成承上启下义务。家族里大事小事及时通告并商量处理，每个人应尽职尽责完成力所能及的事情，互帮互助一起增强家族的力量。"群里的第一项活动，就是分摊刚才去祭祖的纸钱炮仗香火等开销。第二项活动是约好大年初一去拜年的事情，还是所有的兄弟一起。

按照我们这里的习俗，到了大年初一，本垸同家族的人相互拜年，往往是一大清早还没起床，就能听到大人带着小孩过来拜年，母亲也会一早准备好糖果零食。这边小孩子喊着："细娘拜年啊！"母亲这边热情地回应："出方发财，大吉大利！"紧接着把方便面、香飘飘、糖果塞到小孩子的提袋里。对小孩子来说，这是最开心的一天。但过去的三年，大家待在各自的家中，没有人出门拜年。整个垸里冷清清、静悄悄的。今年，大家还在犹豫着要不要恢复中断了三年的拜年仪式。在兄弟群里，有人认为对家族里的长辈还是需要去拜一下年的，否则太失礼了。其他人也表示同意。

大年初一早上，下起了雨，真真冷得不想起床。没办法，还是不情愿地起来穿衣服。群里约好了十点半去叔爷家集合，不能不去。哥哥也一大早从市区的家里开车赶了回来。聚齐后，大家先到垸礼堂去，那是邓家祠堂所在地，早已经有家族的其他人在那里放鞭炮了。进到礼堂，浓烟密布，十分呛鼻，一行人一一去祖宗牌位前磕头。接着，冒雨去到了五奶奶家里。五奶奶是五爷爷的遗孀，也是那一辈最后一个还健在的长辈。这么多晚辈一下子拥了进来，堂屋立马显得小小。五奶奶本来正在洗衣服，此刻站起身来惶恐地面对这么多人，忙着要倒水给大家喝。大家都说不用不用，又一窝蜂地从堂屋出来。

五奶奶之后，就该到大父家里去了。大父，我爷爷的大儿子，作为长房长子，是我们名义上的"族长"，虽然现在没有人这样叫了。因为大父家在市区，所以兄弟群里有车的，开了三辆过来，把所有的兄弟都拉了过去。我坐在哥哥车里。说起兄弟群的事情，哥哥说："家族是非常重要的。我们这个大家族，过去一盘散沙，各顾各的。现在我就想让大家聚集在一起做一些有意义的事情。"

我问什么事情是有意义的，他接着说："上一代，这家跟那家不来往，这个叔爷跟那个叔爷不对付，我们这一代不管上一代的恩怨，就好好团结在一起。上一代很多利益纠纷没办法，我们这一代都不在一起，没有任何利益纠葛，所以也不会有什么矛盾，做点事情会容易些。我就想着，我们要先做一些公益。比如每个兄弟出一点钱，不多，但是这么多人，也有不少钱。这些钱放在一个人那里存着，他来管账，收支多少，公开透明。"

我问这些钱用来做什么，他说："比如我们刚才去拜年的五奶奶，可以给她一点钱，作为慰问金。父辈那一代的每个老年人都给一笔，让他们老有所养。再比如，哪一家有困难了，生病、突发事件，急需用钱，都可以号召兄弟们支援,不过我们救急不救穷,这个钱是需要还的……"

哥哥一边说着一边往前开。到了市区后,明显开始拥堵,看来大家都出来拜年了。等红绿灯时,我又问:"那你还有什么设想?"哥哥想了想,说:"兄弟们各行各业的都有,其实可以把资源整合起来,做一些事业。你看一些家族企业就是这样发展起来的。"我摇摇头道:"这个有点难啊,都不在一个地方,再说各有各的想法,很难拧在一起做事。"哥哥点头道:"难是难,但也不是说没有这个可能。总要有个人出来牵个头。"

再过一会儿,哥哥又说:"我们这一代做出榜样来,打下好的基础,就可以传给下一代。他们那一代又可以继续往前推动。"我又忍不住摇头:"我们这一代都是生活在一个垸里,相互之间有感情的。但我们这一代,也是最后一代了。下一代,连生活的城市都不一样,没有任何感情基础,指望他们在一起谋事我觉得可能性太小了。"哥哥笑笑:"要先敢想,我们做好了,也许就有可能。"

停好车后,大家又一次浩浩荡荡地穿过小巷往大父家里走。八十多岁的大伯握着大家的手忽然号啕大哭起来:"差点见不到你们了。要不是过年,我还在医院里躺着。我以为我要熬不过去了。"大家一时沉默了,大伯的儿子龙哥说:"大过年的,喜庆一点儿。"大伯一直身患糖尿病,前不久又感染了新冠肺炎,在医院里躺了很久。此番见到他,消瘦苍白,坐在椅子上默默流着泪水。过去,他是一个多么威严的人,从来是说一不二、威风凛凛的,现在浑身病痛,上厕所都很艰难。我忽然想,很多老人,见一次少一次。来大伯家的路上,看到一些人家的门上贴着丧联。很多老人永远留在了这个冬天。

跟龙哥也说起了兄弟群的事情,龙哥是我们这一代的老大,他说:"我建议如果是要一起做事,尤其是做生意,兄弟们不要搞在一起。太多兄弟就是因为利益纠纷才反目成仇。这样的教训太多了。"大家说是,他又说:"如果说你手上有什么资源,介绍给另外一个兄弟是可以的,做事还是各自做各自。"我偷偷看我哥哥一眼,他没有说话。其他的兄弟,有的点头同意,有的躲在一旁抽烟,有的无聊地刷手机。我不知道他们中间有多少人对这件事有兴趣,也不知道是不是有人愿意出头。毕竟,这是一件费心费力,可能还不讨好的事。

回去的路上,细雨霏霏。几乎每一次过年总是在阴冷的雨天中度过。兄弟群里却不阴冷，又发起了第三项活动：暂定于年初四聚集，地点和具体时间到时候通知。具体讨论下来，就是找一个饭馆，兄弟们聚在一起吃个团圆饭，到时候接上长辈们过去。这在以前是从来没有过的。没有人提出异议，于是迅速分配好了任务，有人开始去渔庄订包间。车子快到家时，我问哥哥："这样的活动会不会固定下来，每次过年搞一次？"哥哥想了想："那我不晓得。但事在人为。这样的事情有意义，我们就要坚持下去。"我笑道："至少你想坚持下去，是吧？"哥哥"嗯"了一声："这就是建兄弟群的目的啊。"

2023 年 1 月 24 日

不能想

（一）

睡眼蒙眬中忽然听到楼下的开门声，随即是电动三轮车碾在沙子上的声音。我知道母亲要往大舅家里去帮忙了。昨天晚上她上楼来跟我说："你七点过去就好，多睡一会儿。"再一次睁开眼，是哥哥叫醒我的。他让我赶紧洗漱，他在楼下车里等我。从温暖的被窝里起来，随即被冰冷的空气包裹住。我一边哆哆嗦嗦换衣服，一边找裤子，这才发现昨晚脱下的薄裤子变成了厚裤子，应该是母亲夜里悄悄上来换的。母亲是对的，出门时，冷得直哈白气，稻场前面的菜地下了白白的一层霜。上了哥哥的车后，我问："爸不去吗？"哥哥摇头："他走不动路，别折腾了。"

大年初一晚上，母亲来房间找我聊天，说父亲的病情，说去年的收成，说我工作的事情，不知不觉两个多小时过去了。临到走时，母亲的手机忽然响起。一接电话，是大舅妈打来的。母亲手机的声音很大，我听到大舅妈带着哭腔的声音："大妹哎，你哥今天晚上七点走了。"母亲惊讶地问："么回事？昨天我们还说话的。"母亲说的是除夕夜我们拨打视频过去，还跟大舅通了话。那时大舅被他大儿子也就是我松哥接回了家，躺在沙发上，借助制氧机吸着氧气，跟家人们看春晚。母亲叫了他一声大哥，他已经无法回话了，因为没有牙齿，两颊松垂，盯着视频对面的母亲，抬起手摸了一下手机，像是要抚摸一下我母亲的脸。我们不会想到，那是母亲与他的最后一面。

大舅妈继续跟母亲交代一些事情。因为大舅去世，肯定要回到老家安葬，所以需要母亲这边先去大舅家收拾一下。母亲连连说好。我坐过去，搂着母亲。挂了电话后，母亲没有痛哭，反倒看起来很平静。可能也是因为大舅生病多年，母亲早就有心理准备，也可能是她还没有完全接受这个事实。母亲让我搂着，没有动，手里捏着手机，半晌没有言语。我想倒杯水给她，她忽然站起身来，说："你先休息。我下去了。"我问母亲："你没事吧？"母亲说没事，出门下了楼。我在房间里坐了一会儿，不放心，下到一楼，母亲正在与人通话，听内容是联系刻墓碑的人，问他多长时间能把墓碑刻好；又听到她联系关于葬礼要准备的其他事宜。

母亲过于平静，反而让我有点担心。母亲有两个哥哥，一个弟弟，一个妹妹，这些年来随着子女定居的城市不同，他们也住在了不同的城市。平日很难见到面，也就每回过年通通电话拜个年。大舅离去，在老家的母亲，在深圳的二舅，在江苏的小舅，在北京的姨娘，都没能见到他最后一面。我不知道大舅妈有没有通知他们，只知道大舅大年初二在广州火化后，他的家人会连夜开车赶回老家办葬礼。而唯一在老家的母亲，开始为葬礼做先期的准备。乡村的葬礼极复杂，各种仪式都不敢出纰漏，该准备的都要准备起来。

联络完相关的人后，母亲站在过道上发愣。我过去叫她一声，她才回过神来。我又一次抱抱她："妈，你要是难过，就不要忍着。"母亲叹了一口气："不能想。"停顿了一会儿，又说："不能想。"她转身往堂屋走，道："大哥是个极好的人，他一直对我都非常好……"母亲说的，我都明白。除夕视频里大舅脸是浮肿的，这跟我记忆中那个干瘦的大舅很不一样。大舅个子不高，背略微弓起，双手喜欢背在后面，因为长期在外奔波，皮肤黑黑。初看起来，这是一个严肃的人，脸上总是带着若有所思的神情。但跟他接触久了，就知道他是一个极和善的人。我总记得母亲带我去他家做客，他低身冲我一笑："又长高了。"接着，微笑着看我母亲："大妹哎，你又瘦咯。"那个时候，父母亲为了供我和我哥读书，跑到江西种地，过得极苦。母亲还有胆结石，时常在床上疼得直呻吟。这些大舅都知道，时不时会悄悄帮衬我家。这些好，母亲都记得。

其实，大舅家里也不宽裕，他要养三个孩子。一开始，大舅跟母亲一样，都在种地。但他不甘于此，总想去"折腾"。在我这些年的记忆中，他一直是一个"创业者"。小时候，我还记得在他家二楼，养了很多兔子，肥肥壮壮，一个个蹲在那里啃菜叶子，这些可爱的小生命是大舅养来去卖的；又有一段时间，大舅忙着做谷酒，然后到四乡八村去卖；还有段时间，他跟人合开榨油厂，给我们这片村子提供菜籽油……种地很难养活一家人，我家就是例证，而大舅不甘于困在田地里，东奔西闯，去寻觅更好的挣钱方式。我总记得他赶路的模样，是的，不是在走，而是在赶。别人跟他打招呼，他"嗯"一声，又急急地奔到前头。毕竟，好多事情都需要他去做。他不能停下来。

可是，大舅也并非只晓得忙活而不懂生活的人。在他家的侧边，有一个花坛，种着一株木芙蓉，秋天来时，朵朵红云，点缀枝头，煞是好看。母亲带我来做客时，特别喜欢站在枝头下看那阳光洒在花瓣上，啧啧赞叹。大舅见母亲喜欢，特地给了母亲几枝，让她拿回家。而在原来堆放杂物的侧院，大舅还搭了葡萄架，到了盛夏时节，葡萄叶下阴凉如水，进去后热汗收干，听得外面蝉鸣阵阵，大舅在前面灶屋忙活，见我在，笑笑便说："要是热，屋里有风扇。"回到屋里，我表哥、表姐在做作业。他们一直成绩很好，在镇上的中学读书。我羡慕大舅能买书给他们看，尤其是那一套托尔斯泰的《战争与和平》，表哥一直很珍惜，不肯借给我看。大舅不遗余力地疼爱他们。只要他们愿意读下去，他就一直供下去。这一点，跟我母亲的态度一样。

大舅是家中老大，很多事情都是他在默默承担。他不是一个爱表达的人，乡间多人事纠葛，创业也有诸多繁难，他都一并接受，不去辩解，只是埋头做事。二十多年前，外婆外公两年之内接连去世，大舅身为长子，操办葬礼，也是一件件事情去做好，并不多言。我只记得那时候他没有像母亲那样哭得不能自已，反而是冷静地交代这个吩咐那个，事情有条不紊地推进下去。他会偷偷地哭泣吗？我不知道。我只知道，他已经走在了他妹妹、弟弟的前面，成了母亲需要为之忙碌的人了。再次去看母亲时，她又一次打起了电话，还是关于葬礼的事情。我想这些复杂的葬礼事宜，某种程度上也是必要的，至少对于活着的亲人们来说是必要的。在准备葬礼的忙碌中，人陷在所有琐细的事情上，不必被悲伤全部占据。

(二)

大年初二，大舅火化了。他一家人带着他的骨灰往老家赶。母亲白天去大舅家收拾了一下午。我晚上忙完事下楼来，去前厢房，父亲躺在床上看电视，我问："我妈呢？"他摇头说："我不晓得。"随即往后厢房去，房间里是黑的，借着微弱的光,我看到母亲坐在床上靠着墙正在哭。我坐在她身边,握住她的手,没有说话。母亲声音小小地说:"我没有哥哥了……"话还没说完,又一次哽咽。过一会儿,父亲过来,看了一眼母亲,说:"明天大哥回来,你不要哭。"我问为什么,父亲回:"你不晓得你妈哭起来几怕人。以前你外婆外公死,她每次哭起来人都昏了过去,手脚都勾了起来。"父亲说的这个事情我也知道。母亲生气地大声说:"要你管!"父亲退后一步:"你掉眼泪可以,不要那么哭起来。"随后,他回到了前厢房。

  大舅家不远,不一会儿车子就开到了。堂屋正中间的桌子上放着大舅的骨灰盒和遗像。小舅、姨妈连夜从各自的城市赶了回来,表姐表弟们也纷纷到了。很多的面孔,既熟悉,又陌生。他们见到我,也要稍微想想,才知道是谁。大舅妈比我记忆中苍老了许多,她一会儿搬桌子,一会儿又嘱咐儿子去准备什么东西,一会儿又去厨房下面,但一件事与下一件事之间没有联系,只有定不下心来的忙乱。她没有往桌子上看一眼,就像是不存在,眼睛却是红肿着。大舅的儿女们也是,这里忙一下,那里忙一下,却都看不到头绪,唯有人来磕头,他们的眼睛突然湿润起来,仿佛是停的那一刹那就会被悲伤紧紧地揪住。

亲戚们送来的花圈在屋前摆满了，乐队的洋鼓洋号也都来了，做法事的道士开始念经了，大家跪在堂屋，母亲跪在我前面，她的哭声和着道士的念经声，像是缠绕在一起的绳子，把葬礼的哀恸气氛提了起来。阳光照了进来，却一点暖意也没有。冰冷的水泥地，鞭炮的碎屑随风飘起。一个曾经在这屋子里生活了几十年的人，再也不能从这间厢房走到那间厢房，再也不能在楼上养兔子、在边房做豆腐、在屋后种菜，再也不能叫一声"大妹"……他永永远远地离开了我们。

我忽然想起松哥跟我们说："他这一段时间一直住院，连东西都吃不了，药也不愿意吃了。他总是问大年初一还有几天，我知道他是要在家里过一个年。终于撑到了大年三十，跟家人过了一个除夕。大年初一就陷入了昏迷，直到晚上七点半过世……他总是为了我们着想。大年初一走，我们也正好都有假，给后面的葬礼、头七都预留好了时间。一点不想给我们带来任何麻烦，到死都如此。"亲戚们听了都连连点头："他这一生都是这样的人，从来都不想麻烦别人。"姨妈接着说："每次他从广州回来，就到我屋转转，留他吃饭也不吃,也不说什么,就来看看我这个小妹过得如何。晓得我还好,待一会儿就走咯……"

开始出殡了,我被安排拿着花圈走在前头,送葬的人跟在后面,远远地还能听到母亲的哭声。回头望去,她跟她的妹妹走在一起,虽然夹杂在众人之中,但看起来还是那么孤单。冷风吹来,花圈鼓起,我艰难地把它靠在身上,它才不至于被吹倒。穿过国道时,迎面来了一溜装扮一新的婚车。它们停下来,让我们先过去。新的一代人结婚,老的一代人离去。这条路上来来往往的人,都要走自己的路。

等众人挖坟坑时,我抬眼看到母亲往坟地边上走,便跟了过去。等我赶上时,母亲已经到了外公外婆的坟前,跪了下来:"父哎,娘哎,大哥已经过去了。你们在那边团聚了。"我也跟着磕头,然后扶母亲起身。她走到墓碑前,摸摸碑头,又摸摸碑身,没有说话。我陪在旁边,也不说话。那边,坟坑挖好后,立好石板,松哥跪着把大舅的骨灰盒放了进去。道士念完经后,开始填土。一捧土一捧土下去。我没有大舅了。母亲没有哥哥了。

葬礼结束后,我们一行人往回走。冬日的麦田空旷无人,通往村庄的路上,拜年的车子来来去去。此一处,彼一处,鞭炮的声音还在延续着过年的喜庆。母亲没有跟着回来,她还想在墓地待一会儿。我跟松哥他们慢慢往垸里走。松哥问我这些年的生活,我有一句没一句地回答。走到一处,我指着脚下的路:"我一直记得二十多年前,就是在那条路上,你和我大舅在前面走,我不知道什么事情跟在你们后面。大舅问你想找什么样的女孩,你说了你的想法……"跟在我身后的松哥爱人插问道:"他怎么说的?"我笑笑回:"忘了。"我看看她,又看看已经五十多岁的松哥,再看看他那上大学的孩子,眼睛一酸,什么也说不出口了。

2023 年 1 月 26 日

大年初八,带着父母来到我的苏州家里。

来苏州记

在苏州安家的一年多时间里,没有家人来过。究其原因,一来,这几年,过来实在太过麻烦;二来,父亲多年身患糖尿病,这几年更是频繁出入医院,做了几次手术;三来,由于哥哥嫂子在外务工,在上学的侄子们只能依靠母亲照顾,总是脱不开身。一眨眼拖到了第三个年头,我忍不住抱怨:"你们来一趟怎么这么麻烦啊!总是盼着你们来,你们总是来不了。"不久前,父亲又住了一次院,八九天几乎吃不下去任何东西,等我过年时回来,他才算是熬到头,用他的话说:"我是在鬼门关边上走了一遭,再不去你那里,以后恐怕就没有机会去了。"再加上哥哥嫂子元旦后一直在家,侄子们那边也就不需要母亲照顾。于是,我终于可以带着父母亲来苏州了。

父亲向来是一个乐于享受的人,只要让他出远门,他都愿意。而对母亲来说,出行就艰难得多,因为她晕车得厉害,去哪里都是受罪。平日从垸里到市区哥哥家里,她都是骑着我买的电动三轮车。而在我读高中时,学校在三十公里外的山脚下,她那时宁愿骑着三轮车给我送衣服,也不愿意坐更加快捷的公交车,否则会吐得一塌糊涂。因为从武穴到苏州的高铁票没有买到,我们只能到九江坐高铁。哥哥一大早就开车来送我们过去,前一天他已经带着父亲去配好了药,给母亲也备了晕车药。去九江的路上,哥哥说:"你们在庆儿那里多住一段时间,好不容易去一趟。"父亲说:"要得。"母亲说:"屋里好多事,去看看就可以了。"哥哥说:"屋里能有么子事?又不种地了,也没人需要照顾。你就安安心心地去那里。"母亲又说:"会耽误庆儿上班。"我忙说:"完全不耽误!"母亲想不出更多的理由,便看向窗外。天一点点亮起来,远远地可以看到九江长江大桥。

哥哥把我们送到火车站后,就回去了。进站后,我推着两个行李箱在前面走,母亲搀扶父亲跟在后面。年后出行的人不太多了,车厢里空空荡荡。安顿好父母亲后,母亲站起来说:"你给你哥发个消息,别让他担心。"我说:"已经发了。"母亲又问:"行李箱你放在哪里?"我说:"箱子太大,我放在前面了。"母亲又要问什么,父亲打断道:"哎哟,你莫瞎担心了。庆儿都会搞好的。"母亲这才坐稳,又转眼看父亲:"你这领子一个在外面,一个在里面!"一边伸手去理,一边说:"都出来咯,这样不被别人笑?!"父亲不耐烦地挥挥手:"我怕么子!我去儿家,又不是去别人家!"母亲说:"出来要有出来的样子,不要邋里邋遢的。"我叹了口气:"妈,你也歇歇嘛。"母亲靠在椅背上,说:"好好好,我不管了。"

  不知道是不是提前吃了晕车药的缘故,母亲此次没有吐。坐上了高铁,五六小时的车程,母亲也一直是好好的,她兴致勃勃地指向窗外说:"这里的屋子跟我们的不一样哎!这个桥几好看!这片竹子林不错!"1990年,我们全家去广州二舅家探亲,那是我们生平第一次坐火车,还在湖南遇到了上车来强买强卖的"路霸",不买的人被扇耳光,这件事情给母亲带来了非常大的阴影,一提起都连连摇头,再也不想出去。一晃三十多年过去了,母亲这才第二次出远门,坐上了对她来说不可思议的高铁。当年我才六岁,睡在父母亲的腿上,坐了两天两夜才到广州。现在我坐在他们旁边,推算一下,正好是他们当年的年龄。

时间过得如此之快,我在外面生活这么多年,他们从未亲眼见过。每一年,都是我单向归去,待几天就离开。而我去的那个世界,他们没有任何概念。现在,我却要带他们过来了,激动之余,也不免有些莫名的焦虑。焦虑什么呢?我已经习惯了这样的生活方式。我在这一头,父母亲在那一头。我在外面的几十年,独自生长成了自己的模样,有自己的生活习惯。很多事情,对父母亲来说是全然陌生的,可对我来说是必需的,解释起来会非常麻烦。更深一点想,是距离的消失,让真实的我不可避免地袒露在他们面前。这份真实,未必是我想让父母亲知道的……

但这些只是一闪而过的念头,终究抵挡不住父母亲要来我家的兴奋。而父母亲,也是兴奋的。到家后,推开门的一刹那,母亲笑出了声,说了句:"蛮好的!"换鞋后,她跟父亲到房间的各处走了走,说道:"好干净!"正赶上阳光充足,阳台上我养的那些植物生气勃勃,母亲摸了摸叶片:"养得不错。你蛮会打理的。"父亲坐在我平日晒太阳看书的躺椅上,母亲嗔怪道:"你真是随便!"父亲说:

"我儿的家，我要么样坐就么样坐的。"不到两分钟，房子就转完了。坐在客厅的沙发上，母亲说："紧俏咯，你一个人住正好。再多几个人，就显得拥挤了。"紧俏是我没有想到过的形容，这是我第一次以外来者的视角重新打量这个空间。的确，没走两步，就到墙了。望出去，也是一排又一排的房子。哪里像老家的房子，宽敞明亮，屋前稻场可以停多辆车，屋后菜园一年四季有新鲜蔬菜吃，大阳台比我这里的客厅都要大……可这里是苏州，能有一处安居之地就很不容易了，不能奢望跟老家一样。

"苏州有么子好玩的地方吧？"父亲问。我还未回答，母亲打断道："你就晓得玩！庆儿还要上班的。"父亲连连点头："那是那是，上班要紧！"我说："我还有几天假，带你们去转转。"母亲紧张地问："真不耽误？你不要为了我们请假！否则，我们不敢住下来。"我说："我年假没休完，你放心好咯。"放心。这个词突然触动了我。让父母亲来，不就是为了让他们放心吗？让他们看看，我可以过好我的生活，而且还不错。但他们真的会放心吗？我不知道。尤其是母亲，她是一个习惯忧愁的人，这些年来她操心我父亲，我哥哥一家，还有我，总是有各种各样的事情让她烦恼。

现在，她坐在她小儿子的家中，环顾了一番，又看看我。我问她想什么，她笑了笑："你把自己照顾得蛮好的。"我"嗯"了一声，眼眶一湿，忙着起身往厨房去，菜我都买好了。母亲跟了过来，轻柔地说道："让我来。"我回："你去歇歇嘛。我可以的。"母亲看我熟练地切起了土豆丝，点点头："要得。"但她没立即走，而是找到一件罩衣给我穿上："炒菜时小心油溅出来。"我说："晓得。你去看电视嘛。"母亲这才转身离开。窗外传来鞭炮声，年过完了，而我的新生活也开始了。

2023 年 2 月 10 日

到来的意义

上了出租车后,怕母亲晕车,特意嘱咐司机师傅开窗通风。从我家到西园寺,十来公里路,开到半截,母亲开始出现不舒服的症状,虽然出发前特意吃过晕车药了。等红绿灯时,师傅刚一停车,母亲赶紧把带出来的袋子清空,伸头探进去呕吐起来。接下来的路程,都是在母亲间歇性的呕吐中度过的。好不容易到了西园寺,母亲坐在桥边歇了好大一阵子,我递给她水,她勉强喝了一点。等她稍微缓过来,我们往寺庙里走。阳光暖暖,来寺里烧香的游客络绎不绝。母亲说:"我在外面等你们,就不进去了。"父亲说:"好不容易来一趟,就进去看看哎。"母亲摇摇手:"你们去,我在这里等你们。"说着,坐在台阶边上,缩着身子,神情痛苦。没办法,我嘱咐母亲在这里等我,不要乱跑，随后搀着父亲走进寺里。

西园寺对游客开放的部分并不是很大，带着父亲转了没多久，差不多就逛完了。本来想让父亲坐在水池边休息一下，父亲说："咱们出去吧，你妈还在外面等着呢。"我说好。等走到母亲歇息的台阶那里，却不见她的踪影。我把父亲扶到一处休息，嘱咐他不要乱走。父亲说："你不要急。"我嘴上说不急，心里却发慌。万一母亲走丢了，怎么办？她的手机没电了，她又不会说普通话，在这样一个人生地不熟的地方，连问路恐怕别人都听不懂……我想起前几天母亲讲的一个事情，说垸里有个婶娘去城里找她儿子，到了站后，她儿子迟迟没见她出来，打电话也没人接。儿子求助工作人员后，进站去找，发现婶娘正惊慌失措地乱转呢。那好歹是一个封闭的站，人只要在里面，就能找到。而在这样一个人来人往的开阔空间里，母亲会去哪里呢？

想起小时候放学后，我经常等在家门口。夕阳落山了，江风吹拂过来，凉意一点点袭上身来，这才见到父母亲拖着板车从地里赶回来。我常常一见到母亲，就委屈地哭起来，说自己肚子饿，说铅笔用完了，说我的裤子破了一个洞……母亲抱起我，带我去小卖铺买糖果。那时候我并不知道她耕作一天后的疲惫。回家后除了做饭，还要收晒的棉花，晚上还要熬夜剥棉桃。有一次我左等右等，总不见她回来，天都黑了，家家户户都在吃饭。我起身往垸外走，走到垸口时，一个人从我身边走过，因为天光太暗，我没看清，径直往前赶路。那人忽然停下喊我"庆儿"。我转身看，才知道是母亲。

庆儿。庆儿。庆儿。我又一次听到这样的呼唤声。循声而去，母亲远远地坐在花坛那边，向我招手。我大大地松了一口气，走过去，嗔怪道："让你别乱跑的嘛！"母亲抱歉地笑笑："这里有太阳，又在你们肯定会经过的出口……"我问她好点没有，她摇摇头："我想回去。"我一看母亲这情况的确不适合再游玩了，便把父亲扶过来，准备打道回府。但该怎么回去呢？母亲一直焦虑这个问题。车子她说什么也不能坐了，公交车也不行。或许地铁可以？但地铁离西园寺一两公里，得走过去才行，只好试试看。

我要去搀母亲，母亲说："你扶着你爸就行了。"她低着头慢慢地跟在我们身后。虽然有阳光，但毕竟是冬天，风一吹来，顿生寒意。走走停停。停停走走。父亲实在是走不动了。一两公里，对我来说，十来分钟就走过去了。对父亲来说，却是极大的挑战。他腿脚不好，只能慢慢地往前蹭着走。我扶着他，他才能勉强地快一点点。没办法，我让他们坐下来歇歇。母亲脸色苍白，捂着心口："么办？回不去了。"父亲说："哎哟，我走不动了。"我一时陷入两难的境地：母亲不能坐车，父亲走不动路，真是难办！想了很久，我跟母亲说："只能委屈你一下，咱们打个车赶紧回家。长痛不如短痛，你就难受一会儿，回到家咱们再好好休息。"母亲见没有更好的法子，只好答应了。

还好，这次打的出租车，司机师傅非常理解晕车的痛苦。他平稳地开，遇到需要刹车时也是慢慢的，母亲的呕吐次数少了很多。她靠在椅背上，闭上眼睛休憩。父亲转头看向窗外，很显然他没有玩够，也没有看够。因为生病，他一直以来习惯被照顾，而母亲是个照顾者。现在母亲不舒服，父亲却没有能力去照顾她。我想，如果未来母亲在老家生病了，谁来照顾她？这些年来，母亲是全家当之无愧的核心。因为她，这个家的所有人才得以安心地生活。万一哪一天母亲倒下了，哪一个可以如此全身心地去对她呢？我有时候感觉命运对母亲不公平，我们习惯了她的忙碌，安心地接受她的付出。而她其实也是迈入七十岁的老人了。再往下想，如果我能早一点安家，而他们也还年轻，我可以带着他们去很多地方看看。而不是像现在这样，他们已经老得走不动路了，也看不动这个世界了。时间的残酷，如此直接地呈现在我眼前。我无能为力。

回到家后，母亲睡下了，给她盖好被子，拉上窗帘。父亲坐在客厅的沙发上发愣，我打开电视让他看。下楼买好菜上来，父亲靠在沙发上睡着了，我开了空调，找来毯子给他盖上。父亲迷迷瞪瞪睁开眼，小小地叫了一声："庆儿……"我说："你这样会感冒的。"然后进了卧室，母亲睡得很沉，发出微微的鼾声。我去厨房，准备炒菜煮饭。一年多来，我只为自己做简单的饭菜，现在终于可以为父母亲来做一桌菜了。番茄鸡蛋汤。莴笋炒肉。煎鱼。清炒菠菜。饭做好，母亲起来了，精神略微好了些。她要帮我端菜，我让她坐好，再扶父亲过来坐下，饭都盛好，汤也舀好。他们没有动筷，我说："快吃啊！"他们笑了笑，才端起碗，一小口一小口吃起来。

夜色降临，父亲看向窗外："他们都回家了。你看对面楼都亮了灯。"母亲起身要帮我收拾碗筷，我拦住让她去休息。母亲笑笑:"感觉自己像个客人。"父亲说:"说的么子话,这是俺儿的屋,就是我们的家。"母亲说:"咿呀,你要住一年是啵!"父亲说:"住多长时间我都是愿意的。"母亲说:"你当然愿意咯,有吃有喝有玩的。"父亲说:"你也可以有吃有喝有玩的哎。"母亲撇嘴:"我不要像你!屋里菜园没人管,草都要长起来咯。"他们你一句我一句说话时,我到厨房把碗筷洗干净,心中一阵宽慰:他们要住多久都可以,最重要的是,我的房子终于留下了父母亲的痕迹,这就是他们到来的意义。

2023 年 2 月 11 日

夜归人

从地铁口出来时,已经是晚上九点多了。细雨霏霏,眼镜镜片很快蒙上了一层水汽,虽然带伞了,但走回去还得十来分钟,所以我决定骑电动车赶紧回家。路面湿滑,不敢骑快,很快羽绒服前面都淋湿了,忘戴手套的双手也冻得发红。到了家门口,正准备拿钥匙开门,又迟疑了一下。要不还是先把外套脱了吧,眼镜也擦干净,我不想让父母亲看到我稍显狼狈的模样。可是外套拿在手上也很奇怪,我并没有一件可以换的衣服。正犹豫着,门开了,母亲探出头来,见是我,忙把门推开,父亲站在母亲身后,问了一句:"怎么这么晚?"我低头进门,换鞋,把背包放在桌子上,迅速地脱下外套。母亲把外套接了过去,看了一眼:"你这也太辛苦了。"我说:"不辛苦。"母亲又说:

"这还不辛苦？这么晚回，这么冷的天……"我又强调了一次："真的不辛苦。"母亲拿毛巾给我："头发都淋湿了，还说不辛苦。骗鬼哪！"

我忽然有点恼火，不是对他们，而是对自己。这不是我想让他们看到的一面，而今却以这种直接的方式暴露在他们面前。以前他们在老家时，问起我的工作，我都说很清闲，自由时间很多，不用为我担心。但实际上，苏州上海两地跑，坐完苏州地铁再赶高铁，然后再坐上海地铁，去一次得两个半小时，天气好时还可以，天气不好时，比如这一次，偏偏就让他们看到了。我觉得这样的两城跑，是我可以接受的生活方式。而在父母亲看来，却是要忍不住心疼的。这恰恰是我不希望他们有的心态。

为了不让他们多想，我解释道："平日上班我就住上海了，这几天来回跑是因为你们在，我想多回来陪陪你们。其实真的没那么辛苦的。"父亲说："你别来回折腾了，就住上海好了。我和你妈对这边都熟咯，莫担心。"的确，之前好些天我都带着他们在家附近转悠，让他们熟悉周边环境，还让他们记熟我家的详细地址。如此，我才敢放心去上海上班。有时候中午打电话给母亲，问他们吃了什么，母亲说:"还是做你买的菜,足够咯。"她说的是我在冰箱塞满了够他们吃好几天的菜,毕竟去卖菜的地方要横穿马路,走过去多少还是会有车来车往带来的危险。

我很担心他们在这里不习惯,毕竟他们只有两个人,有太多新的事物是他们不理解的。比如说,母亲就不理解我为什么不在苏州本地工作,而非要去上海,在家附近找个事情做做不更好吗?我向她解释道:"上海这个工作是我喜欢的,薪资也不错,在苏州找不到类似的事情。"母亲还不理解我为什么不回老家买房,而非要待在这样一个亲戚、家人都没有的城市,我又跟她解释:"我喜欢这里,不喜欢待在熟人世界。"母亲摇摇头,叹息道:"你啊,从小就跟别人不同,总喜欢往远处跑,孤零零的。我们不在你身边,你要是累了病了,我们又赶不过来……"我搂住她:"那你跟我爸就多在这里住一段时间嘛。"母亲久久地看我:"住多久,我们还得回去的。总是要走的……"

其实母亲住到第三天就想走,父亲问她为何,母亲摊开手说:"饭做好了端到面前,衣裳不需要我洗,地有扫地机器人拖,碗筷也不要我洗,感觉自己像个客人。"父亲说:"享清福哎。"母亲说:"享不动。"现在我把家务全留给母亲了，吃完饭碗放在那里忍住不去洗，地面脏了忍住不去拖，完全退回成被无微不至照顾的小儿子。此时的忍住，就是留住。我忽然想起前几天去朋友家聚餐太晚了，接到母亲电话，我说待会儿就回去。挂了电话，朋友说："你妈喊你宝贝哎！"另外一个朋友说："家里有人等着你，多好啊。"而对我自己来说，也是生平第一次有这样的体验。毕竟母亲也是第一次住我家。没坐多久，我就先回去了。母亲睡了，客厅里给我留了灯。第一次觉得这个房子像个家了。

但这不是母亲的家，她的心在老家。毕竟这里没有熟人可以说话，没有一块地让她种菜，没有事情让她能挣点小工钱……完全无事可做，对她来说是不能忍受之轻。洗完澡在书房坐定，母亲过来问："饿不饿？我煮点元宵给你吃。"我说不饿。父亲靠了过来："吃点嘛，忙了一天。"我说："我减肥。"为了转移话题，我问他们今天有没有出门逛。父亲兴奋地回："逛了逛了！我们今天走到很远的地方了！"我回："那不错啊，没有迷路。"母亲说："哪里很远？就一里路！"父亲说："那还不远！再远，我儿就找不到我了！"母亲回："找不到更好，鬼要找你！"父亲撇嘴："你真是个讨厌鬼！"说话间，母亲和父亲的老人机同时响起"北京时间十点整"。母亲忙说:"时间不早了,你赶紧睡。明天又要老早起来。"父亲也说:"你快睡!快睡!"我说好。母亲把门带上。我躺在床上睡不着,起来看了会儿书。门外传来碰倒椅子的声音,母亲低声说:"你轻点儿,莽莽撞撞的!"父亲回:"晓得。晓得。"

晚上醒来去卫生间,忽然瞥见阳台上有一个人,心头吓得一紧。再定睛一看,是母亲坐在躺椅上看向窗外。我走过去问她:"还不睡?"母亲见是我,忙说:"也不加件衣裳!"我说:"就回房。"问她想什么,她说:"这里没得鸡叫。"我回:"这是城里。"她叹了一口气:"太安静了,反而睡不着了。"我说:"那我陪你说会儿话。"母亲起身:"太冷咯,你赶紧回房!我也去躺着。"说着,往卧室里走。我陪她进去,父亲睡得深沉,发出细细的鼾声。我笑道:"他真是不操心的人,睡得就是香。"母亲也笑:"他几快活哩!"我说:"你也要快活!"母亲点头说好,躺下了,我给她掖掖被子,她又催道:"快去睡吧!"我这才关上卧室的门。

夜深了。

2023 年 2 月 12 日

温柔的侵犯

出门去办事情,刚从车棚里推出电动车,忽然发现忘拿一本书了,只好再返回去。刚到家门口,门是敞开的,我记得走时明明关上了。进去后,见父亲坐在客厅沙发上看电视,我问他:"门怎么是开的?"父亲回:"你妈见你回来了,就把门打开了。"我往书房走,一边找书一边想:母亲怎么会知道我要上来呢?莫非她站在阳台上看着我?拿到书后,穿过客厅,跟父亲说:"我走了。"父亲说好。本来也想跟母亲打一声招呼的,没见到她,只好作罢。再次骑上电动车,往小区门口去,到拐弯处,忽然心头一动,停下车,抬头往我所住的楼层望去。楼层太高,看不到人,唯见一只手在挥动。我知道那是母亲的手。也就是说,她一直站在阳台上目送我离去。而如果我没有意识到,将永远也不会知道她等在那里。那一刻，心头暖暖又一酸。

说实话，我宁愿母亲跟父亲一样坐在那里看电视就好。这只是一次普通得不能再普通的出行，晚上我还会回来。母亲的挥别，让这一切变得异样了，就像是每一次的离开都意味深长。我不能有任何的意外，一定要好好地回家。因为母亲始终等在那里。晚上看演出或者朋友聚会也不要在外待太晚，因为我没到家，母亲就会睡不着觉，电话也会打过来。这些对我来说，非常陌生。这些年来，我习惯了一个人生活。从自己的家里离开，再归来，不会有人等我。推开门，每一个房间都如同我离开时那般干净，当然还有冷清。不过这是我自己的选择，我也喜欢这样的生活。而父母亲的到来，不只是房里多了两个人，也多了一份牵绊。

我忽然想起早上穿袜子，发现脚指头顶破的地方都给补上了，毫无疑问是母亲补的。本来这些破袜子我都要扔掉的，但母亲洗干净补好，一双双都细心地叠好了放在抽屉里。还有我经常用来锻炼的塑胶垫子，污渍她也都一一刷掉，晾晒干，再铺在地上。我时常也会打扫，但那些看不到的死角，母亲都拿笤帚和抹布弄得如明镜一般无尘。这些她从未跟我说过，都是默默地做了，而我发现后，心头总是忍不住一颤。我算是一个比较能照顾自己的人，需要母亲做的事情并不多。但母亲有的是耐心，只要露出一点破绽，她都能敏锐地捕捉到，并赶紧去弥补。我猜那一刻她是欣喜的，因为终于能为孩子做一点事情。

家里也开始一点点满起来。比如说，沙发上堆着叠好的衣服，收纳柜塞了很多过去我会扔掉的纸盒，饭桌上搁着我不会去吃的辣酱……这里那里，不再是我一个人时尽力要维持的"空"，不可避免地朝着母亲营造的"实"而去。是的，母亲嫌我家太素淡了，总是忍不住要这里添一点，那里增一些，否则就是没人气，坐在里面空得慌。这是我和母亲不一样的地方。我习惯了舍弃，用不上的扔掉，够用的就不堆积。而母亲总要留着，剩饭剩菜倒了多浪费要留着，去年的挂历不要扔也许未来需要包东西，收到的快递盒子攒着还可以装垃圾……如此，家里东西越来越多，也就离我独居时的模样越来越远了。

我必须承认，内心有时也会烦躁的。比如说，阴雨天，母亲把洗衣机里刚洗好的衣服拿出来晾晒，我从书房出来见到后，大声说："不用拿出来！洗衣机有烘干功能。你这样晒着，一两天干不了！"母亲回："何必浪费电，吹两天就干了。"我说:"没必要省这个钱,衣服烘干了就可以穿了。"又比如说,前一个房主留下太多椅子,我嫌放在客厅里太拥挤,便搬了两把到阳台上,母亲又擦干净搬了进来,我忍不住抱怨:"用不上,放在这里很碍事。"母亲说:"多好的椅子啊,放在外面风吹日晒的,很快就会坏掉。"……诸如此类的小小争执,发生过几回,我常常是说着说着,心生懊恼:我何必跟母亲争这些呢!她要晾晒就晾晒好了,要搬进来就搬好了,为什么非要她按照我的来呢?再往深处想,母亲这样做是"温柔的侵犯",她只是按照她过去的生活方式来行事而已。而我要学会的是睁一只眼闭一只眼。相处的时间越久,我也就越不介意母亲无声的改变。我知道母亲和父亲终究要回去,在我这里,他们是客人,是不可能完全自如松弛地生活的。

反过来,我每年回老家待几天,不也是客人吗?我住的房间平日都堆着杂物,唯有回来的那段时间母亲铺好床,一切也都是将就的,毕竟她知道我很快就会离开。那时候,母亲不知道我在远方的生活是什么样的。现在,老家反而成了他们的远方。尤其是母亲,晚上有时候给她玩得好的婶娘打电话,问家里下雨了没有,问田里的庄稼长得如何了,问农场还招不招小工了……婶娘让她在我这里多住一段时间,母亲说:"晓得庆儿过得好就行咯,我在这里也做不了什么!每天在这里吃了玩,玩了吃,给他增加负担!"我在旁边插话说:"没有的事儿!"那边婶娘也笑:"你不要想七想八的,安心享受就好咯。"母亲叹了口气:"他几不容易哩!又要还房贷,又要养我们两个老家伙,又天天要跑来跑去。他只是不跟俺说,我晓得他的辛苦。"如何跟母亲解释,其实这些在我看来都不辛苦呢?这一切都是我选择的,也是我心甘情愿的。没有办法说清。母亲的心疼,不会消除。

事情办完,已经是黄昏了。骑车进小区,再次抬头看我家阳台,没有人等在那里,这让我松了一口气。回到家中,母亲正在做饭。我把背包放下,抬眼见餐边柜和书架上的花瓶,都插上了桂花枝。母亲把菜端出来,见我问起,便说:"平日见你喜欢买花,其实绿叶子也不错。"我仔细看看,竟是不错的。父亲在旁边说:"你不是有几个花瓶是空的吗?下午出门散步,你妈特意走到剪树枝的地方挑了好久,说你肯定会喜欢。"我点头笑着说:"的确好看啊。你怎么晓得我喜欢?"母亲挥了一下手:"你是我儿,我当然晓得。"说着,轻轻地拍了一下我的胳膊。"洗手,吃饭。"

2023 年 2 月 20 日

大人的游乐场

有一天夜里十一点去卫生间,经过卧室,听到母亲和父亲在里面闲聊。父亲说:"四层哪!你能想象得到吗?往地下走四层才看到地铁。"母亲问:"地铁是跟高铁一样的?"父亲咂一下嘴:"么能一样?你一定要亲眼去看一下才晓得。"母亲说:"我不去,我晕车。"父亲说:"坐地铁不会晕车的,你试试看……"如厕完再经过时,母亲说:"好多馒头!白馒头、玉米馒头、荞麦馒头……嚯,堆成一排排小山。还有卖鸡蛋的,一面墙的架子上,各式各样的鸡蛋,眼睛都看花咯!逛完了一层,我以为没有了,庆儿又带我上一层,又是满满当当的东西,数都数不过来。"父亲问:"这么大?"母亲咂一下嘴:"大得出奇!你是没亲眼去看。"父亲叹息了一声:"庆儿那电动车只能带一个人噻!"

我忍着笑往书房走。他们让我想到两个玩了一天的小孩子，兴致勃勃地分享着白天的经历。由于母亲严重晕车，拒绝再乘坐任何车子，而父亲又腿脚不便走不了长路，导致我无法同时带他们出去游玩。父亲想多看看外面，我便打的带他去老城区逛逛，他一边说着："这跟我们那里比起来也没好到哪里去嘛！"一边津津有味地看完这个又看那个。等逛完了寺庙，出门是地铁，我心想不如让他体验一下。坐电梯、买票、安检、刷卡、进站、上车……在迷宫一般的地下空间转悠，对父亲来说，如同进入了令人头晕目眩的游乐场，等他上了车坐下来，忽然起身惊问道："挖这么深，地面不会塌吗？"我笑回："不会的。地上面是马路，车子跑来跑去呢。"父亲咂咂嘴："想想有点吓人呢！"这才放心地坐下去。

忽然想起十多年前，我还在苏州的工业城上班。有一天跟广州的朋友打电话，朋友在那边回："我听不清楚你在说什么，我在坐地铁。"当时我心想："他在地铁上哎！"羡慕之情，溢于言表。那时候苏州还没有地铁，从老城区回到工厂需要坐很久的公交车。时间再往后拨几年，我离开苏州去北京，每天挤地铁上班，常常被人挤得连手都抬不起来，再想想之前的羡慕，真感觉是命运在嘲讽我。当然这些父亲是不会知道的，他没见过早晚高峰期地铁里的情形，有的只是无尽的好奇心，时不时探头看看车厢的一头，说："这么长！司机在哪里？前面那么黑，他看得见吗？"

父亲这边玩够了，也不能忽略母亲。天天坐在家里看电视，怕她嫌闷，我便提议去超市转转。大型超市在三四公里之外，让母亲坐上我的电动车，东西买不买无所谓，毕竟附近小超市都有，主要是出来兜兜风。母亲坐电动车，倒是不晕，她贴着我的后背，我让她把双手插进我的羽绒服口袋，毕竟风吹得冷。她手插进来后，说："你穿得太少了。"我说："我不冷。"母亲说："我抱紧一些。这样你暖和点。"过一个红绿灯，母亲说："这里街道真干净哪！"我说没错。又过一个红绿灯，母亲说："你还是会选地方，样样都好。"等到超市外面，母亲惊呼道："这么多车子！这些人都是来逛超市的吗？"我看了一眼满满当当的停车场，回："没错。"母亲啧啧称奇："不得了，比我们垸里的人都要多！"

逛超市对母亲来说是一个惊喜和惊吓叠加的过程。她挽着我的手，一会儿对着一整排洗面奶问："这些是洗脸的?"一会儿看着各式各样的蒸锅说:"这炖鱼不错哎!这个炖藕蛮好!"一会儿摸了摸羽绒被:"比我们自家打的棉被轻薄很多!不知道盖得暖不暖和?"渐渐地,我也能感受到她的兴奋。满目的货品,流光溢彩;购物的人群,喧闹无比。一切都是崭新的,刺激着她的身心。左边走走是数不尽的食物,右边转转是堆到顶的纸巾。置身于此,不也是像在游乐场里吗?不过等我想要给她买礼物,比如那块丝巾,她摸了摸,我想买下,她一问价格要上百,像是烫到手了一样迅疾放下。我要拿下,她硬拖着我往前走。再比如,想要买块牛肉回家,母亲抬头一看标价,连连摆手:"走走走,不爱吃这个!走哎,不要拿了!拿了我也不吃!"等远离了那块区域,她才松口气:"太吓人了!这么贵!"过不了一会儿,她仿佛忘了价格的事情,拿起一个布娃娃说:"哎呀,做得真好啊!他们的手,就这么巧!这线走得真齐!"

等我去上海上班时,父母亲就自己在我家小区周边逛。他们从南到北,从东到西,纵横几条街道都走熟了。等我回来后,父亲骄傲地说:"今天我带你妈去地铁站了!"我惊讶地问:"你知道怎么去地铁?"父亲瞥我一眼:"我记忆力好得很!你么样带我回的,我就晓得么样找过去。"我笑道："那你厉害。你们坐地铁了吗？"父亲摇头："你妈担心晕车嘛。"母亲在一旁说："你都不晓得么样买票哩！还推我头上！"父亲说："我么不晓得哩！你又瞎扯！"我看窗外阳光和煦，提议不如趁着天气好坐地铁去观前街玩。母亲忙摇手："我不去。"父亲说："坐地铁真的不晕车，很好玩！"母亲小声说："我不玩！我就在家里。你们去吧！"

等我们好说歹说，终于坐上地铁了，母亲露出了跟父亲第一次坐地铁时一样的表情，说道："哎哟，开得这么快！司机人嘞？没得检票员？"父亲露出见过世面的淡定表情："你啊，管么子都不晓得！司机在前头嘞！"母亲瞪他一眼："你晓得真多！全世界就你最聪明，要得啵？"父亲不屑地回："好心告诉你……好人没好报。"从地铁口出来，上电梯了，他们俩的手紧紧地挽在一起，我说："别担心，很安全。"父亲说："我不怕。"母亲说："你不怕，抓我抓得这么紧做么事？"父亲松开手："你瞎说！"母亲又回抓住他："莫乱动，要到咯！"父亲便乖乖地没动。

观前街人潮汹涌，两边店铺招徕生意的声音此起彼伏。父亲走不了几步，就要坐下休息。我跟母亲去买苏州特产，准备等他们回去时带给哥哥一家。母亲像是一个活泼的小女孩，趴在柜台上，看看这个，瞧瞧那个，喜欢得不行，又担心得不行："不买不买，好贵好贵。"过一会儿又沉迷地看门旁边推磨的假人："这真的是假的？也太像了！你看看那头发，那牙齿，那推磨的手，都很像真的啊！"等再三确认是假的后，她赞叹道："真好玩！真有意思！"等买好东西回到父亲身边，母亲连说："你快去看哪！那个人真的跟真人一模一样！"父亲撇头回道："你又瞎扯！"母亲急了："走走走，不让你亲眼看你就不信！"不由分说，母亲搀扶起父亲。阳光暖暖，父母亲慢慢地往那家店走去，而我坐在父亲坐过的地方看着包，恍惚间我感觉自己变成了那个看着孩子们去玩耍的大人。

2023 年 2 月 22 日

慢慢告别

告别已经预演过两次了。第一次临出发前，嫂子打电话给母亲，劝她和父亲再在我这里多住一段时间，毕竟未来的一周都下雨，回去了也不能做什么，又加上我在旁边应和，母亲答应再多住几天。第二次是一周后，我们已经出发到了苏州北站，还有二十分钟就准备上车，我却发现来错了站，本应去苏州站的，再转返回去已经来不及了，只好退票。回去的路上，我非常自责。母亲拍拍我的肩，笑道："你是想再留我们住几天，是啵？"见父母亲丝毫没有责怪我的意思，我尝试着问："要不住到月末再走？"母亲说："住得越长越走不了啊。"我回："那就不走嘛。"母亲笑笑："走还是要走的啊，家里我也放不下呢。"父亲在一旁插话："你妈想那两个细鬼。"母亲点头道："你侄子们也开学了，你嫂子又要上班，我得过去帮着照看。"

"照看"这个词，并不是母亲第一次说起。就在几天前，父亲吃饭时忽然语重心长地说："我们走后，你自家要保重……"母亲打断道："庆儿我是一点儿都不需要担心，他照看自家照看得几好哩！"父亲连连点头："那是的。屋子弄得好，工作也干得不错。我也很放心。"母亲忽然问："我们在这里住这么久，电费、水费抵得上你一个人用好几个月的吧？"我愣了一下，忙说："那都是小钱，不要在意。"母亲叹道："在城里住，睁开眼就要花钱，买菜要钱，烧水要钱，坐车要钱……一年下来辛辛苦苦，攒个钱几不容易的。"我说："我还年轻呢，挣钱不难的。"母亲看看父亲，又看看我："你爸这个病，不晓得用了你多少钱。你的钱也不是大风刮来的。"我说："爸爸身体健康最重要。等过年你们再来。"父亲痛快地回："好！"

父亲并不知道我跟母亲之间的小秘密，他因为走路费劲，不方便出门，经常是我跟母亲下楼去散步，也就有了很多独处的时间。有几天我因为工作住在上海，回来时打开冰箱，发现里面只剩下一个西红柿、两根黄瓜，连剩菜都没有，我忽然意识到父母亲没带多少现金过来，我不在的这几天，他们吃得肯定很节省，这让我极为内疚。趁着晚上跟母亲出去散步，我把事先去银行取出的一千块钱递过去，母亲连连推让："不要不要！你过年给了三千，莫再给咯。"我硬塞到她手里："都是小钱，你拿着就是了。"母亲这才接过来。我又拿出银行卡："这里面有几千块。我父亲要是急用钱时，你去取出来。"母亲也默默接了。我继续说："你们过年时一定要再来。"母亲点头道："就看你爸到时候的身体情况了。过年前，他差一点没有挺过来。"停顿了片刻，她接着说："不过也没有遗憾了。我们毕竟都来过你这里了。你百事都好，我们也都看到了。"

遗憾。我咂摸着这个词。对父母亲，我有没有遗憾呢？仔细想想，是有的，那就是时间不够。他们老了，还会越来越老，走在他们身边，我经常涌起怅痛之情。我们能在一起的时间，是如此不足。而时间却不会慢一分一秒，这让我恼恨，也让我无奈。我能做的是，尽量捕捉有关他们的细节，拍下来，录下来，记下来。但是有一天他们不在这个世界了，我留下的这些又有何用？这让我害怕。要趁着现在，慢慢地学会告别，不是吗？他们只能陪我走一段，接下来的路还有很长很长。就像是我们日常散步，常常走着走着，回头看父母亲，他们落后许多，而我健步如飞，根本没有意识到。他们尽力地跟上来，埋怨自己拖了我的后腿。被他们"拖"着，何其有幸，又何其害怕，怕的是未来回头，无人可等。

匆匆，太匆匆，还是到了要说分别的时候了。离开的前一天，我拿出笔和本子，请父母亲在纸上留下他们的笔迹。母亲笑问："我们写字太丑咯，写它做么事？"我说："你们就写嘛，我就想留下来作为纪念。"父亲念过小学，会写一些字；母亲一天学都没有上过，只念过扫盲班，不过自己的名字还是会写的。他们像小学生一样，乖乖地坐在一起，笨拙地拿笔在本子上写自己的名字。我又提议他们各自写下"父亲""母亲"两个词，他们一笔一画地写下来。写好后，父亲说："你也来写嘛。"我又在"父亲""母亲"下面写了"孩子"一词。这些年来我写了很多关于父母亲的文字，每一次回到老家，我都要记录与他们相处的日常。而现在他们终于坐在我的家中，也留下了他们的字迹。这算是满足了我的一点私心。最后，我请父亲写下"慢慢告别"四个字，父亲写完后，感慨道："我会好好的，下次再来。你也要好好的，等我们过来。"

回武穴的高铁,出发时间是下午两点多。当天上午十一点,母亲就开始做午饭,其他菜都端上桌了,唯独一盘土豆炒肉片还放在灶台边。我本来要端走的,母亲拦住说:"这个留着你晚上吃。"我说好。母亲又说:"猪油我熬好了,在冰箱里。平常下面条你放点,会很香的。"我又说好。母亲接着想说点什么,看看我,扭头去洗锅,声音小小地说:"你快去吃,菜要冷了。"我没敢看母亲,说了一声好,转身出去到客厅,见父亲正在费力地穿裤子,我上前帮他。父亲说:"你买的这个裤子很暖和。"我回:"那就好啊。"父亲又说:"你买的鞋子也暖和。"我又回:"春天要来咯,你莫感冒了。"父亲说:"要得要得,我争取不感冒。"我说:"不是争取,是一定!"父亲笑笑:"听你的话,一定一定。"

为了能方便地送父母亲上车,我特意买了同一班次的车票,只不过我要到下一站无锡站下。坐地铁,到苏州火车站,这是我每次上班的路线。母亲搀扶着父亲在前面走,我推着行李箱跟在后面。看着候车厅乌泱泱的人群,母亲惊讶地问:"每天都这么多人吗?"我点头说是。父亲接着问:"你平时上班就是这样赶来赶去的?"我又点头说是。

他们一时没有说话，我忙说："这太正常了，很多人都跟我一样的。"母亲看着那些排队的人，回头跟父亲说："咱们第一次坐火车，庆儿那时候才多大？"父亲说："五六岁。"母亲"嗯"了一声，双手比画了一下："就那么大，睡在我们腿上……"说着又看向我："三十多年过去了，现在这么大了。真是不敢细想。"父亲点头："是啊，不敢想。"

很快就轮到我们排队出发了。送父母亲上了车，大行李箱也在车头放好了，还来不及下去，车子就开动了。也好，能多陪他们一程。短短十来分钟，无锡站就到了，下来后隔着车窗跟父母亲挥别。母亲一直看着我，说了些什么，我听不见。车子启动了，母亲挥着手，很快就远离了我的视野，往家乡的方向而去。那一刻，其实我并没有多么不舍，甚至可以说是麻木的。可等我转身往出站口走去，惆怅的心情陡然升起。等我再次返回苏州的家中，推开门，是触目惊心的空旷。母亲炒好的那一盘土豆炒肉片还在灶台上，父亲穿的布拖鞋靠在墙边，沙发上他们平日看电视时盖的毯子叠得整整齐齐……家里的每一处都有他们的痕迹，而我的心就像是怕痛的小动物一般，紧紧地缩成一团，每动一下都是戳心的难过。

没什么好收拾的，地板上没有一点污渍，衣柜里衣服都一件件挂好，书架上纤尘不染……母亲给我留下了一个过分干净的空间，我待在里面，如同飘浮无根的粒子，不知在何处停留。我又一次一个人了，可跟他们到来前的一个人，心态完全不同。天一点点暗下来，对面的楼群亮起了灯，能影影绰绰地看到有人在自家厨房做饭。我强迫自己起身去厨房，焖好了饭，土豆炒肉片也热好了，端到饭桌上，习惯性地喊了一声："妈，筷子拿一下。"没有人回应。他们，真的不在这里了。

2023 年 2 月 24 日

九江火车站，我拖着两个行李箱在前面，母亲搀着父亲跟在后面。

刚来苏州家中,母亲不太适应,经常坐在阳台发呆。我问她在想什么,她担心家里菜园长草了。

我从上海回到苏州家中，父母亲靠在书房门口，说起我不在的这几天他们有趣的经历。

回家时,见花瓶插了桂花枝,问母亲,她说:"见你平时总喜欢买花,绿叶子其实也好看。"

让母亲和父亲写下自己的名字。

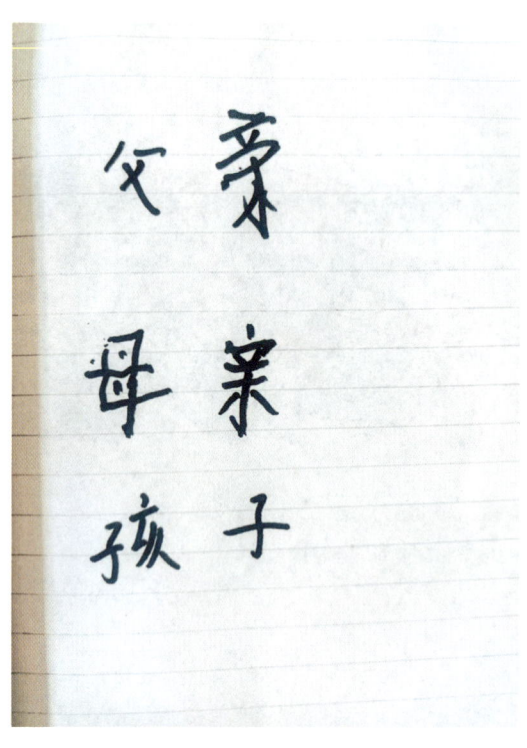

父亲写"父亲",母亲写"母亲",我写"孩子"。

买了同一趟高铁，送父母亲一程。到了无锡站后，我下来，跟父母亲隔着车窗告别。

走的那一天，父母亲在我的小区门口合影。愿他们永远笑得如此灿烂。

2024 年

2024年1月底回家，2月中旬返回苏州。

苍老的见证

今年回来得分外早，一来，越临近春节的票越难抢到，二来，我反正是在苏州家中写作，回家也是写，不如多陪陪父母。谁知这一决定是无比正确的，我刚回来的那天还是晴天，家家户户都在晾晒衣物和被褥，从第二天开始就一直阴雨绵绵，湿冷无比。而那些晚回来的人，面临的是大雪和冻雨导致高铁晚点甚至取消的消息。在家的日子其实也不好过，虽然有取暖器，但也还是冻得瑟瑟发抖。家里的房间太过宽敞透风，坐在里面手脚冰冷。幸好我一直在写新的小说集，很大的精力都投入创作中，时间才容易熬过去。

我的生活和写作在三楼，母亲和父亲主要在一楼活动，我们见面往往是在吃饭的时间。每次都是我在楼上正写着，母亲的声音传上来："庆儿哎，吃饭了。"我立马下楼去，父亲也慢慢从前厢房一挪一挪地走过来，与其说是走，不如说是"磨"。多年患糖尿病的缘故，他现在越来越没有精气神了。之前家人给他买的拐杖，他总不肯用，怕别人笑他。给父亲盛好饭，顺手拿了双筷子递给他，他说："我已经用不了筷子了，手没得力气。"母亲给他换上饭叉。平常用的碗也不行，他也没气力拿起来，只能换上侄子小时候用的带柄的塑料碗，这样方便捏住。一切就像是回到了孩童状态。我给他夹菜，他说自己夹，拿叉子扎起白菜帮子，半路掉在了桌子上，他又尝试着叉起来，试了几次没成功，抬头冲我不好意思地笑了笑。

到后面几天，吃饭也成问题了。有一次吃饭时，肉丝卡在了假牙缝隙里，父亲抠的时候连带整个假牙都抠掉了。打电话给为他装假牙的医生，医生在九江，本来答应过两天来的，但雨一直下，又加上冷，重装假牙只能等年后了。这段时间，他只能吃点面糊。没了牙齿之后，父亲的面相也变了，脸凹了下去，一说话露出上牙龈，又增添了苍老感。我跟母亲说要不要配那种可以装卸的假牙，母亲说专门去过市区的牙医那里，牙医说父亲这个情况很难去配。

现在的九江医生给他装的这排假牙，也是临时性的，很容易掉，只能凑合着用。

母亲去附近的渔庄打小工时，我就接棒照料父亲。有时候我写累了，下来到前厢房看，他坐在我几年前给他买的取暖器旁边取暖，电视里放什么，他就看什么。时间对他来说，是漫长而难熬的吧。到了饭点，我再下来做饭。鸡蛋、猪肉、蔬菜都切成丁，面条下锅前也捏成一小段一小段，这样父亲吃起来省事，营养也全面一点。到了晚上九点多，母亲才从渔庄回来，我问她怎么忙到这么晚，母亲说："从清早开始洗碗，一直洗到夜里。吃饭的人很多，需要清洗的碗筷就多。"我烧了水，让她泡泡脚。她坐在那里，靠在椅子上，说："跟我一起洗碗的人说，这要是让你细儿晓得，肯定不会让你干的。"我说："的确是这样，这么忙，一天下来也只有一百，累得要死，又冷得要死。太辛苦了。"她说："我明天不去做了。身体扛不住。"

看母亲在那里泡脚，我想如果是平日，我不在家里，她要忍着疲倦自己烧水，吃一点剩饭。父亲没有能力去照顾她，也从未照顾过她。这是母亲的生活常态。她日常所能忍受的，也是我能想象得到的辛苦和孤独。这一年来，母亲一直都在打小工，餐馆、船厂、农场，加起来也只赚了几千块钱，但大都没有收到现钱，只能等到年底去讨要，有些能要到部分，有些只能收到欠条。我给她钱，她总说："你买房，家里一分钱都没有支持。你自家还房贷压力这么大，哪能总让你掏钱？"这是她的心结所在，她总觉得亏欠了我，虽然我一再说过我凭借自己的能力有了现在的生活，心里踏实，并不觉得家里有这个义务来支持我。其实刚回来时我就提出，要不今年还是到我苏州家里过年吧。母亲说："你爸爸身体太差了，去一趟太折腾了。"这是一层原因，还有一层是，她怕花我的钱，哪怕我觉得这是应当的，她也不愿意。

天气一再冷了下去，武汉那边下起了冻雨和大雪，很多树都压断了。我们这里虽然没有下雪，但江风吹来，寒沁入骨。母亲没扛住，感冒了，一直在咳嗽。我也感冒了，昏昏沉沉，躲在被窝里睡了一下午。醒来时，母亲和父亲都不在。原来父亲感觉头晕，母亲带他去村卫生所打点滴了。父亲躺在病床上，我跟母亲坐在旁边。医生说："你母亲的血压也很高，我给她开了一点降压药，要记得吃。"母亲过去总说头晕，我担心是脊椎压迫或是长了肿瘤，专门带她去医院检查过,结果没事,现在看来应该是血压高导致的。这些年来,母亲一直看起来没有什么大问题,恰恰因此,我总忍不住担心。怕就怕平时没事,一旦生病了会很严重。既然知道她血压高,那还是要找时间带她去看看。

打完了一瓶,再换一瓶时,母亲先去渔庄跟其他婶娘一起讨要工钱,我留下来继续照料父亲。等挂完水,已经是晚上九点多了。我开着电动三轮车,带父亲回到家,先搀扶他到前厢房,把取暖器打开,然后去灶屋给他做饭。等母亲将近十点回来时,父亲已经吃好了饭,灶台我已经擦干净了,碗筷也洗了。母亲略感惊讶地问:"你都做完了?"我说:"水也烧开了,你泡泡脚。"母亲说好。父亲问是否讨到钱了,母亲说:"没有,说大年三十会给钱。那话我是不信的。到时候肯定也是没钱的。"过了一会儿,母亲又说:"他们做生意的也是不容易。有时候我们去讨钱,老板急得哭。他一年到头也没挣到钱,别人不给他钱,他也没办法给我们钱。"我说:"这个时候你还叹息别人。"母亲叹气道:"人活着,就是这么艰难。"

等事情都忙完,我搀着父亲去前厢房睡觉。父亲问:"你今年会不会出新书?"我说:"会的,就是写你和我妈的。到时候有你们的照片印在书上。"父亲咧嘴一笑,又一次露出他的牙龈。我笑说:"到时候全国读者就看到你们两个咯。"父亲说:"你是不是又写我坏话咯?"我说:"写了,每一篇都写你坏话。"父亲说:"你又逗我!"我说:"反正你养好身体,等书出来,你把书给别人看,脸上也有光。"父亲微微点头:"那我要等着。"等他睡下,我关上门。母亲也去后厢房睡觉了。整个大屋子此刻特别安静,唯有风吹来时窗户晃动的声响。明天,又会是一个雨天吧。

2024 年 2 月 8 日

死亡的血痂

大年初二，阳光如此热烈地照耀下来，热得连羽绒服都穿不住了。家门前的油菜田零星地开了花。跟父亲坐在门口晒太阳时，他说："你要是待久一点，就能看到屋前屋后油菜花开，几好看哩！"这让我们很容易就忘却了前面漫长的连绵阴雨天。正说着，有一辆车从垸里的水泥路上开过去，父亲眼尖，发现车上装了棺材，说："垸里莫非有人死了？"到了吃午饭时，他坐在我旁边说："我晓得咯。你还记得在俺老屋隔壁的老太啵？"见我点头，他接着说："就是他没了。上午咽了气。"母亲端菜过来说："他好大年纪了！"父亲说是。母亲和父亲都感慨老太死的时间点好。我问好在哪里，母亲答道："大年初二死，他家的儿女正好都回来了，要是其他时间死，人哪里能来得这么齐？"父亲补充道:"八十八岁是喜丧。他身体一直不好,现在也算是解脱了。他连死也不给子女添麻烦。"

我们又聊起垸里的一位叔爷,我一直以为他是中风去世的。确实中风了,但他本不会那么快死,最直接的死亡原因是喝药自杀,垸里人都说这让他子女脸上没光。垸里很多老人的离去,认真去追究,有多少是自然死亡的,有多少是自我了断的,很多真相只在他们家人的心里。自我了断的,一个是病痛导致生无可恋,一个是怕给子女添麻烦。自然死亡的,有一些老人痛苦至极却还熬着,一个是想要活下去,一个是为了子女活,怕自己寻死,让子女脸上无光。子女对这些老人来说,都是绕不过的关键。连死,都不是个人的事情。

父亲又说起这位叔爷中风了好几次,治疗的钱花了不少,效果却不显著。我说:"可以理解。我还记得他中风的样子,半边手脚动不了,生活也不能自理,但大脑又是清醒的,这种情况最折磨人了。毕竟恢复的希望渺茫,活一天是一天折磨……"我正说着,站在父亲身后的母亲跟我使眼色,我立马把后面的话咽了下去。等父亲走后,母亲悄悄跟我解释:"你爸有一回怄气,说自家这样活着没得意思,实在熬不下去,还不如跟那个叔爷一样算咯,所以我让你莫说……"听到此,我的心不由得揪了起来。母亲又讲:"不过你放心,他嘴上这样说,打针吃药一样不耽误。情绪低落是正常的。老了老了,哪个没得病病疼疼的?走一步熬一步了。"

我忽然想起读大学时,父亲中风,每日呆坐在屋前,母亲跟他说:"你还不能死,你儿子大学还没毕业。"这一晃,十几年过去了,轮到我大侄子要考大学了,父亲也从一个挺拔的中年人熬成衰弱的老年人了。这年一过,就是龙年了,也是父亲的本命年。前两天大侄子回来吃饭时,我跟父亲说:"等你下一个本命年,他也三十岁了。"父亲愣了愣,笑道:"我活不到那么久的。"我说:"我爷爷都活到八十多了,我大伯现在也八十多了,你肯定可以噻。"父亲点头说好,他看看我,又看看大侄子:"我尽力活到那个时候。"我说:"不要尽力,要开开心心地活下去。"他又点头:"嗯,开开心心……"我想再多说些明亮的话,但心里也明白,那也是苍白无力的。

到了下午,父亲又一次过来跟我讲起那位老太的情况:棺材如何摆放,花圈哪里去定,火葬场的车子什么时候来……我问:"你专门跑过去看了?"父亲点头:"老邻居了。"我注意到父亲没有多少悲伤的情绪，甚至相反，他的脸上有一种类似"兴奋"的神情。倒不是说他对老太没有情感，而是由此看出他对"死亡"的态度。我想起垸里哪家人生病了，哪家人住院了，哪家老了人，他都极清楚，而且都当成难得的新鲜事跟我分享。我在外地时，他打电话来说。我在家时，他就会专门坐在我旁边说。很多时候我不耐烦听，但总忍耐着听他说完。死亡，就像是血痂一样，他明明害怕死亡，可忍不住去抠，抠时有爽感，可与此同时又有痛感。他好奇，也害怕。

　　说完这些，他高昂的兴致又低落下来。我问他想什么，他笑笑："你相机没带回来？"我说忘了。他露出失落的神情："我还说让你多给我拍几张照片。"我安慰道："手机也可以拍。"他连连点头："拍几张，挑好看的出来。"我问他做什么，他说："到时候挑好看的出来做遗像噻。"我本能地想回"你莫瞎说"，但我忍住了。为什么要强装没有死亡的存在呢？又为什么不能让父亲表达对死亡的感受呢？所以，我只是轻轻地回："要得。我拍照技术还可以的，你放心。"

2024 年 2 月 11 日

送别的余哀

在灶屋烧饭时，忽然听到窗外传来哀乐。探头看去，平爷走在前，洋鼓洋号跟在后，有个女人拿着话筒在唱哀歌。我问母亲这是做什么，母亲说："老屋隔壁的老太不是去世了么，他儿子来请人明天去抬棺材出殡。他想邀请哪个人，就去哪家跪下，那家人明天就会派人去抬棺材。"我问："不去火葬场吗？"母亲答："可以去，也可以不去。哪怕去烧了，也要放在棺材里抬去埋，不像城里。"正说着，父亲慢慢走过来，感慨道："还好是过年，年轻人都在。要是搁在平常时，抬棺材的人都凑不齐。"母亲瞥了他一眼，跟我悄悄说："你爸是担心自家到时候没得人抬。"父亲没有听到这句，又一次慢慢走到门口，看着平叔带着乐队去旁边的叔爷家。

那女人唱的哀歌，都是伤感的流行歌曲。她只是被聘请来唱歌的，自然不会有什么哀切的情感。但我一边烧火一边还是忍不住鼻酸。我忽然想起一件事，几年前的一天，我从外地回家，正坐在屋门口晒太阳时，陶容太骑着三轮车经过，车后头坐着老太。我跟他们打招呼，老太让陶容太把车子骑到我家门口来。陶容太笑道："他很久没有见到你了，想好好看看你。"老太缩着身子，端详着我。我们寒暄了几句后，陶容太便带着他去地里了。这是我见他的最后一面。以前住在老屋那边时，他家就在我家对面。我是他们从小看着长大的，小时候经常去他们家玩。自从盖了新屋搬过来后，我很少再过去了，当然也就难得看到他们。前两天陪母亲去老屋搬柴火时，母亲让我去老太家打个招呼。陶容太和平爷都在，唯独没见到老太。那时老太想必是卧病在床，而我并不知晓，说了一会儿话就匆匆离开了。

吃饭时，父亲问母亲："五块钱的小炮你准备好了没？"我们这边的习俗是，出殡的队伍经过哪家，哪家就要放鞭炮，以示送行。母亲说："小炮没得，那个五十多块钱的大炮是有的，要不我剪一段放了。"父亲疑惑地看向母亲：

"大炮哪里来的？"母亲说："去年你不是快要不行咯，我去胖那里买炮。胖说人死要放大炮，我还买了一大摞黄表纸。"我讶异地问是怎么回事，母亲迟疑了一下，看了一眼父亲，说："去年有一天他突然昏迷不醒，看样子熬不过去，所以要准备一下……"我问："这么严重？"父亲忙说："我不是扛过来咯，你又要工作，没得么子好说的。"我低头吃着饭，心里却久久不能平静，眼眶不争气地湿润了。手边没有抽纸，就是有，我也不敢抽，怕父母亲看到。一时大家都沉默了下来。

他昏迷的事情我是知道的，小舅妈那时正好在我家做客，她拍了照片发给我看。我立马打电话给母亲，母亲说没什么事情，人已经醒过来，打打针就好了。后面几天我连续打电话来问，母亲都回没事，父亲也打电话说没事，我这才放下心来。我没想到母亲已经开始准备后事了。我在外乡时，很少跟父母亲说我生病的事情。报喜不报忧，父母亲对我是如此，我对他们也同样如此。母亲感慨道："之前你爸差点熬不下去了，后来又来这一次，我们又以为熬不下去了。你看看，现在不都熬下来了吗？"父亲沉默了一会儿，忽然叫了我一声："我要是死了，你记得……"我打断道:"把你的骨灰往长江里一倒,是啵?你已经跟我说了很多次了。"母亲瞪父亲一眼:"一天到黑瞎说,你这样要求你儿,你儿真要这么做了,全垸的人都骂死。"父亲拍手讲:"不倒也行,就装在罐子里,埋在屋后面的菜园里。不要洋鼓洋号,也不需要买棺材,能省好几千块钱。"母亲说:"好咯好咯,莫说了,说出去笑人!"

父亲不与母亲说话了,他来到前厢房坐了半晌,天一点点黑了下去。等我忙完来看他时,他正打电话给我哥。上午哥哥开车带我去姑姑家拜年,我留下来吃饭,他说要打针就先走了。父亲听说了这个事情,打电话问哥哥身体怎么样,打没打针。他听力不好,哥哥那头说了半天,他只能回:"我听不清你说话。"哥哥又重复一遍。他捏着小小的手机,弯着腰,吃力地回"噢""啊",其实并没有听清多少。之前跟我打电话时,他也是如此。他只是以他笨拙的方式去关心他的孩子,虽然哪怕知道了孩子的情况也无能为力。当年哥哥还小,生了病要做手术,父亲带着他坐轮船去武汉治疗。那时他还年轻有力。我忽然想起陪父亲挂水时,医生把父亲的医保卡递给我,我看上面的照片还是他年轻时的模样,脸颊清癯,眼神忧愁。他快乐的时候太少了。

四处的烟花燃起,母亲来到门口感慨了一声:"年过完咯。"父亲起身说:"咱们也要放炮送春。"我买的大烟花,噗噗噗往天空炸去,一大朵一大朵绽开。一弯浅浅的蛾眉月静静地挂在天边。父亲看向我说:"城里没有这么好的天,你看乡下的天几好哩,这里一颗星,那里一颗星。"我点头说是。转身进屋时,父亲嘱咐道:"明天出殡后,中午的宴席你去吃。"我问他:"你不去吗?"父亲笑笑:"我假牙还没装上呢,吃不了那些东西。"停了片刻,他又说:"想到这么熟的一个人就这样离开了,心里头空荡荡的。还是不去了。"

2024 年 2 月 13 日

离别的牵扯

临别前,母亲上楼来问我:"腊肉要不要带?"我说:"不用,东西太多,不好拿。"母亲不甘心:"我还特意多买了几斤肉腌制好,你拿走,平常时下面条炒菜都可以。"我想起过去一些年带走的腊肉,一整年都没有吃完,虽然是母亲的心意,但拿了的确很浪费,还是拒绝了。母亲看我把衣服叠好了,电脑也收进了背包,没有什么需要帮忙的,只好来到客厅东看西看,连地我也已经拖干净了。她坐在沙发上,呆呆地看着我。好半天才问:"这次走为么子这么突然?"我一边把书放进包里一边解释:"我提前两周买的高铁票,都不知道会不会成功。因为现在一开票就是候补,只有开车前六个小时我才知道有没有买成功。这次就是这样。"母亲听不太懂,过一会儿说:"不带也好,你家楼下超市管么子都有，缺么子买么子。"

母亲又揭开桌子上的果盒，问："你都没吃啊？"六七个柑子已经烂了两三个，瓜子、小饼干、酥心糖我都没有动过。直到那时，我才意识到这些都是母亲为我准备的，以备我写作之余饿了可以解解馋。但我现在极少吃零食，也没有留意果盒。母亲拿起柑子，剥了一个递给我："这是咱家菜园里结的，蛮甜的。"我接过来吃了几瓣，虽然没有买的多汁可口，但的确很甜。菜园里那株柑子树，今年迎来了大丰收，摘了一茬又一茬，篮子里堆满了，树下也掉了不少。母亲感慨道："你爸现在吃不动了，你也不怎么吃，结了那么多，可惜了。"

可惜的还有那些菜：萝卜炖牛肉、香菇炖鸡、干笋炒肉……每一样都很丰盛，但每一样都成了剩菜。原因还是一样的，父亲吃不了，我吃得少。我尝试劝过母亲，不要做那么多，适量就好，母亲连说行，但每次还是那么多。我不好多说什么。毕竟这些年，她已经习惯这样了。她习惯了做我小时候爱吃的那些菜，习惯了准备我读书时喜欢吃的那些零食，习惯了装一大盒我过去常吃的炒花生……我已经变化太多了，但母亲还停在过去。有时候她很错愕地看向我:"你现在不爱吃这个菜了?"我回:"太咸了,我现在还是想吃清淡一点。"母亲点点头:"蛮好的,注意身体是好事。"

母亲身体不舒服的那段时间,换了我来掌勺。花费心思做好了菜,母亲没胃口吃不下,父亲吃了一口便皱了一下眉头,我问怎么了,他迟疑了一下才回:"太淡了。"没办法,他就着腐乳吃完了一碗饭。母亲坐在旁边笑道:"以前去街上你大伯家吃饭,你大姨做的菜好吃是好吃,就是太淡了。现在庆儿也成街上人了。"我们这里把城里叫作街上,从小母亲就爱说我有街上人的习惯,起因是我打小怕脏不愿意去外面的茅厕,后来盖新屋时他们特意为了我准备了可以冲水的室内卫生间。他们又在新屋的外面盖了旱厕,两人几乎不用家里的卫生间。这几年父亲身体日渐衰弱,走到外面太费力了,也渐渐接受了在室内如厕。而母亲担心浪费水,无论刮风下雨都还坚持去外面。

往行李箱放衣服时,母亲拿来一件羽绒服问我:"这件你不带?"我抬头一看,说:"这不是我 2017 年买给我爸穿的那件吗?"母亲说:"他现在背驼了,穿不了了。你带走,不穿浪费。"我说:"不要了,塞不下。"母亲又拿来一双皮鞋:"你在外面见人穿好点儿,这双里面还有毛,穿起来暖和。"我一看是很老的款式,说:"我不需要见什么客户,也穿不上。"母亲又把大盒的酥糖拎过来:"这个要不要带给你领导?"我说:"我没有领导。"拉上行李箱的拉链,然后立起来,母亲哑哑嘴:"你每次回来都带这么小的箱子,管么子都装不下!"我笑道:"我就是拉着它去了很多国家的,够用就行了。"母亲摇摇头:"你心真大,万一少了,该么办?"我拍拍箱子:"你放心,我在外面这么多年,都顺顺利利地度过去了,一点事都没得。"母亲沉默了片刻,感叹道:"对你我是放心的。"我上前搂了一下她:"莫担心。我已经很大了。"母亲笑了笑:"我晓得。"

  还有一些零碎的东西要收拾,我让母亲先下去了。其实这只是借口,我只是想再转一转。依照父母亲的想法,三层楼,一层他们住,二层我住,三层哥哥家住,这样的愿景是不会实现了。哥哥一家在城里,我在苏州,偌大的屋子里只有父母亲。平日这里父母亲很少会上来,对于他们来说太高,也没有人会等在这里。我住的这些天,发现门、窗帘、桌子都因为年头太久相继损坏了,只能将就着用,但换新的也没有必要,毕竟无人长留。我忽然又想起母亲感慨的那一句"可惜了"。但事实就是如此，我们都有自己的人生要走，走啊走啊，走到很远很远。必须承认，越远越感觉自由，但越自由就越心生内疚。回头看，父母亲还在原地，走不了，走不动，也不想走。我们的情感就是在走与等之间不断地牵扯。

　　背上包，拎着箱，下到一楼。阳光和暖，家门口坐满了来晒太阳的人，叔爷、婶娘、父母亲，还有来接我的朋友。叔爷笑问母亲："会想庆儿啵？"母亲撇撇嘴："有么子好想哩？住这么长时间咯！"父亲说："到时候莫又抹眼泪！"母亲瞪了父亲一眼："你也莫过几天一个又一个电话打给他！"大家哄地一笑。上了车后，朋友调转车头往水泥路上开去。父母亲站在旁边，挥着手。我扭过头去，不敢看他们。朋友一边开车一边笑道："你爸妈真是不一样。你爸就夸你在外面混得好，又出书又出国。你妈就担心你，怕你在外面受欺负。我还安慰她，你在外面过得挺好的。"我说："我妈是这样的，担不完的心。"车子飞快地驶出了垸口，上了国道，往高铁站奔去。对我来说，新的一年，这才正式开始。

2024 年 2 月 17 日

图书在版编目(CIP)数据

暂别 / 邓安庆著. —南京:译林出版社,2024.7
ISBN 978-7-5753-0112-1

Ⅰ.①暂… Ⅱ.①邓… Ⅲ.①散文集-中国-当代 Ⅳ.①I267

中国版本图书馆 CIP 数据核字 (2024) 第 072399 号

暂别　邓安庆／著

责任编辑　黄　洁
装帧设计　尚燕平
校　　对　梅　娟
责任印制　单　莉

出版发行　译林出版社
地　　址　南京市湖南路 1 号 A 楼
邮　　箱　yilin@yilin.com
网　　址　www.yilin.com
市场热线　025-86633278
排　　版　南京展望文化发展有限公司
印　　刷　苏州市越洋印刷有限公司
开　　本　787毫米 ×1092毫米　1/32
印　　张　12.25
插　　页　18
版　　次　2024 年 7 月第 1 版
印　　次　2024 年 7 月第 1 次印刷
书　　号　ISBN 978-7-5753-0112-1
定　　价　78.00 元

版权所有·侵权必究

译林版图书若有印装错误可向出版社调换。质量热线：025-83658316